ପର୍ଫ୍ୟୁମ୍

ପର୍‌ଫ୍ୟୁମ୍

ସ୍ୱର୍ଣ୍ଣଲତା ମହାପାତ୍ର

ବ୍ଲାକ୍ ଈଗଲ୍ ବୁକ୍ସ
ଭୁବନେଶ୍ୱର, ଓଡ଼ିଶା

BLACK EAGLE BOOKS
Dublin, USA

ପରଫ୍ୟୁମ୍ / ସ୍ୱର୍ଣ୍ଣଲତା ମହାପାତ୍ର
ବ୍ଲାକ୍ ଇଗଲ୍ ବୁକ୍ସ : ଭୁବନେଶ୍ୱର, ଓଡ଼ିଶା • ଡବ୍ଲିନ୍, ଯୁକ୍ତରାଷ୍ଟ୍ର ଆମେରିକା

BLACK EAGLE BOOKS
USA address:
7464 Wisdom Lane
Dublin, OH 43016

India address:
E/312, Trident Galaxy, Kalinga Nagar,
Bhubaneswar-751003, Odisha, India

E-mail: info@blackeaglebooks.org
Website: www.blackeaglebooks.org

First International Edition Published by
BLACK EAGLE BOOKS, 2023

PERFUME
by **Swarnalata Mohapatra**

Copyright © **Swarnalata Mohapatra**

Cover: **Rajkishore Mohapatra**
Interior Design: Ezy's Publication

ISBN- 978-1-64560-444-0 (Paperback)

Printed in the United States of America

ପୁଅ **ରାଜକିଶୋର** ଓ ଝିଅ **ମିନାକ୍ଷୀ** ହାତରେ ପର୍‌ଫ୍ୟୁମ୍‌...

ନିଜକଥା

ଅନେକ ଆଶା ଓ ପ୍ରତ୍ୟାଶାକୁ ପୁଞ୍ଜି କରି ମଣିଷର ଜୀବନ ଗତି କରୁଥାଏ। କୁହାଯାଏ କାହାର ମନକୁ ସମ୍ପୂର୍ଣ୍ଣ ପଢ଼ିବା ଖୁବ୍ ଜଟିଳ ବା ଅସମ୍ଭବ। ସ୍ଥାନ, କାଳ, ପାତ୍ର ନେଇ ମଣିଷ ମନରେ କି ପ୍ରକାର ଭାବନା ଜାଗ୍ରତ ହେବ ଏବଂ ସେଇ ଆଧାରରେ ତା' ଜୀବନର ମୋଡ଼ ପରିବର୍ତ୍ତନ ହେବ, ସେ ନିଜେ ବି ଜାଣେନା । ସେଥିରେ ପୁଣି ନାରୀ ମନ, ଯାହାକୁ ବୁଝିବା ଈଶ୍ୱରଙ୍କ ପକ୍ଷେ କଷ୍ଟସାଧ୍ୟ ବୋଲି ଅନେକ କୁହନ୍ତି।

ସୁଗନ୍ଧ, ଏକ ଅସ୍ତିତ୍ୱ ବିହୀନ ଅଦୃଶ୍ୟ, ମାତ୍ର ଏକ ଅନୁଭବର କଥା। ସୁଗନ୍ଧ ଓ ତା'ର କ୍ଷମତା ମଧ୍ୟରେ ଥିବା ଅଦୃଶ୍ୟ ଅମୂର୍ତ୍ତ ଭାବ, ପୁରୁଣା ସ୍ମୃତିକୁ ଉଜାଗର କରିପାରେ! କେଉଁ କାଳରୁ ବନ୍ଦ ପଡ଼ିଥିବା ହୃଦୟର ନିଭୃତ କୋଠରୀମାନଙ୍କ ଦରଜା ଖୋଲି ଦେଇପାରେ। ଅତୀତକୁ ଫେରାଇ ନେଇପାରେ। ସାଧାରଣ ଗନ୍ଧର ଅଦ୍ଭୁତ ଅସାଧାରଣ ଶକ୍ତି !

ତେବେ ଏକ ପ୍ରକାର ବାସ୍ନାକୁ ନେଇ ବିଭିନ୍ନ ମଣିଷ ପାଖରେ ଭିନ୍ନ ଭିନ୍ନ ଅନୁଭବ। ଯାହା ଅବର୍ଣ୍ଣନୀୟ ଓ ରହସ୍ୟମୟ। ସ୍ପର୍ଶ ହେଉନଥିବା, ଦୃଶ୍ୟ ହେଉନଥିବା ଓ ବାସ୍ତବିକ୍ ପ୍ରମାଣ ନଥିବା ଏମିତି ଏକ ସତ୍ତା।

ଏପରି ଏକ ପରିକଳ୍ପନା ଆଧାରରେ ଗଢ଼ି ଉଠିଛି ଏଇ ଉପନ୍ୟାସ। ଅଜ୍ଞାତ ସ୍ଥାନରେ ସେଇ ବିଶେଷ ସୁଗନ୍ଧର ଅନୁଭବ ମାତ୍ରେ ହିଁ ସେଇ ପୁରୁଣା ଦିନର କିଛି ଅନ୍ତରଙ୍ଗ ମୁହୂର୍ତ୍ତ ମନେ ପଡ଼ି ଯାଇଛି। କେବଳ ମହକର ଅନୁଭବ ଛଡ଼ା ତା' ପାଖରେ କିଛି ବି ପ୍ରମାଣ ନାହିଁ। ସେଇ ଆଧାରରେ କେବେ ଦେଖି ପାରିନଥିବା ପଳାୟନପନ୍ଥୀ ତା'ର ପ୍ରିୟ ପୁରୁଷର ଚେହେରାକୁ ଥରେ ମାତ୍ର ଦେଖିବା ପାଇଁ ପାଗଳୀ ହୁଏ ଓ ତା'ରି ଅନୁସନ୍ଧାନରେ ଘୂରିବୁଲେ ଉପନ୍ୟାସର ନାୟିକା ଶ୍ରୀମାୟା।

ଶ୍ରୀମାୟା ଓ ଗାର୍ଗୀ। ଏ ଉପନ୍ୟାସରେ ଗୋଟିଏ ରେଳଧାରଣାର ଦୁଇଟି ପାର୍ଶ୍ୱ। ଦୁଇଜଣ ନାରୀ ନିଜ ଜୀବନର କକ୍ଷପଥରେ ଘୂରିବୁଲୁଥିବା ସମୟରେ, ପରସ୍ପର ସହିତ ଭେଟ ହୁଅନ୍ତି। ଗାର୍ଗୀ କୁହେ ନିଜ ଜୀବନର ଦୁଃଖ କାହାଣୀ। ଭୂମିକମ୍ପରେ ଉଜୁଡ଼ି ଯାଇଥିବା ତା'ସ୍ୱପ୍ନର ସୌଧ ବିଷୟରେ ଗୋଟି ଗୋଟି କରି ସବୁ ବଖାଣି ବସେ।

ଶ୍ରୀମାୟା ଓ ଗାର୍ଗୀ ଦୁଇଜଣ ସମ୍ପୂର୍ଣ୍ଣ ଭିନ୍ନ ମଣିଷ। ଜଣେ ଉଚ୍ଚ ଶିକ୍ଷିତା, ଆଧୁନିକା ଓ ସ୍ୱାବଲମ୍ବୀ ଅନ୍ୟ ଜଣେ ଅତିସାଧାରଣ, ସ୍ୱଳ୍ପ ଶିକ୍ଷିତା, ଗରିବ। ଯେତେ ଭିନ୍ନ ହେଲେ ବି ପ୍ରତ୍ୟେକ ନାରୀ ଭିତରେ କିଛି ସମାନତା ରହିଥାଏ। ଖୋଲାଖୋଲି ଭାବେ ନିଜ ଇପ୍ସିତ ଇଚ୍ଛାଟିକୁ ଜାହିର୍ କରିନପାରିଲେ ମଧ୍ୟ ମନେମନେ କୁହୁଳୁଥାନ୍ତି। ଅନେକ ଦ୍ୱନ୍ଦ୍ୱକୁ ନେଇ ଦୁହିଁଙ୍କ ଜୀବନ ଗତି କରୁଥିବା ସମୟରେ କାହାଣୀ ଆଗକୁ ବଢ଼େ। ଧୀରେ ଧୀରେ ସହଜ ସରଳ ଓ ସବୁ ସମାଧାନର ରାସ୍ତା ଫିଟିବା ପରି ମନେ ହେଉଥିବାବେଳେ ଆଶ୍ଚର୍ଯ୍ୟଜନକ ଭାବେ ସବୁକିଛି ବଦଳି ଯାଏ। ଲକ୍ଷ୍ୟସ୍ଥଳରେ ପହଞ୍ଚିବା ପୂର୍ବରୁ ସବୁ ଓଲଟ୍‌ପାଲଟ୍ ହୋଇଯାଏ। ଇପ୍ସିତ ମଣିଷ ପାଖରେ ପହଞ୍ଚିବା ପୂର୍ବରୁ ସେ ଯେମିତି ଧୂଆଁ ହୋଇ ପବନରେ ମିଳାଇଯାଏ; ରହିଯାଏ ଯାହା ଠିକ୍ ପରଫ୍ୟୁମ୍ ପରି, ଅସ୍ତିତ୍ୱ ବିହୀନ, ଅଦୃଶ୍ୟ କେବଳ ଏକ ଅନୁଭବ।

ତେବେ ସେଇ ଅନ୍ୱେଷଣରେ ସେମାନେ କ'ଣ ସଫଳ ହୁଅନ୍ତି ନା' ରିକ୍ତ ହସ୍ତରେ ଫେରିବାକୁ ହୁଏ ତା' ଏଇ ଉପନ୍ୟାସ ହିଁ ବଖାଣି ପାରିବ।

କିଛି ବର୍ଷ ତଳେ ସପରିବାର ନେପାଳ ପରିଭ୍ରମଣରେ ଯାଇଥିବା ସମୟରେ ଏ କାହାଣୀର ଭିତ୍ତିଭୂମି ଗଢ଼ି ଉଠିଥିଲା। ୨୦୧୫ ମସିହା ନେପାଳର ପ୍ରଳୟଙ୍କାରୀ ଭୂମିକମ୍ପ ପରବର୍ତ୍ତୀକାଳୀନ ଅବସ୍ଥା। ହଜାରେ ମରାମତି ପରେ ବି ଧ୍ୱଂସ ବିଧ୍ୱଂସ ସ୍ତୂପର ଭଗ୍ନାବଶେଷରୁ ସ୍ପଷ୍ଟ ବାରିହୋଇ ପଡୁଥିଲା ପ୍ରଳୟର ପ୍ରତିଛବି। ସେମାନଙ୍କ ଜୀବନ ଓ ଜୀବିକାକୁ ଲକ୍ଷ୍ୟ କଲେ ଅଦ୍ଭୁତ ଅନୁଭବ ହେଉଥିଲା, ଯାହା ମନ ଭିତରେ ଖୁବ୍ ପ୍ରଭାବ ପକାଇଥିଲା।

ସେଠାରୁ ଫେରି କିଛି ବାସ୍ତବ ଚିତ୍ର, ଚରିତ୍ର ଓ କିଛି କଳ୍ପନାକୁ ଅଧାର କରି ପରଫ୍ୟୁମ୍ ଗଳ୍ପ ଲେଖିଥିଲି। ଯାହାକୁ ପଢ଼ି କିଛି ପ୍ରିୟ ପାଠକ ଖୁସି ହୋଇଥିଲେ ଏବଂ ଏତିକିରେ ସନ୍ତୁଷ୍ଟ ନ'ହୋଇ ଏହାକୁ ଉପନ୍ୟାସର ରୂପ ଦେବାକୁ ଉତ୍ସାହିତ କରିଥିଲେ। ନିଜ ଭିତରେ ବି ଅନେକ ଅସନ୍ତୋଷ ଭାବ ଥିଲା, ଗଳ୍ପରେ ଯାହା କହିପାରି ନାହିଁ ଉପନ୍ୟାସରେ କହିପାରିବି ବୋଲି ମନରେ ସାହାସ ବାନ୍ଧି ଏହାକୁ ଲେଖିଛି।

ପୁସ୍ତକଟିଏ ପ୍ରକାଶିତ ହେବା ପୂର୍ବରୁ ଅନେକ ବ୍ୟକ୍ତିଙ୍କ ସାହାଯ୍ୟ ଓ ସହଯୋଗ ରହିଥାଏ।

ଏହି ଉପନ୍ୟାସକୁ ପ୍ରକାଶଯୋଗ୍ୟ ମନେ କରି ପ୍ରକାଶନ ପାଇଁ ଆଗ୍ରହୀ ହୋଇଥିବା 'ବ୍ଲାକ୍ ଇଗଲ୍ ବୁକ୍ସ'ର ନିର୍ଦ୍ଦେଶକ ସତ୍ୟ ପଟ୍ଟନାୟକ ସାର୍‌ଙ୍କୁ ମୁଁ ଧନ୍ୟବାଦ ଜଣାଉଛି। ଏହି ଉପନ୍ୟାସର କଳେବର ସମୃଦ୍ଧ ସହିତ ଅକୁଣ୍ଠ ସହଯୋଗ କରିଥିବା ଅଶୋକ ପରିଡ଼ାଙ୍କୁ ମଧ୍ୟ ଧନ୍ୟବାଦ ଜଣାଉଛି।

ନେପଥ୍ୟରେ ଥାଇ ବହିଟିର ତ୍ରୁଟି ସଜାଡ଼ିଥିବା ଏବଂ ନାମ ପ୍ରକାଶ ପାଇଁ ସବୁବେଳେ କୁଣ୍ଠାବୋଧ କରୁଥିବା ମୋର ପ୍ରିୟ ବାନ୍ଧବୀ ପାଇଁ କେବଳ ମେଞ୍ଚେ ଭଲ ପାଇବା ଛଡ଼ା କ'ଣ ବା ଦେଇ ପାରିବି ! ସବୁ ସମୟରେ ମୋ ସହ ଛାଇ ପରି ରହି ମୋର ସବୁ କାମରେ ସାହାଯ୍ୟର ହାତ ବଢ଼େଇ ଦେଉଥିବା ସାନ ଭଉଣୀ ସୁପ୍ରିୟା ଏହି ପୁସ୍ତକର ଶେଷ ପର୍ଯ୍ୟାୟ କାମଟି ସୂଚାରୁ ରୂପେ ସମ୍ପାଦନ କରିବା ପାଇଁ ସ୍ନେହ, ଶ୍ରଦ୍ଧା ସହ ବହୁତ ଭଲପାଇବା।

ପରିଶେଷରେ ଏବଂ ବିଶେଷ ଭାବରେ ମୋର ପ୍ରିୟ ପାଠକପାଠିକାଙ୍କୁ ଏତିକି କହିବି, 'ପରଫ୍ୟୁମ୍'ର ବାସ୍ନାରେ ଯଦି ଗୋଟିଏ କ୍ଷଣ ବି ବିଭୋର ହୁଅନ୍ତି ତେବେ ମୋ ଲେଖିବା ସାର୍ଥକ ହେଲା ବୋଲି ମନେ କରିବି।

ଭାଗ-୧

ଗୋଧୂଳି ସମୟ। ଆକାଶରେ ଅଳ୍ପ ମେଘର ଆସ୍ତରଣ, ଦେହ ଶୀତେଇ ଉଠିବା ପରି କୋହଲା ପବନ। ପତଳା କାଠର ଦରଜାଟି କଁ କଁ ହୋଇ ଆସ୍ତେ ଆସ୍ତେ ଖୋଲିଲା। ସନ୍ଧ୍ୟା ବେଳର ନିଷ୍ପ୍ରଭ ଆଲୁଅ ଧାରେ ବଖରା ଭିତରକୁ ପ୍ରବେଶ କଲା। ସାତ ବାଇ ଛ' ସାଇଜ୍‌ର ବଖରା। ଏକମାତ୍ର ଦଉଡ଼ି ଖଟିଆ, ପାଖକୁ ଗୋଟିଏ କାଠର ଛୋଟ ଷ୍ଟୁଲ୍। ଏ ଦୁଇଟି ଜିନିଷ ହିଁ ବଖରାଟିକୁ ପ୍ରାୟ ଅକ୍ତିଆର କରି ରଖିଛନ୍ତି। ଦୁଇ ପାହୁଣ୍ଡ ଆଗକୁ ଓ ପଛକୁ ଛାଡ଼ି ଦେଲେ ଆଉ ଭିତରେ ବେଶୀ ଜାଗା ନାହିଁ। କାଠଷ୍ଟୁଲ୍ ଉପରେ କିଛି ମେଡିସିନ୍ ଷ୍ଟ୍ରିପ୍ ଓ ଟନିକ୍ ବୋତଲ୍ ତିନିଟା। ପାଖରେ ପାଣି ଜଗ୍। ଷ୍ଟିଲ୍ ଗ୍ଲାସ୍‌ଟି ତା' ପାଖରେ ରହିବା କଥା, ନାହିଁ ବୋଧେ। କେବଳ ଫଳରସର ଖାଲି କାଚ ଗ୍ଲାସ୍‌ଟି ଦେଖାଯାଉଛି।

ଖଟିଆ ମୁଣ୍ଡ ପାଖକୁ ଯେଉଁ କୁନି ଝରକାଟି ତାହା ବନ୍ଦ ଅଛି। ସେ ପ୍ରାୟ ବନ୍ଦ ରୁହେ। ଥରେ ଖୋଲିଲେ ଆଉ ସୁବିଧାରେ ଦେଇ ହୁଏନା। କେଉଁ କାଠ କେଜାଣି, ଅଳ୍ପ ଦିନରେ ବର୍ଷା ଖରା ଖାଇ ଅଷ୍ଟବକ୍ର ହେଇଗଲା। ତା' ଛିଟିକିଣିଟା ଆଉ ଠିକ୍‌ରେ ପଡୁନି। ଲୁହା ରେଲିଙ୍ଗ୍‌ରେ ଦଉଡ଼ି ସାହାଯ୍ୟରେ ଶକ୍ତ ଭାବେ ବନ୍ଧା ହେଇଛି। ଆଉ ସବୁ ଠିକ୍ ଅଛି।

ଢେଉ ଢେଉକା ମାଟି ଲିପା କାନ୍ଥ ଉପରେ ଝୁଲୁଛି ଗୋଟିଏ ଅଳ୍ପ ରଙ୍ଗଛଡ଼ା ଦର୍ପଣ। ରଙ୍ଗଛଡ଼ା ମାନେ କେବଳ ବାହାର ଫ୍ରେମ୍‌ଟା। ବାକି ଭିତର କାଚ ଭଲ ଅଛି। ପୁରୁଣା ଦର୍ପଣରେ ମୁହଁଟା କିନ୍ତୁ ଏତେ ପରିଷ୍କାର ଦିଶେନି। ଝାପ୍‌ସା, ଧୂଆଁଳିଆ। ଥରେ ଥରେ ବଙ୍କା ତେଢ଼ା ବି ଦିଶେ। ଯେମିତି ନାକଟା ଅଳ୍ପ ବାଁ ପାଖକୁ ଢଳି ଯାଇଛି, ନ ହେଲେ ଆଖି ତା' ଜାଗାରେ ନ ରହି ସାମାନ୍ୟ ଉପରକୁ ବା ତଳକୁ ଝୁଲି

ପଡ଼ିଛି। ପ୍ରକୃତରେ ସେଇଟା ଦେଖିବା ମଣିଷର ଦୋଷ। ହଲ୍‌ଚଲ୍ ନ ହୋଇ ସଳଖ ଛିଡ଼ା ହେଲେ ସବୁ ତା' ଜାଗାରେ ରହି ଠିକ୍ ଦିଶିବ। ଚଳିବ ମଃ, ପୁଅ ପିଲାଙ୍କର ଏତେ ସଜବାଜ କ'ଣ! ଖାଲି ଟିକେ ମୁଣ୍ଡ କୁଣ୍ଡେଇଲା ବେଳେ ଦର୍କାର ଯାହା। ଦର୍ପଣ ପାଖକୁ କେଉଁ ଏକ ସରକାରୀ ସଂସ୍ଥାରୁ ମିଳିଥିବା ମାଗଣା କ୍ୟାଲେଣ୍ଡରଟିଏ। ସେଇଟା ଅର୍ଦ୍ଧ ନୂଆ। ମାସମାସ ଧରି ବଖରାର ସମସ୍ତ ଜିନିଷ ସ୍ଥିର ଥିଲା ବେଳେ ଖାଲି କ୍ୟାଲେଣ୍ଡରର ଫର୍ଦ୍ଦ ବଦଳୁ ଥାଏ।

ଖଟିଆ ଉପରେ ଚାଦର ଢ଼ାଙ୍କି ହୋଇ ପଡ଼ି ରହିଛି ବିମ୍ବା। କବାଟ କଅଁ ଅଁ ଶବ୍ଦ ଶୁଣି ସେ ମୁହଁ ଉପରୁ ଚାଦରଟା କାଢ଼ିଲା। ସାମାନ୍ୟ ମୁହଁ ଉଠେଇ ଚାହିଁଲା।

ଗାର୍ଗୀ ଆସିଲୁ କିଲୋ! ବେଳ ବୁଡ଼ି ଗଲାଣି ବୋଧେ। ଆଜି ଏତେବେଳକୁ ଆସୁଛୁ! ଏବେ ଫେରିଲୁ ନା' କଣ? ଏକା ଫେରିଲୁ ନା'..ପ୍ରଶ୍ନଟିକୁ ଅଧାରୁ ଛାଡ଼ିଲା ବିମ୍ବା।

ପ୍ରଶ୍ନ ସମ୍ପୂର୍ଣ୍ଣ ହେଲା ନାହିଁ। ଗାର୍ଗୀ ଉତ୍ତର ଦେଲା ନାହିଁ। କ୍ଷଣେ ଅପେକ୍ଷା କରି ବିମ୍ବା ଡାକିଲା, ହଉ ଭିତରକୁ ଆ, ଭାରି ଅନ୍ଧୁଆ ଲାଗିଲାଣି। ମୁଁ ସେଇ ପହରୁ ଚାହିଁଛି କେତେବେଳେ ଆସିବୁ ଆଉ ଟିକେ ପରିଷ୍କାର କରିଦେବୁ।

ଗାର୍ଗୀ ଦୁଇପାଖର ଦରଜାକୁ ପୂରା ମେଲାଇ ଦେଲା। ବଖରା ଭିତରେ କେମିତିକା ଦୁର୍ଗନ୍ଧ ବାରି ହେଇ ପଡୁଛି। ଭିତରକୁ ପଶୁପଶୁ ଷ୍ଟିଲ୍ ଗ୍ଲାସ୍‌ଟା ତା ପାଦରେ ମାଡ଼ ହେଇ ଗୋଟେ ଚକିରି ପରି ଶବ୍ଦ କଲା ଓ ଘିର୍ ଘିର୍ ହୋଇ ଚାରି ଘେରା ଘୂରିଗଲା। ଆଉ ବି କିଛି ଗୋଡ଼ରେ ବାଜିଲା, ଆଶାବଡ଼ି। ସେ କାନ୍ଥକୁ ହାତ ବଢ଼ାଇ ସୁଇଚ୍ ମାରିଲା। ନାଲି ବଲବ୍‌ଟା ଜଳି ଉଠିଲା। ଭିତରଟା ଅଧିକ ଉଜ୍ଜ୍ୱଳ ଦିଶିଲା।

ଓଃ ସେଇଟା ସେଠି ପଡିଛି କି? ମୁଁ ଭାବୁଛି କୁଆଡ଼େ ଗଲା ଆଉ ଗ୍ଲାସ୍‌ଟା! ହଉ ତୁ ନେଇଆ। ପାଣି ଟିକେ ଦେ ଆଗ। ଭାରି ଶୋଷ!

ଗାର୍ଗୀ ଜାଣେ, ଗ୍ଲାସ୍‌ଟା ଆପେ ପଡ଼ିନଥିବ, ଇଏ ରାଗରେ ଛାଟି ଦେଇଛି। ନ'ହେଲେ ଗ୍ଲାସ୍ ସହ ଆଶାବାଡ଼ିଟା ବି ଗଡ଼ି ଆସିବ କେମିତି! ସେ କିଛି କହିଲା ନାହିଁ। ଗ୍ଲାସ୍ ଉଠେଇ ବିମ୍ବା ପାଖକୁ ଗଲା। ସାମାନ୍ୟ ଉଠି ସଳଖ ହେବାକୁ ଚେଷ୍ଟା କଲା ବିମ୍ବା। ଇଏ ପାଣି ପିଆଇଲା ।

ସତରେ ତାକୁ ଭାରି ଶୋଷ ହେଉଥିଲା। ଗ୍ଲାସେ ପାଣି ଢକଢକ କରି ପିଇ ସାରି ବଡ଼ ହାକୁଟିଟେ ମାରିଲା।

ଏଥର ଗାର୍ଗୀ ଅନୁମାନ କଲା ଗନ୍ଧଟା ତୀବ୍ର ହେଉଛି। ମୂତୁରା ଗନ୍ଧ ପୂରା। ତା କୁଞ୍ଚିତ ନାକକୁ ଦେଖି ବିମ୍ବା ଜାଣିଗଲା। କହିଲା, ହଁ ପରିଶ୍ରା ଟିକେ ହେଇ ଯାଇଛି କି କଣ! ଶୁଣ୍ ମୁଁ ଜାଣିକି କରିନାହିଁ। ଜାଣେ, ବେଡ଼ପେନ୍ ଟା ଖଟିଆ ତଳେ ରଖିକି ଯାଇଥିଲୁ। ହାତ ବଢ଼େଇଲା ବେଳକୁ ସେଆଡ଼କୁ ଟିକେ ଘୁଞ୍ଚି ଗଲା। ହାତ ପାଇଲାନି, ରାଗ ଚିଡ଼ିଲା। ଇଆଡ଼େ ଶୋଷ ବି ଲାଗୁଥିଲା ତ ବଡ଼ ପାଟିଟେ କରିଦେଲି। ହାତ ବାଜି ଗ୍ଲାସ୍‌ଟା ବି ଛାଟି ହେଇଗଲା ଆଉ ଶିରା ସବୁ ଦୁହିଁ ହେଇଗଲା। ସେତିକି ବେଳେ ଦି'ଚାରି ଠୋପା ମୂତ ବାହାରି ପଡ଼ିଛି ଆଉ!

ହଉ ତୁ ଆଗ ମତେ ସଫା କର। ଗୋଟେ ମୁଣ୍ଡରୁ ସଫା କରି ଚାଲେ।"

ଗୋଟିଏ ଦୁର୍ଘଟଣାରେ ବିମ୍ବାର ଗୋଟିଏ ପାଖ ଅଚଳ। ପ୍ରାୟ ବର୍ଷେ ହେଲାଣି, ସେ ଏମିତି ବିଛଣାରେ ପଡ଼ି ରହିଛି। ଚେଷ୍ଟା କଲେ ଆଶାବାଡ଼ି ଧରି ଉଠି ପାରିବ,ଉଠେ ବି ମଝିରେ ମଝିରେ। କିନ୍ତୁ ତା ମନ ହେଲେ। ନ ହେଲେ ଏଇଠି ନିତ୍ୟକର୍ମ ସାରିଦେବ।

ବିମ୍ବାର ଗଞ୍ଜିଟା ଅଠା ଅଠା। ପିଉ ପିଉ ଫଳରସ ଇଡ଼ି ଯାଇଛି। ସେ ଦି' ହାତକୁ ଉପରକୁ ଟେକି ଦେଲା। ଛୋଟ ଛୁଆଙ୍କ ପରି। ଗାର୍ଗୀ ଗଞ୍ଜି ଖୋଲିଦେଲା। ଓଦା କପଡ଼ା କରି ତା ଛାତି ଫାଟି, ବେକମୂଳ ଭଲକି ପୋଛିଲା। ଦାଢ଼ିଆ ମୁହଁରେ କିନ୍ତୁ ହାତ ମାରିବାକୁ ତାକୁ ଇଚ୍ଛା ହେଲାନି। ଛାଡ଼, ତା' ଇଚ୍ଛାର ସମ୍ମାନ କେବେଠୁ ଚାଲି ଯାଇଛି। ସେ କର୍ତ୍ତବ୍ୟରେ ବନ୍ଧା। ମୁହଁ ଉପରକୁ ହାତ ନେଲା। ଓଠ, ପାଟି, ନାକ, ସମ୍ପୂର୍ଣ୍ଣ ମୂଖମଣ୍ଡଳ ପୋଛି ପକାଇଲା।

ସାମାନ୍ୟ ବିରତି ନେଇ କିଛି ଭାବିଲା।

"କ'ଣ ଅଟକି ଗଲୁ? ଉପର ଭାଗଟା ସରିଲା, ତଳ ଭାଗଟା ସଫା କରିବୁନି କି? ବଡ଼ ବିରକ୍ତ ଲାଗିଲାଣି। କର କର ଜଲ୍‌ଦି କର। କ'ଣ ଏତେ ଭାବୁଛୁ ମଃ। ଅସନା ଲାଗୁଛି କି?"

ଅସଲରେ ଅପରିଚ୍ଛନ୍ନ ଲାଗିବା ନ ଲାଗିବା କଥା ପଡ଼ିନି। ତାକୁ ସୁବିଧାରେ କେମିତି ଉଠେଇ ହେବ ସେଇଟା ଚିନ୍ତା କରୁଛି। ସେ ମୋଟା ହେଇ ଯାଇଛି। ଭିଟାମିନ୍ ବଟିକା ଖାଉଛି, ଟନିକ୍, ଫଳରସ ସବୁ ପିଉଛି, ଯେତେ କହିଲେ ବି ଚେଷ୍ଟା କରି ଟିକେ ଉଠୁ ନାହିଁ। ଚଲାବୁଲା କରିବା ତ ଦୂରର କଥା, ସେମିତି ପଡ଼ି ରହିଲେ ତ ତା ଓଜନ ବଢ଼ି ଚାଲିବ!

ଗାର୍ଗୀ ନଇଁପଡ଼ି ତାକୁ ବାଁ କଡ଼କୁ ଢଳେଇ ନେଲା। ନିଜ ଆଡ଼କୁ। ଲୁଙ୍ଗି ଓ କନ୍ଥା ଖଣ୍ଡକ ଭିଡ଼ି ଓଟାରି ବାହାର କଲା। କଷ୍ଟ କରି ପରିଷ୍କାର ଖଣ୍ଡେ କନ୍ଥା ବିଛାଇବାରେ ସଫଳ ହେଲା। ଭଲ ଲୁଙ୍ଗିଟେ ପିନ୍ଧାଇ ଗଣ୍ଠି କରିବାକୁ ଗଲାବେଳକୁ ବିମ୍ବା କହିଲା, "ଜଙ୍ଘ ଆଉ ଅଣ୍ଟା ପାଖକୁ ଟିକେ ପାଣି କନାରେ ପୋଛି ପାଉଡ଼ର ଟିକେ ଛିଞ୍ଚି ଦେଉନୁ, ଯେମିତି କରୁ। ତା'ପରେ ପିନ୍ଧେଇବୁ।" ସେ କଡ଼ ଲେଉଟାଇ ଏ ସବୁରେ ଗାର୍ଗୀକୁ ସାହାଯ୍ୟ କଲା।

"ଉଁ ହୁଁ ହେଲାନି। ତଳି ପେଟ ପାଖଟା ଛାଡ଼ି ଗଲୁ। ଆଉ ଥରେ କପଡ଼ା ଓଦା କରି ଆଣି ଥାପିଦେ। ଦେଖୁଛୁ ତ ସୁବିଧାରେ ଗାଧୁଆ ପାଧୁଆ କରି ହେଉନି। ତୁ ବି ତ ଆଗ ପରି ଏତେ ସମୟ ଦେଉନୁ। ପେଟଟା ଗରମ ରହୁଛି। ଭଲ କି ପୋଛ। ତରତର ହ'ନା ଜମାରୁ।" ବିମ୍ବା କଣ୍ଠରେ ଗୋଟିଏ ଆଦେଶର ଭଙ୍ଗୀ ଥିଲା।

ସେ ଚୁପ୍‌ଚାପ୍ ପୋଛିଲା। ଥଣ୍ଡା ପାଣିକନା ବାଜି ତାର ଉଷୁମ ପେଟଟା ଏଥର ଶୀତଳ ଲାଗିଲା। କୋହଲା ପାଗକୁ ତା ଦେହ ବି ସାମାନ୍ୟ ଶୀତେଇ ଉଠିଲା। ସେଇ ସମୟରେ କିନ୍ତୁ ଗାର୍ଗୀର ପିଠି ପଟରେ ଧାରେ ତତଲା ପବନ ବାଜିବା ପରି ମନେ ହେଲା।

ବୁଲି ପଡ଼ି ଚାହିଁଲା ସେ। ବିମ୍ବାର ଖରନିଃଶ୍ୱାସ। ତା ପିଠି ଫୁଙ୍ଗୁଳା। ନଇଁ ପଡ଼ିଲା ବେଳେ ଲୁଗା କାନି ଖସି ଯାଇଥିଲା। ବିମ୍ବା ଚାହିଁଛି, ତା' ମୁହଁକୁ, ତା' ଛାତିକୁ।

ହଠାତ୍ ଗୋଟିଏ ବାହୁରେ ଜାବଦେଇ ଆଉ ଟିକିଏ ପାଖକୁ ଟାଣି ନେଲା ବିମ୍ବା। ଫିସ୍‌ଫିସ୍ ହେଇ କହିଲା, "ତୁ କିଛି ତ ବୁଝୁନୁ ମୋ କଥା, କେତେ ଦିନ ଆଉ ଏମିତି ଜଳେଇ ଜଳେଇ ମାରିବୁ? ପୂରା ମାରି ଦେଉନୁ ନ'ହେଲେ। ଜାଣିଛୁ ମତେ କେତେ କଷ୍ଟ ହଉଛି। ମୁଁ ଯବାନ, ଆଉ ତୁ ବି। ମୋର କେବଳ ଗୋଟିଏ ହାତ ଆଉ ଗୋଡ଼ କାମ କରୁନି। ଆଉ ସବୁ ଠିକ୍। ହଁ କି ନାହିଁ?"

ଚଟ୍ କରି ହାତ ଛଡ଼ାଇ ନେଲା ଗାର୍ଗୀ।

..ଉଃ...ଦୀର୍ଘଶ୍ୱାସଟିଏ ପକାଇଲା ବିମ୍ବା। ଆଉ କିଛି କହିଲା ନାହିଁ। କହି ପାରିଲା ନାହିଁ। ଦି' ଗୋଡ଼କୁ ଛନ୍ଦି ଶକ୍ତ ଭାବେ ଜାକି ଦେଲା। ଦେହକୁ ଛାଣ୍ଟ କରି ଟାଣି ହେଲା। ହାତ ମୁଠା ମୁଠା, ଦାନ୍ତ ଟିକେ କଡ଼ମଡ଼। ଆଖି ବନ୍ଦ। କପାଳରେ ଶିରାଗୁଡା ଅସମ୍ଭବ ଭାବେ ଫୁଲି ଉଠୁଛି।

ଗାର୍ଗୀ ଯେତେ ଶୀଘ୍ର ହେବ ଲୁଙ୍ଗି ପାଲଟାଇ ଘୁଞ୍ଚି ଆସିଲା। ସବୁ ଅପରିଷ୍କାର ଲୁଗା ପଟା ଗୋଟଲା କରି ଧରିଲା। କାଲି କାଚିବ, ଟାଣ ଖରାରେ ଦେଲେ ଯାଇ ଗନ୍ଧ ଯିବ।

ପୂର୍ବ ପରି ସେ ଦୁଆରକୁ ଆଉଜାଇ ବାହାରି ଗଲା। ଆର ବଖରାରେ ରୋଷେଇ କରିବ। କଲେ ଯାଇ ବିମ୍ବା ଖାଇବ। ତା'ପରେ ତା'ର ବାକି ଔଷଧ ବି ଅଛି।

ଏମିତି ଛୋଟଛୋଟ ଦୁଇଟି ବଖରା। ମାନେ ଝୁମ୍ପୁଡ଼ି ଘର। ଦୁଇ ବଖରାର ସମାନ୍ତରାଳ ଭାବେ ଦୁଇଟି ଅଲଗା ଅଲଗା ଦୁଆର। ଗୋଟିଏ ବଖରାରେ ଶୁଏ ବିମ୍ବା ଖଟିଆ ଉପରେ, ଅନ୍ୟ ବଖରାରେ ଗାର୍ଗୀ। ସେଇଠି ମାଟିଲିପା ଚଟାଣରେ ଚଟେଇ ପାରି ଶୁଏ ଓ ଗୋଟିଏ ପାଖକୁ ବାଶନକୁସନ ରଖି ରୋଷେଇ କରେ। ଲୁଗାପଟା ଓ ଘରକରଣାର ନିତ୍ୟ ଆବଶ୍ୟକ ଜିନିଷ ଆର କଡ଼କୁ ଜକାଜକି ହୋଇ ପଡ଼ିଥାଏ। ଆଉ ଛୋଟିଆ କାଠର ରେକ୍ ଉପରେ ତା'ର ଠାକୁର। ତାକୁ ଉପରେ କଣ୍ଟା ବାଡ଼େଇ ସୁବିଧା କରି ଟେକିଛି। ସୁବିଧା ଅସୁବିଧାରେ ଛୁଇଁ ହେଇ ନଯାଏ ଯେମିତି। ମାସରେ କେଇଟା ଦିନ ଛାଡ଼ିଦେଲେ ବାକି ସବୁଦିନ ଧୂପ ଦୀପ ଦେଇ ମୁଣ୍ଡିଆ ମାରିବାକୁ ଆଦୌ ଭୁଲେନି ସେ।

ଏ ଦୁଇ ଛୋଟ ବଖରା ଛାଡ଼ିଦେଲେ ସାମ୍ନାରେ ବାଉଁଶ ଛଣି ଘେରା ବଡ଼ ବାରିଟେ। କଡ଼େକଡ଼େ ଆମ୍ବ ଗଛ। ଯେଉଁଠି ଗୋଟିଏ କୂଅ। ପଥର ଚଉତରା। ବିଭିନ୍ନ କିସମର ଫଳଫୁଲ ଚାଷ କରିଛି ଗାର୍ଗୀ। ଘର ପାଇଁ କିଛି ପରିବା ମିଳେ। ରାତି ହେଲେ ଯେଉଁ ଫୁଲ ଫୁଟେ ତା ମହକରେ ଚତୁର୍ଦିଗ ଚହଟି ଉଠେ।

ଏ ସାହି ସାରା ସମସ୍ତଙ୍କ ଘର ଏଇ ପରି ନ'ହେଲେ ଯା ଠୁ ଛୋଟ। ଅଧାରୁ ଅଧିକ ମଧ୍ୟ ତାର୍ପୋଲିନ୍ ଘେରା। ନିହାତି ଛୋଟ।

ପଛରୁ ପାଟି ଶୁଭୁଥିଲା, "ଆଜି ବି କହିକି ଗଲୁନି କାହା ସହ ଫେରିଲୁ ନା ଏକାଏକା। ଏ ସବୁ ଠିକ୍ ହେଉନି। ମୁଁ ପଦା ଲୋକ ନୁହେଁ ତୋ ସ୍ୱାମୀ।"

ଗାର୍ଗୀ ତା' ବଖରାକୁ ପଶିଗଲା। ସ୍ୱର ଧୀରେଧୀରେ ଶିଥିଳ ହେଉଥିଲା। ନିତିଦିନ କାର୍ଯ୍ୟକ୍ରମ ପରି ସବୁ ସେମିତି ଚାଲିଲା। ଠିକ ସମୟରେ ତାଙ୍କର ଖିଆପିଆ ସରିଗଲା। ଦୁହିଁଙ୍କ ବଖରାର ଆଲୁଅ କିଛି କ୍ଷଣ ଅନ୍ତରାଳରେ ଲିଭିଗଲା।

ରାତି ଗାଢ଼ ହେବା ସହ ଗୋଟିଗୋଟି କରି ସାରା ବସ୍ତିର ଆଲୁଅ ଲିଭିବାକୁ ଲାଗିଲା। ପରିଶେଷରେ ସମ୍ପୂର୍ଣ୍ଣ ବସ୍ତିଟି ଅନ୍ଧକାର ସହିତ ମିଶିଗଲା।

ଭାଗ- ୨

ନିଶାର୍ଦ୍ଧରେ ଦ'ମାଉଣ୍ଟେନ୍ ଲୋରୀ ହୋଟେଲ ତୃତୀୟ ମହଲା ରୁମ୍ ନମ୍ବର ଫିଫ୍‌ଟିନ୍‌ର ଆଲୁଅ ହଠାତ୍ ଧପ୍ କରି ଜଳି ଉଠିଲା। ସାମାନ୍ୟ ପବନ ଲହରୀରେ ଦର ଆଉଜା ଝରକାଟି ଖୋଲି ଯାଇଛି। ନିର୍ଜନ ରାତ୍ରିରେ କାଚ ଝରକା ଦେଇ ଥୋକେ ଆଲୁଅ ବାହାରକୁ ବିଛାଡ଼ି ହୋଇପଡ଼ିଲା।

ଅନେକ ଚେଷ୍ଟା କରି ମଧ୍ୟ ଶ୍ରୀମାୟା ଆଖିରେ ନିଦ ନାହିଁ। ଆଜି ଯାହା ଘଟୁଛି ସେସବୁ ପ୍ରକୃତରେ ବାସ୍ତବ ନା ସ୍ୱପ୍ନ!

ବାଲ୍‌କୋନି ଦରଜା ଖୋଲି ସେ ଉଠି ଆସିଲା। ପାଗ କୋହଲା ଯୋଗୁଁ ଶୀତ ଲାଗୁଛି। କେବଳ ନାଇଲନ୍ ନାଇଟ୍ ଗାଉନ୍‌ରେ ଦେହ ଥରି ଉଠୁଛି। ଶାଲ୍‌ଟା ଆଣିଲା ନାହିଁ କି ଦି'ପାଦ ପଛକୁ ଫେରି ଶାଲ୍ ଆଣିବାକୁ ତା' ଇଚ୍ଛା ହେଲାନି। ଖାଲି ଦେହରେ ଦି' ହାତକୁ ଛାତିରେ ଛନ୍ଦି ସେମିତି ଛିଡ଼ା ହେଲା। ଦୂରକୁ ଚାହିଁଲା।

ସେ ଆଜି ଭାରି ଅନ୍ୟମନସ୍କ। କେହି ଆଜି ତାକୁ ଆନମନା କରି ନାହିଁ। ଆଜି ସେମିତି କୌଣସି ଘଟଣା ଘଟି ନାହିଁ। ଯାହା ଘଟିଛି ସବୁ ତା' ଯୋଜନା ମୁତାବକ। ଆଉ ଯେଉଁ କାରଣ ପାଇଁ ସେ ଆନମନା ସେଇଟା ତ ବିଲକୁଲ୍ ତା' ଯୋଜନା ବହିର୍ଭୂତ। କେବଳ ସ୍ୱପ୍ନ ବୋଲି କୁହାଯାଇ ପାରେ। ହେଇପାରେ ବି ସେଇଟା ତା'ର ଭ୍ରମ।

କଲେଜ୍ ବେଳରେ ଏମିତି ଅନେକ ଘଟଣା ଘଟେ। ଯୌବନ କାଳେ ଏ ସବୁ ଘଟଣା ବହୁତ କିଛି ବଡ଼ କଥା ନୁହେଁ। ସେଇ ମିଠା ମିଠା ବୟସରେ ଯାହା ସବୁ ଘଟିଯାଏ ତା' ଯେ ସାରା ଜୀବନ ସ୍ଥିର ରହିବ ତା'ର କିଛି ମାନେ ନାହିଁ। ଅବଶ୍ୟ

କିଛି ମଣିଷ ସଫଳ ହୁଅନ୍ତି। ଆଉ ଅନେକ ବିଫଳ। ତା ଅର୍ଥ ନୁହେଁ ଯେ ମଣିଷ ଜୀବନ ସେଇଠି ଅଟକି ଯିବ। ସେ ଆଗକୁ ବଢ଼ି ଯାଏ। ସବୁ ସମୟର ଖେଳ।

ଶ୍ରୀମାୟା କିନ୍ତୁ କେବେ ବି ଭାବି ନ'ଥିଲା ଆଉ ଥରେ କେବେ ସେ ଅନୁଭବ ତା' ଜୀବନରେ ଫେରିବ ବୋଲି। ଏତେ ବର୍ଷ ଭିତରେ ପୁଣି ଏମିତି ସ୍ଥାନରେ ସେ ମହକ ତାକୁ ସବୁ କଥା ମନେ ପକାଇ ଦେଉଛି। ଦୁଇଦୁଇଥର କ'ଣ ସେ ଭୁଲ୍? ଭ୍ରମ? ଥରେ ମାର୍କେଟ୍ ବୁଲିଲା ଭିତରେ ଆଉ ଥରେ ରାସ୍ତାରେ ଚାଲି ଚାଲି ଗଲା ବେଳେ। ଦୁଇ ଥର ସେଇ ବାସ୍ନାକୁ ଅନୁଭବ କରିଛି। ଏହା ଯଦି କଲିକତା ସହରରେ ହୋଇ ଥାଆନ୍ତା ତେବେ ସେ ଭାବିବାକୁ ବାଧ ହେଇ ଥାଆନ୍ତା। କିନ୍ତୁ ଏଠି କେମିତି?

ଦୀର୍ଘବର୍ଷ ତଳର ଘଟଣାଟି ହୁଏତ ହୃଦୟର କେଉଁ ନିଭୃତ କୋଣରେ ପଡ଼ି ରହିଥିଲା। ଏକାନ୍ତ ସମୟ ପାଇ ଅବଚେତନ ଅବସ୍ଥାରେ ସେଇ ମୁହୂର୍ତ୍ତଟି ମନ ଭିତରକୁ ଧସେଇ ପଶିଛି। ଆଉ ତାକୁ ଆକ୍ରାନ୍ତ କରିଛି।

ଅବଶ୍ୟ କୋଳାହଳରେ ମଣିଷ ଯାହା ଜାଣି ପାରେନା ଏକାନ୍ତରେ ତା ଖୁବ୍ ସହଜରେ ଅନୁଭବ କରିପାରେ।

ଶ୍ରୀମାୟା ଆଉ ସେ ବିଷୟରେ ଭାବିଲା ନାହିଁ।

ଏଇ କେତୋଟି ବର୍ଷ ଭିତରେ ସେ ଅନେକ ସ୍ଥାନ ପରିଭ୍ରମଣ କରିଛି। ସାଙ୍ଗସାଥିଙ୍କ ସହ। ଯାହା ତା'ର ସଉକ୍। ଏଥର ସେ ମନ ସ୍ଥିର କରି ଭାରତରୁ ଏକା ଆସିଛି। ଏକାନ୍ତ ଶାନ୍ତି ପାଇଁ। ଯାହା ସାଙ୍ଗସାଥିଙ୍କ ଗହଣରେ ସମ୍ଭବ ନୁହେଁ।

ନେପାଳର ପୋଖରା ସହରରେ ଅବସ୍ଥିତ ଫିୱା ଲେକ୍ ସାଇଡ୍‌ରେ ହୋଟେଲ୍ ବୁକ୍ କରିବାର ଆଉ ଏକ ଉଦ୍ଦେଶ୍ୟ, ଏଠିକାର ପ୍ରାକୃତିକ ଦୃଶ୍ୟ ମନଭରି ଉପଭୋଗ କରିବା। କି ମନୋରମ, ଶାନ୍ତ ଓ ଶୀତଳ ପରିବେଶ। ସଂସାରର କୋଳାହଳ ଭିତରୁ କିଛି ସମୟ ନିଜକୁ ହଜାଇ ଦେବା ପାଇଁ ଯା ଠାରୁ ସୁନ୍ଦର ସ୍ଥାନ ଆଉ କ'ଣ ଥାଇପାରେ!

ବାଲକୋନିରେ ଛିଡ଼ା ହେଇ ତଳକୁ ଚାହିଁଲେ ଫିୱା ଲେକ୍। ସକାଳ ହେଲେ ତା'ର ସ୍ୱଚ୍ଛ ନିର୍ମଳ ଜଳରାଶି ଉପରେ ବିଛାଡ଼ି ପଡ଼େ କଅଁଳ ସୂର୍ଯ୍ୟ କିରଣ। ବିରାଟ ବିସ୍ତାରିତ ଲେକ୍ ମଝାମଝି ସବୁଜିମା ଭରା ଛୋଟିଆ ଦ୍ୱୀପଟିଏ। ତା ମଝିରେ ତାଲ୍ ବରାହୀ ମନ୍ଦିର। ଯେଉଁଠି ମା' ଦୁର୍ଗା ପୂଜା ପାଆନ୍ତି। ଖୁବ୍ ସୁନ୍ଦର ଓ ଶୃଙ୍ଖଳିତ ଭାବରେ

ଧାଡ଼ିବାନ୍ଧି ଜଣଙ୍କ ପରେ ଜଣେ ଯାଇ ମାଆଙ୍କ ଦର୍ଶନ କରିବା ପାଇଁ ସମସ୍ତ ବ୍ୟବସ୍ଥା ରହିଛି । ବେଶ୍ ଗୋଟେ ଆଧ୍ୟାତ୍ମିକ ଭାବରେ ଭରା ।

ପ୍ରାଙ୍ଗଣ ଭିତରେ ପୂଜା ପାଇଁ ଭୋଗ ଦୋକାନରୁ ଭୋଗ ଥାଳି ସହ ପକ୍ଷୀ ଓ ମାଛମାନଙ୍କ ପାଇଁ ମୁଢ଼ି ପ୍ୟାକେଟ୍ କିଣି ନେବାକୁ କେହି ଭୁଲନ୍ତି ନାହିଁ । କାରଣ ସେଠାରେ ଅସଂଖ୍ୟ ଭିନ୍ନଭିନ୍ନ ପକ୍ଷୀ ଓ ପାରା । ନିଡ଼ର, ନିର୍ଭୀକ ଭାବେ ଆଖପାଖରେ ଓ ପାଦ ପାଖରେ ଉଡ଼ି ବୁଲୁଥାଆନ୍ତି । ତାଙ୍କ କିଚିରି ମିଚିରି ଶବ୍ଦରେ ଚଉଦିଗ କମ୍ପୁଥାଏ । ଲାଗେ ଯେପରି ତାଙ୍କ ସହରକୁ ବୁଲି ଆସିଥିବା ଅତିଥିଙ୍କୁ ଶ୍ରଦ୍ଧାର ସହ ସ୍ୱାଗତ ଅଭିଭାଷଣ ଜଣାଉଛନ୍ତି ।

କିଣି ଆଣିଥିବା ମୁଢ଼ି ପ୍ୟାକେଟ୍‌ଟି ଖୋଲି ବିଞ୍ଚି ଦେଲେ କେତେ ଖୁସିର ସହ ଖୁଣ୍ଟି ଖାଆନ୍ତି ସେମାନେ । ସେମିତି ବେଢ଼ା ଭିତରେ ଥିବା ବିଶାଳ ଘଞ୍ଚ ଗଛମାନଙ୍କ ଛାଇ ତଳେ ପଡ଼ିଥିବା ପଥର ପିଣ୍ଡି ଉପରେ ବସି, ଜଳ ସୁଅରେ ପାଦଦେଲେ ପାଦ ପାଖକୁ ଚାଲି ଆସନ୍ତି ଅସଂଖ୍ୟ ମାଛ ।

ଆଜି ଆସିଥିଲେ । ମୁଢ଼ି ମୁଠାଏ ଭସାଇ ଦେଲା ତ ପାଣି ଭିତରୁ ଟୁକ୍ ଟୁକ୍ କରି ଟୁଙ୍କି ନେଲେ ଗୋଟିଏ ଗୋଟିଏ ମୁଢ଼ି । ଆହାଃ.. କି ମନମୁଗ୍ଧକର ସେ ଦୃଶ୍ୟ । ଭାରି ଖୁସି ଲାଗିଥିଲା । ଆଜି ସକାଳେ ଯାଇ ଫେରିଛି ଶ୍ରୀମାୟା ।

ସେ ନିଆରା ଅନୁଭୂତି ଭୁଲିବାର ନାହିଁ । ଲାଇଫ୍ ଜ୍ୟାକେଟ୍ ପିନ୍ଧି ବୋଟ୍‌ରେ ବସି ଦେଖୁଥିଲା ଶ୍ରୀମାୟା । ଅକାତକାତ ନିର୍ମଳ ଜଳରାଶିରେ ନୀଳ ଆକାଶର ପ୍ରତିବିମ୍ବ ପଡ଼ି ଯେଉଁ ଶୋଭା ବର୍ଦ୍ଧନ କରେ ତାହାକୁ ବୋଧହୁଏ କୁହନ୍ତି ଈଶ୍ୱରଙ୍କ ହାତ ଅଙ୍କା ପ୍ରକୃତିର ଛବି । ଆଗ ଓ ପଛରେ ଚାଲୁଥିବା ଅନେକ କାଠ ଡ଼ଙ୍ଗା ଓ ବୋଟ୍, ପିଲାଦିନେ ରଫ୍ ଖାତା ଚିରି ବର୍ଷା ପାଣିରେ ଭସାଇ ଦେଉଥିବା ସାନସାନ କାଗଜ ଡ଼ଙ୍ଗା ପରି ପ୍ରତୀୟମାନ ହେଉଥାଆନ୍ତି ।

ଲେକ୍ ଉପକୂଳରେ ଚତୁର୍ଦ୍ଦିଗ ସବୁଜମୟ ଘଞ୍ଚ ଅରଣ୍ୟ । ଦୂରରୁ ଦୃଶ୍ୟମାନ ନଭଶ୍ଚୁମ୍ବୀ ସଫେଦ୍ ହିମ ଗିରିମାଳାରୁ ଶୀତୁଆ ପବନ ଦଲକାଏ ଦଲକାଏ ବାଜି ଶିହରି ଉଠୁଥାଏ ଦେହ ମନ । ସେ ଯଦିଓ ସେୟାରିଂ ବୋଟରେ ଟିକେଟ୍ କାଟିଥିଲା, କେହି କେହି ନିଜେ ବୋଟିଙ୍ଗ୍ କରି ସୌନ୍ଦର୍ଯ୍ୟ ଉପଭୋଗ କରୁଥିଲେ ।

କୋହଲା ପବନରେ ଉଡି ବୁଲୁଥିଲେ ଅନେକ ପ୍ରଜାତିର ପକ୍ଷୀ । ପାଣି ଭିତରକୁ ବୁଡ଼ ମାରି ଥଣ୍ଟରେ ଧରି ଆଣୁଥିଲେ ଛୋଟଛୋଟ ମାଛ । ନୀଳ ଗଗନର କେଉଁ ପ୍ରାନ୍ତକୁ ଫୁର୍ କିନା ଉଡ଼ି ଯାଉଥିଲେ ଆଉ ଆଖି ପାଉ ନ'ଥିଲା ।

ପାହାଡ଼ ଶିଖର ଉପରୁ ପାରାଗ୍ଲାଇଡିଙ୍ଗ୍ କରୁଥିବା ମଣିଷମାନେ ଦେଖାଯାଉ ଥାଆନ୍ତି ଅବିକଳ ପକ୍ଷୀଟିଏ ପରି। ଶିଖର ଉପରୁ ଲମ୍ଫ ଦେଲା ବେଳେ ମେଲିଯାଇଥିବା ତାଙ୍କ ପ୍ଲାଷ୍ଟିକ୍ ଉଇଙ୍ଗିସ୍ ଅନ୍ୟପକ୍ଷୀମାନଙ୍କ ସହ ଆଉ ଏକ ପକ୍ଷୀର ଭ୍ରମ ସୃଷ୍ଟି କରି ଗଗନରେ ଉଡ଼ି ବୁଲୁଥିଲେ।

ସେଇ ଅପୂର୍ବ ଦୃଶ୍ୟ ପାଇଁ ତ ଦୁନିଆର ବିଭିନ୍ନ ପ୍ରାନ୍ତରୁ ପ୍ରତିଦିନ ଶହଶହ ପର୍ଯ୍ୟଟକଙ୍କ ଭିଡ଼ ଜମେ।

କାମ ଚାପରୁ ସାମାନ୍ୟ ମୁକ୍ତି ଓ ଶାନ୍ତି ପାଇଁ ସେ ବି କିଛି ଦିନ ଛୁଟି ନେଇ ଚାଲିଆସିଛି। ସବୁ କିଛି ଭୁଲି ଏଇ ମନୋରମ ପରିବେଶରେ ନିଜକୁ ହଜାଇ ଦେବ।

କିନ୍ତୁ ଏ କ'ଣ ! ତାର ସମସ୍ତ ଏକାଗ୍ରତାକୁ ଭାଙ୍ଗି ଚୁର୍‌ମାର୍ କରି ଦେଉଛି ସେଇ କୁହୁକ ବାସ୍ନା। ନିଝୁମ୍ ରାତିରେ ବି ହୋଟେଲ୍‌ର ବିଳାସପୂର୍ଣ୍ଣ କୋଠରି ଛାଡ଼ି ପଦାକୁ ବାହାରି ଆସିବାକୁ ବାଧ ହେଉଛି। ଓଃ ଏଇ ଅନୁଭବ ଓ ଆକର୍ଷଣରେ ତ ନିଜର ଚିନ୍ତା, ଚେତନା ହରାଇ ବସେ ମଣିଷ! ପ୍ରତ୍ୟେକଟି କୋଷ କଣିକାକୁ ଦୋହଲାଇ ଦିଏ।

ଏଇ ଦୁଇ ଦିନ ହେଲା ଯାହା ଘଟୁଛି ତା'ର ବାସ୍ତବତା ମାପିବାକୁ ସେ କ'ଣ କରିବ? କ'ଣ ବା କରି ପାରିବ ସେ? କେମିତି ଅନ୍ୱେଷଣ କରିବ ଏକ ଅଦୃଶ୍ୟ ସତ୍ତାକୁ। ଯଦି ଏହା ଭ୍ରମ ନ'ହୋଇ ବାସ୍ତବ ହେଇଥାଏ; ତେବେ ଏଥର ବି କ'ଣ ହଜାଇ ଦେବ ତା ଠିକଣା! ଏଥର ଏମିତି ହେବାକୁ ଦେବ ନାହିଁ। କଦାପି ନୁହେଁ।

ମଣିଷ ସତରେ କେତେ ଅଦ୍ଭୁତ ପ୍ରାଣୀ। ଯେଉଁ ପ୍ରାପ୍ୟଟି ତା'ହାତ ପାହାନ୍ତାର ନୁହଁ, ସେଇ ଈପ୍ସିତ ବସ୍ତୁଟି ପାଇଁ ତା ଅବଚେତନ ମନ ଖୋଜିବୁଲେ। ସାରା ଜୀବନ ଘୂରିବୁଲେ। ପ୍ରାପ୍ତ କରିବା ପାଇଁ ତା' ଭିତରେ ଥାଏ ଏକ ଅଦମ୍ୟ ଇଚ୍ଛା। ଭୂମିରେ ଥାଇ ଗଗନର ମୋହ, ଗଗନରେ ଥାଇ ଜହ୍ନର ମାୟା ଅହରହ ଘାରୁଥାଏ । ତା'ଅନ୍ୱେଷଣର ଅନ୍ତ ହିଁ ନାହିଁ। ପ୍ରତ୍ୟେକ ପ୍ରକାର କଳ, କୌଶଳ ଖଟାଇ, ପାରୁପର୍ଯ୍ୟନ୍ତ ଚେଷ୍ଟା କରେ, ହାସଲ କରିବା ପାଇଁ।

ସେ ଯାହା ହେଉ ଆଜି ସେ ଖୁବ୍ ଥକି ଯାଇଥିଲା। ମନ୍ଦିରରେ ଦର୍ଶନ ସାରି ଫେରି ଆସୁ ଆସୁ ଦିନ ଦି'ପ୍ରହର। ଲଞ୍ଚ୍ କରି ଅଳ୍ପ ସମୟ ବିଶ୍ରାମ ନେଉନେଉ ପୂର୍ବ ଯୋଜନା ମୁତାବକ ସନ୍ଧ୍ୟା ପୂର୍ବରୁ ହୋଟେଲ୍ ସାମ୍ନାରେ ପହଞ୍ଚି ଯାଇଥିଲା କ୍ୟାବ୍।

ପୁଣି ଥରେ ହୋଟେଲ୍‌ରୁ ବାହାରିବାକୁ ଇଚ୍ଛା ନ'ଥାଇ ବି ତାକୁ ଯିବାକୁ ପଡିଲା। ଯାହା ହେଉ ଭଲ କଲା। ନ'ହେଲେ ଏ ଦୃଶ୍ୟ ଦେଖିବାରୁ ବଞ୍ଚିତ ହୋଇ ଥାଆନ୍ତା ଯେ !

ୱାଲ୍ଡ ପିସ୍ ପଗୋଡ଼ା। ଦୁନିଆର ଅନ୍ୟତମ ଉଚ୍ଚ ଶାନ୍ତି ସ୍ତୁପ। ହୋଟେଲ୍ ନିକଟରୁ ତିନି କିଲୋମିଟର ଦୂର। ସମୁଦ୍ର ପତନଠାରୁ ପ୍ରାୟ ଏଗାରଶହ ମିଟର ଉଚ୍ଚତା। ନେପାଳର ଅନ୍ୟ ଏକ ବୌଦ୍ଧ ଶାନ୍ତିସ୍ତୁପ। ପାହାଡ଼ ପର୍ବତର ରାସ୍ତା ଏତେ ସଳଖ ନୁହେଁ ଯେ ତିନି କିଲୋମିଟର ବାଟ ଦଶ ମିନିଟ୍‌ରେ ପହଞ୍ଚି ଯିବ। ତେଣୁ ଗାଇଡ଼୍‌ର କହିବା ମୁତାବକ କିଛି ସମୟ ଆଗରୁ ବାହାରି ପଡ଼ିଥିଲା ସେ।

ପାହାଡ଼ର ପାଦ ଦେଶରେ କ୍ୟାବ୍‌ରୁ ଓହ୍ଲାଇ ପ୍ରାୟ ଦୁଇଶହ ଖାଲ ଢିପ ପଥର ପାହାଚ ଚଢ଼ି ଯିବାକୁ ହେବ। ଅବଶ୍ୟ ମଝିରେ ମଝିରେ ଛୋଟମୋଟ ଚାହାପାଣି ଦୋକାନ ଓ ବିଶ୍ରାମାଗାର। ପାହାଚ ପାର୍ଶ୍ୱରେ ପର୍ବତ କଟା ଚକଡ଼ାଏ ଚଉତରା ଉପରେ କାଚଘେରା କଫି ବାର୍‌ରେ ବସି ଏ ସୁନ୍ଦରତା ଉପଭୋଗ କରୁକରୁ କଫି ପିଇବାର ମଜା ନିଆରା। ଦି' ପଇସା ରୋଜଗାର ସହ ଟୁରିଷ୍ଟଙ୍କର କୈଣସି ପ୍ରକାର ଅସୁବିଧା ଯେପରି ନ'ହୁଏ ସେଥିପାଇଁ ଏମାନେ ବହୁତ ଯତ୍ନଶୀଳ।

ଏତେ ବାଟ ଚଢ଼ି ଗଲା ପରେ ପ୍ରକୃତିର ଯେଉଁ ସୌନ୍ଦର୍ଯ୍ୟ ଦୃଶ୍ୟମାନ ହୁଏ, ସେଥିରେ ଯେ କେହି ପଥିକର ପଥକ୍ଳାନ୍ତି ମେଣ୍ଟିଯିବା ଥୟ।

ଗାଇଡ଼୍‌କୁ ଅନୁସରଣ କରି ଚାଲିଥିଲା ଆଗକୁ ଆଗକୁ। ଅଧଘଣ୍ଟା ଭିତରେ ପହଞ୍ଚି ଗଲେ ପର୍ବତର ଶୀର୍ଷ ଦେଶରେ। ଇସ୍ ଶଙ୍ଖ ମଲ୍‌ମଲ୍ ବିଶାଳ ଗୋଲେଇ ବୌଦ୍ଧ ସ୍ତୁପ। ଚାରିଦିଗରେ ଚାରୋଟି ସୁନେଲି ରଙ୍ଗର ଉଜ୍ଜଳତମ ତପସ୍ୟା ମୁଦ୍ରାର ବୁଦ୍ଧ ମୂର୍ତ୍ତି । ଚାରିପାଖ ଥରେ ପରିକ୍ରମା କରିଗଲା ଶ୍ରୀମାୟା। ଶୁଭ୍ର ଶିମିଳି ତୁଳା ପରି ଖଣ୍ଡ ଖଣ୍ଡ ଭସା ବାଦଲ୍ ସତେକି ଦେହକୁ ଛୁଇଁ ଦେଇ ଭାସି ଯାଉଥାଆନ୍ତି । ଶିହରି ଉଠୁଥାଏ ଶରୀର। ସେଠାରେ ଯେଉଁ ନିରୋଳା, ଶାନ୍ତି। ସନ୍ଧ୍ୟା ହେଉ ହେଉ ବୌଦ୍ଧ ସନ୍ୟାସୀଙ୍କ ଧ୍ୟାନ ମୁଦ୍ରା ସହ ନିରବ ପ୍ରାର୍ଥନା ଆହାଃ ଐଶ୍ୱର୍ଯ୍ୟ ଅନୁଭବ।

ସୂର୍ଯ୍ୟାସ୍ତ ହେଉ ବା ସୂର୍ଯ୍ୟୋଦୟ, ଏ ଦୃଶ୍ୟ ଏଠାରେ ଚମତ୍କାର। ଲାଗେ ଯେପରି ପ୍ରକୃତରେ ସେ ଦୂର ପର୍ବତ କୋଳରୁ ଉଙ୍କି ମାରେ କଅଁଳ ସୂରୁଜ, ସାରା ଦିନର ରୌଦ୍ରତାପର କ୍ଳାନ୍ତି ପରେ ତା'ମା' କୋଳକୁ ଲେଉଟିଯାଏ।

ସେ ଦେଖୁଥିଲା ପର୍ବତ ଶିଖରରୁ ଫିୱା ଲେକ୍‌ର ବିସ୍ତାରିତ, ସ୍ଥିର ଜଳରାଶି।

ଉଚ୍ଚ ସ୍ଥାନରୁ ସାରା ପୋଖରା ସହରର ଦୃଶ୍ୟ ନିହାତି ଭିନ୍ନ। ଦିଆସିଲି ଖୋଳ ପରି ଅସଂଖ୍ୟ ଘର, ହୋଟେଲ୍, ମଲ୍, ରାସ୍ତା ଘାଟ, ଦୋକାନ ବଜାର। ଉପରୁ ନିହାତି କ୍ଷୁଦ୍ର। ଛୋଟ ପିଲାଙ୍କ ଖେଳନା କଣ୍ଢେଇ ପରି। ପିଲାଙ୍କ ସ୍କୁଲ ପ୍ରୋଜେକ୍ଟ ପ୍ରେଜେଣ୍ଟେସନ୍‌ରେ ଗୋଟେ ଆଧୁନିକ ସହରର ମଡେଲ୍।

ହୋଟେଲ ବାଲ୍‌କୋନିରେ ଉତ୍ତର ଦିଗକୁ ମୁହଁ କରି ଛିଡ଼ା ହେଲେ ସିଧା ଆଖି ସଳଖରେ ଦିଶିଯାଏ, ହିମାଳୟର ଅନ୍ୟତମ ପର୍ବତକୁଞ୍ଜ ଅନ୍ନପୂର୍ଣ୍ଣା ରେଞ୍ଜ୍।

ସୂର୍ଯ୍ୟଙ୍କ ପହିଲି କିରଣ, ଶିଖରକୁ ଛୁଇଁଲାପରେ ସାମ୍ନାରେ ଥିବା ବୌଦ୍ଧ ମନ୍ଦିରରେ ପଡ଼ି ବୁଦ୍ଧଦେବଙ୍କର ପାଦ ପଖାଳେ।

ବୁଦ୍ଧ.... ମାୟା, ମୋହରୁ ବାହାରି, ମୁକ୍ତିର ପଥ ଦେଖାଉଥିବା, ପବିତ୍ରତାର ପ୍ରତୀକ।

କିନ୍ତୁ ଶ୍ରୀମାୟାର ସେଇ ମାୟାରୁ ମୁକ୍ତି କାଇଁ? ସେ ଯେପରି ବାରମ୍ବାର ଅନ୍ୟମନସ୍କ ହୋଇ ପଡୁଛି।

ଦିନ ଥିଲା କଲେଜ କ୍ୟାମ୍ପସ୍‌ରେ ତାର ନାଁ ଥିଲା "ଦ କଲେଜ କୁଇନ୍ ଶ୍ରୀମାୟା।" ସାଙ୍ଗସାଥିମାନେ ଥଟ୍ଟା ପରିହାସ କରନ୍ତି। କୁହନ୍ତି, "ଏ ଶ୍ରୀମାୟା, ମହାମାୟା ତୁମ୍ଭ ପଛରେ ତ କଲେଜର ଅଧାରୁ ଅଧିକ ପ୍ରେମିକ ପାଗଳ। ଆଉ ତୁମ୍ଭେ କାହା ପଛରେ ଯେ? କହନ୍ତୁ ମାତା ମହାମାୟା।" ହସାହସି ହୁଅନ୍ତି।

"ଯାଃ...କାହା ପଛରେ ନୁହଁ। ଚାଲ ଭାଗ ଏଠୁ, ମତେ ବିରକ୍ତ କରନା।"

"ଆଃ ହାଃ.. କେଡ଼େ ଫୁଲେଇ ମଃ..ଜମାରୁ ଶୁଣିବାକୁ ମନ ଥିବକି?" ହସର ଏକ ମୃଦୁ ଗୁଞ୍ଜରଣଟିଏ ଖେଳିଯାଇ, ପରିବେଶଟିକୁ ରୋମାଣ୍ଟିକ କରିଦିଏ।

ସେ ସବୁ ମିଠାଦିନ କେବେଠାରୁ ଅତିକ୍ରମ କରି ଗଲାଣି। ଏବେ ଖାଲି ସ୍ମୃତି। ଏ ବି ଜଞ୍ଜାଳ ଭିତରେ କେବେ ମନେ ପଡ଼ିନି। ଆଜି ଏଠି ଏକାନ୍ତରେ ହଠାତ୍ ଏସବୁ ମନେପଡ଼ି ଯାଉଛି। ତାଜା ହେଉଛି ପୁରୁଣା ଦିନ।

କଲେଜ କୁଇନ୍ ଟାଇଟେଲ୍‌ଟା ଆନୁଆଲ୍ ଫଙ୍କସନ୍‌ରେ ଜିତିଥିଲା ସେ। କଦାପି ଇଚ୍ଛା ନଥିଲା ନିଜ ସମୟ ବର୍‌ବାଦ୍ କରି ସେଥିରେ ମନ ଦେବକୁ। କିନ୍ତୁ ତା ରୁମମେଟ୍ ଓ ସାଙ୍ଗମାନେ ନଛୋଡ଼ବନ୍ଧା। ତାଙ୍କର ଅନ୍ୟ ଦଳ ସହତ ବାଜି ଲାଗିଥିଲା। ଶ୍ରୀମାୟାକୁ ଉଚିତ ପ୍ରାର୍ଥୀ ଭାବି ଛିଡ଼ା କରାଇବା ରିହର୍ସଲ୍ କରାଇବା ଓ ଶେଷରେ ସତକୁ ସତ ଜିତାଇଦେଲେ।

ନହେଲେ କେବଳ ସଂଗୀତରେ ତାର ମନ, ଏ ସବୁଠାରୁ ବହୁତ ଦୂରରେ। ସଂଗୀତ ବିଶାରଦ ଶେଷବର୍ଷ।

କେଉଁକେଉଁ ସ୍ଥାନରୁ ପିଲା ଆସନ୍ତି ବନାରସ୍ ହିନ୍ଦୁ ୟୁନିଭର୍‌ସିଟିରେ ପାଠ ପଢିବା ପାଇଁ। କୋର୍ସ କମ୍ପ୍ଲିଟ୍ ହେବା ବେଳକୁ କ୍ୟାମ୍ପସ୍ ଭିତରୁ ନିଜ ଜୀବିକା ଓ ଜୀବନସାଥି ବାଛି ସାରି ଥାଆନ୍ତି।

ସାଙ୍ଗମାନେ କୁହନ୍ତି ଶ୍ରୀମାୟା ସତରେ ତୋର କେହି ବଏଫ୍ରେଣ୍ଡ ନାହାନ୍ତି ? ଏତେ ପୁଅ ଲାଇନ୍‌ରେ ଚାତକ ପରି ଚାହିଁ ବସିଛନ୍ତି, କୋକିଳକଣ୍ଠୀର ଦିଓ୍ୱାନା ସେମାନେ। ସତରେ କଣ ତୋର କେହି ହେଲେ ପସନ୍ଦ ନୁହେଁ। ନା ଆମକୁ ସବୁବେଳେ ଲୁଚଉଛୁ।

ବିଶ୍ୱାସ କର ମତେ। ଅପସନ୍ଦ କେହି ବି ନୁହେଁ। ସମସ୍ତଙ୍କର ନିଜ ନିଜର ସ୍ୱତନ୍ତ୍ରତା ଅଛି। ନିଜ ନିଜ କ୍ଷେତ୍ରରେ ସମସ୍ତେ ଖୁବ୍ ଭଲ। ସେମାନେ ସବୁ ମୋର ଭଲ ବନ୍ଧୁ ହେଇପାରନ୍ତି। କିନ୍ତୁ ଜୀବନ ସାଥି ବାବଦରେ କେବେ ବି ଭାବିନି।

ଯଦି ଏମିତି କଥା ତେବେ ଧରି ନେବାକୁ ହେବ ଯେ ତୁ ଝିଅ ପିଲା ହିସାବରେ ଗୋଟେ ବ୍ୟତିକ୍ରମ। ନହେଲେ ଏ ବୟସରେ ପ୍ରେମ କାହାକୁ ନହୁଏ ଯେ ! କହିବୁନି ଯଦି ନ' କହ। ଯାଃ...

କାହିଁକି କହିବିନି ଯେ ? ହେଲେ କିଏ ଥିଲେ ତ ? ଆରେ ତୁମେ ତ ମୋ ସାଙ୍ଗ। ସତ କହୁଛି

ଯେବେ ମୋ ଜୀବନରେ କେହି ଆସିବେ, ନିଶ୍ଚିତ କହିବି।

କହିଦିଏ ସିନା କିନ୍ତୁ, ସାଙ୍ଗମାନଙ୍କର ଶେଷ ପଦଟି ଟିକେ ଖରାପ ଲାଗେ। ସତରେ ସେ କଣ ଗୋଟେ ବ୍ୟତିକ୍ରମ ! ପ୍ରେମ କଣ ସେ କାହାକୁ ବି କରି ପାରିନାହିଁ ଆଜି ଯାଏ ! କାହା ପାଇଁ ସେ କେବେ ପାଗଳ ହେଇ ନାହିଁ ! ରୋମାଞ୍ଚିତ ହେଇ ନାହିଁ ତନୁ ମନ ! ଅପେକ୍ଷା କରି ନାହିଁ ଦିନ ଦିନ।

ତାନ୍‌ପୁରାରେ ସୁର ବାନ୍ଧି ପ୍ରାତଃ ସମୟ ରାଗ ଅହୀରଭୈରବର ଆଳାପ ତୋଳେ ସେ। ଖୟାଲ୍ ଗାନ୍‌ରେ ମଜ୍ଜିଯାଏ। ମୁଦ୍ରିତ ନୟନରେ ଦୂର ଦିଗବଳୟ ଡେଇଁ ପହଞ୍ଚି ଯାଇଥିଲା ଗୋଟିଏ କାଳ୍ପନିକ ଦୁନିଆଁ ଭିତରକୁ। ଯେଉଁଠି ତା'ର ସମଗ୍ର ଅସ୍ତିତ୍ୱ ସେଇ ମାୟାବୀ ପରିଧି ଭିତରେ ଆବଦ୍ଧ ହୋଇ ସାରିଥିଲା।

ଆଳାପ,ସ୍ଥାୟୀ, ଅନ୍ତରା ସରିଥାଏ। ପ୍ରେମର ମହ୍ଲାର ସହ ରାଗର ମୂର୍ଚ୍ଛନା ତୋଳି ଗୁଞ୍ଜରିତ ହୋଇ ଉଠୁଥାଏ ସାରା ରିୟାଜ୍ ହଲ୍। ପରେପରେ ନଟ ଭୈରବ, ଆନନ୍ଦ ଭୈରବ, ଭୋପାଳୀ ଓ ଶେଷରେ ତୋଡ଼ି ରାଗର ତାନ୍ ଓ ତରାନାରେ ଶେଷ ହୁଏ।

ଗୋଟିଏ ଦିନ ଭୋର ବେଳାରୁ ଆରମ୍ଭ କରି ନିରବଚ୍ଛିନ୍ନ ଭାବେ ଦୀର୍ଘ ସାଢ଼େ ସାତ ଘଣ୍ଟା କାଳ ପାଞ୍ଚଟି ରାଗ ନିର୍ଭୁଲ ଭାବରେ ବୋଲି ସମସ୍ତଙ୍କୁ ଚମକୃତ କରିଦେଇଥିଲା। ଦୀର୍ଘ ସମୟ ଧରି ତାନପୁରା ଷ୍ଟ୍ରିଙ୍ଗ୍ ଉପରେ ହସ୍ତ ଚାଳନା ଦ୍ୱାରା ଆଙ୍ଗୁଳି ହୋଇଥିଲା ରକ୍ତାଭ। ଗମ୍‌ଗମ୍ ଝାଳରେ ଭିଜି ଯାଇଥିଲା ସାଲଓ୍ୱାର କାମିଜ୍।

ଗୁରୁଜୀ କେତେବେଳୁ ଆସି ସାରିଥିଲେ।

ଉଠି ଆସିଲେ, ମଥାରେ ହାତ ରଖି ଆଶୀର୍ବାଦ କରିଥିଲେ। କହିଥିଲେ, ଚମତ୍କାର। ଏଇ ବିଭୋରପଣ ତ ଦର୍କାର। ରିୟାଜ ଜାରି ରହୁ। ତୁ ଖୁବ୍ ଆଗକୁ ଯିବୁ।

ଆଖି ଖୋଲି ଦେଖିଲା। ରିୟାଜ ହଲ୍‌ରେ ଥିଲେ ଅନେକ ସହପାଠୀ। ଅନ୍ୟ ଡିପାର୍ଟମେଣ୍ଟର ଦୁଇ ଚାରି ଜଣ ଗୁରୁ ମାଆ ବି ସେଇଠି ଅଟକି ଯାଇଥିଲେ। ତବଲା ବାଦକ ଶଶୀ ସାର୍ କୈଣସି ବାଧା ନଦେଇ ସମସ୍ତେ ନିରବରେ ବସି ତା ଗାୟନ ଶୈଳୀକୁ ଉପଭୋଗ କରୁଥିଲେ।

ସେ ଦିନ ତା ଗୁରୁଜୀ କିଛି ସହପାଠିନୀଙ୍କ ସହ ତା ନାଁ ଦେଇଥିଲେ। କଲିକତାରେ ଗୋଟିଏ ସେମିନାର୍ ଅଛି। ଦେଶର ବିଭିନ୍ନ କଲେଜ ଓ ୟୁନିଭର୍‌ସିଟିରୁ ବିଭିନ୍ନ ବିଭାଗର ଛାତ୍ର ଛାତ୍ରୀ ଯୋଗ ଦେବେ। ସେଇ ପରିପ୍ରେକ୍ଷୀରେ ତାଙ୍କ ଡିପାର୍ଟମେଣ୍ଟ ତରଫରୁ ଅନ୍ୟମାନଙ୍କ ସହ ଶ୍ରୀମାୟାର ନାଁ ଗଲା। ସେ ବି ଯାଇଥିଲା।

ପଢ଼ା ସରିଗଲା। ଯୋଗକୁ ସେଇ ୟୁନିଭରସିଟିରେ ସଂଗୀତ ଅଧ୍ୟାପିକା ଭାବେ ଚାକିରି ମିଳିଗଲା। ସେ ସ୍ଥାନ ତାର ପ୍ରିୟ ହୋଇଗଲା। ଭଲ ହେଲା। ମିଠା ସ୍ମୃତି ସହ ବାନ୍ଧି ହୋଇ ରହି ପାରିବାର ସୁଯୋଗ କେତେ ଜଣଙ୍କୁ ମିଳେ?

ତାର ଅନ୍ୟ ସହପାଠୀମାନେ କିଏ କୁଆଡେ ଗଲେ। କିଏ ଅନ୍ୟ ସହରରେ ଚାକିରି ପାଇ ଚାଲି ଯାଇଛି ତ କିଏ ବିବାହ କରିଛି। ନିଜ ନିଜ ଜୀବନର ଧାରା ସହ ଆଗକୁ ବଢ଼ିଛନ୍ତି।

ଗାଁରୁ ଫୋନ୍ ଆସେ, ବୋଉ ସବୁବେଳେ ପଚାରେ ତୁ କେବେ ବିବାହ

କରିବୁ ? ତୋ ବୟସର ଯେତେ ସାଙ୍ଗ ସମସ୍ତଙ୍କର ପ୍ରାୟ ବିବାହ ସରିଲାଣି । କୋଳରେ ଗୋଟିଏ ଦୁଇଟି ଛୁଆ । ଘରସଂସାର କରି କେତେ ଖୁସିରେ ଥିବେ !

ଆଉ ମୁଁ କଣ ଦୁଃଖରେ ଅଛି ବୋଉ ? ସେମାନଙ୍କର ତ ମାତ୍ର ଗୋଟିଏ ଦୁଇଟି ଛୁଆ, ମୋର ଅଗଣିତ । ଏ ସବୁ ଛାତ୍ର ଛାତ୍ରୀ ମୋର ଛୁଆ ନୁହନ୍ତି କି ? ସେମାନଙ୍କୁ ମଣିଷ କରିବା ଦାୟିତ୍ୱ ମୋର ନୁହେଁ କି ? ଏମିତି କହି ସେ ହସିଦିଏ । ବୋଉ ମୁହଁ ଫୁଲାଏ । କଥାରେ ତତେ ମୁଁ ପାରିବିନି । ଭଦ୍ରକର ଚରମ୍ପା କାହିଁ ବନାରସ୍ ସହର କାହିଁ, ତୋରି ଜିଦ୍‌ରେ ଏତେ ଦୂର ପଠେଇ ଥିଲି । ତୁ ପାଠ ଶେଷ କରି ପୂରା ସେଇଠି ହିଁ ରହିଗଲୁ । ତୁ ଚାକିରି କରିବା ପରଠାରୁ ବହୁତ ଭଲଭଲ ପ୍ରସ୍ତାବ ଆସୁଛି । ମୁଁ କାହାକୁ କିଛି କହି ପାରୁନି ।

କାହାକୁ କିଛି କହିବା ଦରକାର ନାହିଁ । ତୁ ଚୁପ୍ ରହି ଯା ବୋଉ । ମୋ ମନ ହେଲେ ମୁଁ ଆପେ କହିବି ମତେ ବାହା କରିଦେ । ପୁଣି ହସେ ମଜା କରେ । ତୋ ଲାଗି ଏଥର ଗୋଟିଏ ବନାରସୀ ସିଲ୍କ୍ ପଠେଇଛି । ଠିକ ସମୟରେ ପାଇଯିବୁ । ଆଉ ମନି ଅର୍ଡ଼ର ବି ।

ହଁ ତୁ ନିଜ କର୍ତ୍ତବ୍ୟ କହି ଏ ସବୁ କରୁଥା । ମୋ କର୍ତ୍ତବ୍ୟ ସେମିତି ଝୁଲି ରହିଥାଉ ।

ବୋଉ ଅଭିମାନ କରେ । ସେ କଥା ଦିଏ, ହଉ ରାଗେନା ବୋଉ । ଏଥର ପୂଜା ଛୁଟିରେ ଗଲେ କିଛି ଗୋଟେ କରିବା । ଏମିତି କେତୋଟି ପୂଜା ଛୁଟି ଅତିକ୍ରମ କରିଛି । ସବୁ ଥର କିଛି ନା କିଛି ବାହାନା କରି ସେ ଖସି ଆସିଛି ।

ପ୍ରକୃତରେ ବିବାହ ପାଇଁ ତା ମନ ବଳିନାହିଁ କେବେ ହେଲେ ।

ବୋଉ ତ ଅନେକ ଥର ପଚାରିଛି, ଯଦି କାହାକୁ ପସନ୍ଦ କରିଛୁ କହୁନୁ, ତା ସହ ଠିକ କରିବା । ନହେଲେ ନାରାୟଣ ଦତ୍ତ ତା' ବଡ଼ ପୁଅ ପାଇଁ ତତେ ବୋହୂ କରିବ ବୋଲି ଅନେଇ ବସିଛି । ବାହାଘର ପରେ ସେ ପୁଅ ସହ ଆମେରିକା ଚାଲିଯିବୁ । ସେଇଠି ଗୀତ ସ୍କୁଲ କରିଦେବ ତୋ ଲାଗି । ମୋର କିଛି ଆପତ୍ତି ନାହିଁ । ତୁ ବନାରସ୍‌ରେ ରହିଲେ ଯାହା ବିଦେଶରେ ରହିଲେ ତାହା । ବର୍ଷରେ ତ ସେଇ ଥରେ ହିଁ ଆସିବୁ ନା !

କଥା ଟାଳି ଦିଏ । ସେ କାହାକୁ ଠିକ୍ କରିଛି ନିଜେ ହିଁ ଜାଣେନା । ଆଉ

ଦତ୍ତ ଘର ପୁଅ ବହୁତ ଭଲ କିନ୍ତୁ ମୁଁ ତା ସହ ବିବାହ କରି ପାରିବ ନାହିଁ। କାହିଁକିର ଉତ୍ତର ତା' ପାଖରେ ନଥାଏ। ବୋଉଠାରୁ ମୁହଁ ଲୁଚାଇ ଫେରିଆସେ କର୍ମକ୍ଷେତ୍ରକୁ। ସବୁ ଭୁଲି ଯାଏ। ଛାତ୍ରଛାତ୍ରୀ ଓ ସଂଗୀତ ଦୁନିଆ କିଛି ବି ମନେ ପକାଇବାକୁ ଦିଏ ନାହିଁ।

ପ୍ରତି ଛୁଟିରେ ସେ କିନ୍ତୁ ବାହାରକୁ ବୁଲି ଆସେ।

ଏତେ କଥା ଭାବୁଭାବୁ ରେଲିଙ୍ଗ୍ ଉପରେ ମଥା ରଖି ସେଇଠି ଢୁଳେଇ ପଡ଼ିଛି ଜାଣେନା।

ସୂର୍ଯ୍ୟଙ୍କର ପହିଲି କିରଣରେ ଆଖି ଖୋଲିଲା। ପର୍ବତର ଶିଖରକୁ ଛୁଇଁ, ଶାନ୍ତି ସ୍ତୁପରେ ବୁଦ୍ଧଙ୍କ ପାଦ ଛୁଇଁଲା କଅଁଳ କିରଣ। ସୂର୍ଯ୍ୟ ନମସ୍କାର କରି ସଳଖ ଛିଡ଼ା ହେଲା।

ନା ଆଜି କୌଣସି କାର୍ଯ୍ୟକ୍ରମ ରଖିବ ନାହିଁ। କୁଆଡ଼େ ବି ଯିବ ନାହିଁ। ଦି' ରାତି ଅନିଦ୍ରାରେ କଟିଛି। ଆଜି ସାରାଦିନ ଶୋଇ ରହିବ।

ଭାଗ- ୩

ଶ୍ରୀମାୟା ଭିତରକୁ ଆସିଲା। ହୋଟେଲ୍ ରିସେପ୍ସନ୍‌କୁ ଫୋନ୍ କରି କହିଲା ଆଜି ସବୁ କ୍ୟାନ୍‌ସଲ୍ କରି ଦିଅ। ଗାଡ଼ି ଦର୍କାର ପଡ଼ିଲେ ମୁଁ ପରେ ଜଣାଇବି।

ବାଥ୍-ଟବ୍‌ରେ ବୁଡ଼ି ଘଣ୍ଟାଏ କାଳ ଲାଇଟ୍ ଓ୍ୱାର୍ମବାଥ୍ ନେଲା। ପୋଛାପୋଛି ହେଇ ଶେଯରେ ଅଳସ ଦେହକୁ ଅଜାଡ଼ି ଦେଇଛି। ଶୋଇଛି ଯେ ଶୋଇଛି। ଦିନ ଗଡ଼ି ଯିବାକୁ କିଛି ସମୟ ବାକି, ନିଦ ଭାଙ୍ଗିଲା। ମୁଣ୍ଡ ଭାରି ଭାରି। ଭାବିଥିଲା ସାରାଦିନ ଶୋଇଗଲେ ବୋଧହୁଏ ଭଲ ଲାଗିବ। କିନ୍ତୁ ସେୟା ହେଲା ନାହିଁ। ତାକୁ ଏବେ କଡ଼ା ଚା'ଗୋଟେ କପ୍ ଦର୍କାର।

ଅର୍ଡର ମୁତାବକ ରୁମ୍ ସର୍ଭିସ ଚା'ଆଣି ବେଲ୍ ମାରିଲା। ଚା' ତ ଭଲ, କିନ୍ତୁ ତାକୁ ଯେମିତି ଦର୍କାର ଏଇଟା ଆଦୌ ନୁହେଁ। କ'ଣ ଆଉ କରାଯିବ, ଯେ ଦେଶ ଯାଇ, ସେ ଫଳ ଖାଇ ନୀତିରେ ଚୁପ୍ ରହିବା ସାର। ମୁଣ୍ଡ ବିନ୍ଧା କମିବନି।

ସନ୍ଧ୍ୟା ହେବାକୁ ଆହୁରି ସମୟ ବାକି ଅଛି। ସାରାଦିନ ତ ଶୋଇ ରହିଛି। ଏବେ ଟିକେ ଚାଲି ଚାଲି ବାହାରେ ବୁଲି ଆସିଲେ ହୁଏତ ଆରାମ ଲାଗିବ।

ଦେହରେ ଶାଲ୍‌ଟିଏ ପକାଇ ହୋଟେଲ୍‌ରୁ ବାହାରି ପଡ଼ିଲା। ଲେକ୍ ସାଇଡ୍ ରୋଡ୍ ଧାରେ ଧାରେ ଚାଲିଛି। ଧୂଳିଧୁସର ବିହୀନ ସୁନ୍ଦର ପରିଷ୍କାର ରାସ୍ତା। ଗୋଟିଏ ଧାରରେ ବଡ଼ବଡ଼ ଝଙ୍କାଳିଆ ଗଛ। ସୁନ୍ଦର ଭାବରେ ଗୋଲ କରି ଉପରୁ କଟା ଯାଇଛି। ଅନ୍ୟ ପାଖରେ ଲମ୍ବା ଧାଡ଼ି ସୁସଜ୍ଜିତ ଅନେକ ଦୋକାନ, ରେଷ୍ଟୁରାଣ୍ଟ, କଫିସପ୍। ଏଠିକାର ସ୍ୱତନ୍ତ୍ର ନେପାଳୀମାନଙ୍କ ହାତ ତିଆରି ରେଶମୀ ପୋଷାକ। ଯେତିକି ସୁନ୍ଦର ପୋଷାକ ତା'ଠାରୁ ସୁନ୍ଦର ସେଇ ଝିଅମାନେ।

ବିଧାତା ଖୁବ୍ ମନପ୍ରାଣ ଦେଇ ଏଇ ନେପାଳୀ ଝିଅମାନଙ୍କୁ ଗଢ଼ି ଥିବେ। ହାଇନେକ୍ ସ୍ୱେଟର୍, ସ୍କିନ୍‌ଫିଟ୍ ଲେଗିନ୍ସ ପିନ୍ଧି ହାତରେ କିଛି କିଛି ସ୍କାର୍ଫ୍ ଓହଳାଇ ଗ୍ରାହକଙ୍କ ଦୃଷ୍ଟି ଆକର୍ଷଣ କରୁଥାଆନ୍ତି।

ଆସିବାଠାରୁ ସେ ଲକ୍ଷ୍ୟ କରୁଛି ଏଠିକାର ପୁରୁଷ ଅପେକ୍ଷା ନାରୀମାନେ ବେଶ୍ ସକ୍ରିୟ। ବିଶେଷ କରି ଦୋକାନ ମାନଙ୍କରେ ସେଲ୍ସଓମେନ୍। ଗ୍ରାହକଙ୍କୁ ଆପ୍ୟାୟିତ କରିବାର କଳା ଓ କୌଶଳ ଖୁବ୍ ମାଲୁମ୍। ପ୍ରତ୍ୟେକ ଦୋକାନରେ ପୁରୁଷ ବେପାରୀଙ୍କଠାରୁ ନାରୀଙ୍କ ସଂଖ୍ୟା ଅଧିକ।

ଭଲ ଲାଗିଲା ସେ ଟିକେ ବାହାରି ଆସିଲା। କେତେ ସୁନ୍ଦର ଜୀବନ ଶୈଳୀ। ସବୁ କିଛି ସୁବ୍ୟବସ୍ଥିତ। ଏତେ ପରିଷ୍କାର ସ୍ଥାନ ଯେ ଚକୋଲେଟ୍ ଜରିଟିଏ ବି ରାସ୍ତା କଡ଼ରେ ପକାଇବାକୁ ସଂକୋଚ ଲାଗିବ। ସେଥିପାଇଁ ମଧ୍ୟ ସୁନ୍ଦର ବ୍ୟବସ୍ଥା ଅଛି। ଅଳ୍ପ ଅଳ୍ପ ବ୍ୟବଧାନରେ ରାସ୍ତା କଡ଼ ଗଛର ଗଣ୍ଡିରେ ଅଳିଆ ଆବର୍ଜନା ପକାଇବା ପାଇଁ ବାକ୍ସମାନ ଟଙ୍ଗା ହୋଇଥାଏ। ସେଥିରେ ଲେଖା ଯାଇଥାଏ ୟୁଜ୍ ମି।

କେତେ ଅତିଥି ପ୍ରିୟ, ଶୃଙ୍ଖଳିତ ଏମାନେ। କୈଣସି ଦୋକାନ ସାମ୍ନାରେ ସାମାନ୍ୟ ଅଟକି ଗଲେ ପାଖକୁ ଆସି ସ୍ୱାଗତ କରୁଛନ୍ତି। କିଛି କିଣ ବା ନ'କିଣ ପାଞ୍ଚ ପ୍ରକାର ଜିନିଷ ଖୋଲି ଦେଖାଇବାରେ ତିଳେ ମାତ୍ର ଦ୍ୱିଧା ନାହିଁ। ହଜୁର୍ ବୋଲି ସମ୍ବୋଧନ କରିବେ ଖୁବ୍ ସମ୍ମାନର ସହ। କିଛି ନକିଣି ଫେରି ଆସିଲେ ମଧ୍ୟ ମନ ଉଣା ନକରି ଖୁସି ଖୁସି ବିଦାୟ ଦେବେ। ଏ ଆତିଥ୍ୟ ଦେଖି ମନ ପୂରିଯିବ।

ଚାଲି ଚାଲି ଅନେକ ବାଟ ଆସିଲାଣି ଶ୍ରୀମାୟା। ସନ୍ଧ୍ୟା ପ୍ରାୟ ଆଗତ। ଚେତା ପଶିଲା। ଏ କ'ଣ! କେତେବେଳୁ ସେ ସୁସଜ୍ଜିତ ଆଭିଜାତ୍ୟପୂର୍ଣ୍ଣ ଲେକ୍ ସାଇଡ୍ ପୋଖରା ମାର୍କେଟର ସୁନ୍ଦର ନିର୍ମଳ ରାସ୍ତା ଓ ଆଲୋକମାଳାକୁ ଅତିକ୍ରମ କରି ବହୁତ ଆଗକୁ ଚାଲି ଆସିଛି। ଏ କେଉଁ ଜାଗା। ଜମାରୁ ଜାକଜମକ ନାହିଁ। ଗହଳି ଶୂନ୍ୟ। ବେଶ୍ କିଛି କିଛି ବ୍ୟବଧାନରେ ଗୋଟିଏ ଦୁଇଟି ଅତ୍ୟାବଶ୍ୟକ ଘରକରଣା ସାମଗ୍ରୀ ଦୋକାନ।

ଏଠି ବୋଧହୁଏ ଗୋଟେ ସାଇକେଲ୍ ମରାମତି ଦୋକାନ ଅଛି। ଯାହା ବନ୍ଦ ଅଛି। ସାଇନ୍‌ବୋର୍ଡ଼ରୁ ଜାଣିବା କଥା। ଗୋଟିଏ ପନିପରିବା ଦୋକାନ ଖୋଲା ଅଛି। ଦୋକାନିଟି ଝୁଡ଼ିରେ ବଳି ପଡ଼ିଥିବା ଅଳ୍ପ କିଛି ପରିବାକୁ ପାଣି ଛିଞ୍ଚି ସତେଜ

ରଖିବାକୁ ଚେଷ୍ଟା ଚଲାଇଛି। ଗୋଟେ ଗ୍ୟାରେଜ୍। ପାଖକୁ ଗାଡ଼ି ମଟର ପାର୍ଟସ୍ ଦୋକାନଟିଏ।

ଛକ ପ୍ରାରମ୍ଭରେ ଷ୍ଟ୍ରିଟ୍ ଲାଇଟ୍ ହିସାବରେ ଯେଉଁ ଏକମାତ୍ର ଏଲ୍ ଇ ଡି ଜଳୁଛି, ତା'ର ଆପ୍ରାଣ ଉଦ୍ୟମ ସତ୍ତ୍ୱେ ସମଗ୍ର ପରିସରକୁ ଉଜ୍ଜ୍ୱଳ କରିବା ପାଇଁ ସେ ଅସମର୍ଥ।

ଯେହେତୁ ବେଶୀ ଦୋକାନ ବଜାର ନାହିଁ ତେଣୁ ଜନସମାଗମ ବି କମ୍। କାଁ ଭାଁ।

ଟିକେ ରହି ଭାବିଲା ଶ୍ରୀମାୟା। ନାଁ ଆଉ ଅଧିକ ଅନ୍ଧାର ହେବା ପୂର୍ବରୁ ଫେରିଯିବ। ଯିବା ପୂର୍ବରୁ ଚାହା ଟିକେ ପିଇ ଥିଲେ ଭଲ ହେଇ ଥାଆନ୍ତା। ଫ୍ରେସ୍ ଲାଗିବ। ଚା'ହେଉ ବା କଫି। ହୋଟେଲ୍‌ର ଚାହା ଏକଦମ୍ ବେକାର ଥିଲା। କିନ୍ତୁ ଏ ପରିବେଶକୁ ଅନୁଧ୍ୟାନ କଲେ ଏଇ ଆଖପାଖରେ କଫି ସପ୍ ଥିବା ପରି ଅନୁମାନ ହେଉନାହିଁ। ଧେତ୍ ଏତେ ବାଟ ନ'ଆସିଥିଲେ ହେଇଥାଆନ୍ତା। ଲେକ୍ ସାଇଡ୍‌ରେ କେତେ ସୁନ୍ଦର ସୁନ୍ଦର ରେଷ୍ଟୁରାଣ୍ଟ। କଫି ହାଉସ୍ ଛାଡ଼ି ଆସିଲା କୁଆଡ଼େ!

ହେଇ ଆଗରେ ଗୋଟିଏ ଦୋକାନ। ବୋଧହୁଏ ଚା' ଦୋକାନଟିଏ। ଛୋଟିଆଟିଏ। ଏଠି କି ଚାହା ମିଳିବ ଯେ ପିଇବ! ବିଲକୁଲ୍ ନ'ଥିବାଠାରୁ ଏତିକି ହେଲେ ବି ହେଉ ଭାବି ଅଟକିଗଲା। ମୁଣ୍ଡ ବିନ୍ଧା କମିବାକୁ କପେ ଚା' ନିହାତି ଲୋଡ଼ା।

ପାଖକୁ ଗଲା ଶ୍ରୀମାୟା।

ବଲବ୍‌ଟିଏ ଓହଳିଛି। ହାଲୁକା ଆଲୁଅ।

ସିମେଣ୍ଟ ପଲସ୍ତରା ଆୟତାକାର କାଉଣ୍ଟରଟିଏ। ତା ଉପରେ ଦୁଇ ତିନୋଟି ରସ ଥାଳିରେ, ହୁଏତ କିଛି ଜଳଖିଆ। ଖବରକାଗଜ ଘୋଡ଼ା ହୋଇ ରହିଛି। ଭିତରେ କାନ୍ଥର କାଠ ରେକ୍‌ର କାଚ କଭର ଭିତରେ ଲାଇନରେ କାଚ ବମ୍। ରଙ୍ଗ ବେରଙ୍ଗ ଚକୋଲେଟ୍, ବିସ୍କୁଟ, ଛୋଟ ଛୋଟ କେକ୍ ପୁଡ଼ିଆ।

ଛୋଟ ଗ୍ୟାସ୍ ଚୁଲାଟିଏ। ଜଳୁ ନାହିଁ। ତା'ଉପରେ କଡ଼େଇରେ କିଛି ପାଣି କି ତେଲ ବସିଛି। ଭିତରପଟେ ମୁହଁ ତଳକୁ କରି କେହି ଜଣେ ବସିଛି। ହାଇନେକ୍ ସ୍ୱେଟରଟିଏ ପିନ୍ଧିଛି। ତା ମୁହଁ ବେଶି ଦେଖାଯାଉନାହିଁ।

ହ୍ୟାଲୋ....କିଏ ଅଛ ! ଟିକେ ଉଚ୍ଚ ସ୍ୱରରେ ପଚାରିଲା। ଦୋକାନିର ନିଦ୍ରା ଭଙ୍ଗ କରିବା ଉଦ୍ଦେଶ୍ୟରେ।

ଆଜ୍ଞା ହଜୁର୍ ଆସନ୍ତୁ।

ଖୁବ୍ ତତ୍ପରତା ସହ ଭିତରୁ ଉଠି ଆସିଲା ସେ। ପତଳା କପଡ଼ା ଖଣ୍ଡେ ଧରି ବେଞ୍ଚଟିକୁ ଝାଡ଼ି ପକାଇଲା। ବସନ୍ତୁ ବସନ୍ତୁ କହି ଅଭ୍ୟର୍ଥନା କଲା।

ବସିବା ପୂର୍ବରୁ ସେ ଚାରିଆଡ଼କୁ ଚାହିଁଲା। ଲେକ୍ ସାଇଡ୍ ମାର୍କେଟ ଓ ଏ ସ୍ଥାନ ମଧ୍ୟରେ କେତେ ତଫାତ୍। କିନ୍ତୁ ଅନ୍ୟ ଦୋକାନ ତୁଳନାରେ ଏ ଛୋଟିଆ ଦୋକାନଟି ଅବଶ୍ୟ ପୂରା ସଫାସୁତରା।

ଆଚ୍ଛା ଚାହା ହେଇ ପାରିବକି ?

ନିଶ୍ଚୟ ହଜୁର୍।

ସେ ଗ୍ୟାସ୍ ଲଗାଇ କରି ସସପେନ୍ ବସାଇଲା। କିଛି ସମୟ ଭିତରେ ଗରମା ଗରମ ଚାହା ପ୍ରସ୍ତୁତ। ଗୋଟେ ମାଟି କପ୍ ଭର୍ତ୍ତି କରି ଚାହା ଆଣି ଶ୍ରୀମାୟା ବସିଥିବା ବେଞ୍ଚ ଉପରେ ରଖିଲା। ଗୋଟାଏ ସିପ୍ ନେଉ ନେଉ ମନ ଖୁସି ହେଇଗଲା। ଆହାଃ... ଏଇତ ସ୍ୱାଦ। ଏମିତି ଅଦା ଅଲେଇଚ ପକା କଡ଼ା ଚା' ପ୍ରକୃତରେ ଦରକାର ଥିଲା।

କିଛି ସମୟ ପୂର୍ବରୁ ଏ ବାବଦରେ ମନ ଭିତରେ ଉଙ୍କି ମାରିଥିବା ଭାବନାଟା ଭୁଲ୍ ପ୍ରମାଣିତ ହେଲା। ଏମିତି ଚାହା ତିଆରି କରୁଥିବା ଦୋକାନିଟି ପ୍ରଶଂସାର ଯୋଗ୍ୟ।

ବାଃ ବାଃ ବହୁତ ସ୍ୱାଦିଷ୍ଟ।

..ଧନ୍ୟବାଦ।

କୃତକୃତ୍ୟ ହେଇ ହସି ଦେଲା ସେ। ହାତରୁ ମାଟି କପଟି ନେଇ ପାଣି ଟବ୍‌ରେ ବୁଡ଼ାଇ ଦେଲା। ସେତେବେଳକୁ ଅନ୍ଧାର ଅଧିକ ଛାଇ ଗଲାଣି। ମୁଣ୍ଡ ଉପରେ ଧିମା ଜଳୁଥିବା ବଲ୍‌ବ୍‌ର ତାରଟିକୁ ଟିକେ ସାମ୍ନା ପଟକୁ ବୁଲେଇ ଦେଲା ସେ। ବୁଲି ପଡ଼ି ଖୁବ୍ ନମ୍ରତାର ସହ ପଚାରିଲା, ହଜୁର୍ ଔର୍ କୁଛ୍ ?

ଓଃ ଆଲୁଅ ପଡ଼ି ପରିଷ୍କାର ଦିଶିଲା। ଏ ତ କେତେ ସୁନ୍ଦର ଝିଅଟିଏ। ସେ ଭାବିଥିଲା ସ୍ତ୍ରୀ ଲୋକଟିଏ ଚାହା ବନାଉଛି ନା.. ଗହମ ରଙ୍ଗର କ୍ଷୀଣ ତନୁ, ସ୍ୱାସ୍ଥ୍ୟକୁ ନେଇ ଉଚ୍ଚତା। ଟଣାଟଣା ଆଖି, ବୟସ ବିଲକୁଲ୍ ବେଶି ନୁହଁ ତ !

ହଜୁର୍ ନାସ୍ତା ?

ଶ୍ରୀମାୟାର ଅନ୍ୟମନସ୍କତା ଭାଙ୍ଗି ଗଲା। ସେତେବେଳୁ ଝିଅଟି ଗୋଡ଼ ଭାଙ୍ଗି ଛିଡ଼ା ହେଇଛି।

ଶ୍ରୀମାୟା ଭାବିଲା, ତାକୁ ବୋଧହୁଏ କେତେବେଳୁ ଭୋକ ଲାଗିଲାଣି। ସକାଳୁ ଗାଧୋଇ ସାରି ଶୋଇପଡ଼ି ଥିଲା ନା। କିଛି ଖାଇ ନାହିଁ ଏ ଯାଏ। ଖାଇଲେ ହୁଅନ୍ତା। ଚାହା ଯଦିଓ ଖୁବ୍ ଭଲ ଥିଲା କିନ୍ତୁ, ରୋଡ଼ ସାଇଡ୍ ଖାଦ୍ୟ କେତେ ସ୍ୱାସ୍ଥ୍ୟକର ! ସେ ରସ ଥାଳି ଢଙ୍କା ଥଣ୍ଡା ଥଣ୍ଡା ଛଣା ଜଳଖିଆ କ'ଣ ଖାଇହେବ ?

ନା'ଥାଉ, କେତେ ହେଲା ?

ଝିଅଟି ରସଥାଳି ଆଡ଼କୁ ଚାହିଁ ଖୁବ୍ ବିନମ୍ରତାର ସହିତ ହସିହସି ଆଉ ଥରେ କହିଲା, ହଜୁର୍ ଏ ସବୁ ଦେବି ନାହିଁ। ଏବେ ସଙ୍ଗେ ସଙ୍ଗେ ଛାଣିକି ଦେବି। ଗରମ ଗରମ। ଆପଣଙ୍କୁ ନିହାତି ଭଲ ଲାଗିବ। ଦେବି ?

ଶ୍ରୀମାୟା ଲକ୍ଷ୍ୟ କଲା। ଝିଅଟିର ଓଠରେ ଉଦାସିଆ ହସ, ଗମ୍ଭୀର ଆଖି ତଳେ ଆଖିଏ ବିନୀତ ଅନୁରୋଧ। ଅଦ୍ଭୁତ ଆକର୍ଷଣ ଅଛି ତା ମୁହଁରେ। ଆଉ ତା' ଆଖି ଉପରୁ ଦୃଷ୍ଟି ଫେରାଇ ହେବ ନାହିଁ।

ତାକୁ ଟିକେ ଖରାପ ଲାଗିଲା। ଝିଅଟି ଜାଣିଗଲା କି ତା' ଅନ୍ତରର କଥା। ଖବରକାଗଜ ଘୋଡ଼ା ଥଣ୍ଡା ଜଳଖିଆ କଥା !

ଅନେକବେଳୁ ବୋଧହୁଏ କୈଣସି ଗ୍ରାହକ ଆସି ନ'ଥିଲେ। ତା ଆସିବା ପରଠାରୁ ତ କେହି ବି ଜଣେ ଏ ରାସ୍ତା ଦେଇ ଯାଇ ନାହାନ୍ତି। ସେଥିପାଇଁ ବୋଧେ ଅନୁରୋଧପୂର୍ଣ୍ଣ ଦୃଷ୍ଟିରେ ଚାହିଁଛି। କିଛି ବେପାର ହେବ ବୋଲି। ଟିକେ ପୂର୍ବରୁ କଡ଼ା ଚାହା ପିଆଇ ମନ ଖୁସି କରିଥିବା ମଣିଷଟିର ମନ ଭାଙ୍ଗିବାକୁ ତା'ର ଆଦୌ ଇଚ୍ଛା ହେଲା ନାହିଁ।

କଥା ଭାଙ୍ଗି ପାରିଲା ନାହିଁ ।

ଆଚ୍ଛା ଦେ, କିନ୍ତୁ ଖାଇବି ନାହିଁ। ପାର୍ସଲ୍ କରିଦେବୁ ତ ଦେ।

ହଜୁର୍ କଣ ନେବେ ?

କଚୋଡ଼ି ଏଠି ହେଇ ପାରିବ କି ? ଯଦି ସେଇଟା ଏଇଠି ହେଇ ପାରିବ

ନାହିଁ ବା ସମୟ ଲାଗିବ, ତେବେ ତୁମର ଏଠି ଯେଉଁଟା ଭଲ ଜଳଖିଆ ସେଇଟା ବି ଚଳିବ।

କଚୋଡ଼ି ନିଶ୍ଚୟ ହେଇ ପାରିବ ହଜୁର୍।

ଆଚ୍ଛା, ଖୁବ୍ ଭଲ କଥା। ହେଲେ ସେ ତ ବେଶ୍ କିଛି ସମୟ ଲାଗିଯିବ! ଖାଇବାକୁ ମନ ଅଛି ବୋଲି ପଚାରି ଦେଲି ସିନା, କିନ୍ତୁ ସମୟ ଅଭାବ। କାରଣ ଆଉ ଅଧିକ ଅନ୍ଧାର ହେଲେ ମତେ ବାଟ ଖୋଜିବା କଷ୍ଟ ହେବ।

ନା ଆଜ୍ଞା, ବେଶି ସମୟ ଲାଗିବ ନାହିଁ। ଏବେ ସଙ୍ଗେସଙ୍ଗେ ହେଇଯିବ। ଯଦି ଖରାପ ନ ଭାବନ୍ତି, ଗୋଟିଏ କଥା ପଚାରନ୍ତି।

ପଚାର।

ହଜୁର୍ ଆପଣ କେଉଁଠିକୁ ଯିବେ କି ?

ହୋଟେଲ୍ ଦ ମାଉଣ୍ଟେନ୍ ଲୋରୀ।

ତେବେ ତ ଏଇ ପାଖରେ!

ପାଖରେ ? ମୁଁ ଯେ ବେଶ୍ କିଛି ବାଟ ଚାଲିକି ଆସିଲି।

ଆଜ୍ଞା, ସମୁଦାୟ ସହରଟି ତ ଖୁବ୍ ସାନ। ଏଇ ଭିତରେ ହିଁ ସବୁ। ଆପଣ ସାମ୍ନା ପାଖରୁ ଆସିଥିବେ। ଏଇ ପଛପଟେ ଗୋଟିଏ ରାସ୍ତା ଅଛି। ଆପଣଙ୍କୁ ଗୋଟିଏ କଥା କହିବି କି ହଜୁର୍ ?

କଣ ?

ଆପଣ ଏଠିକାର ନୁହଁନ୍ତି ? ତେବେ ନିଶ୍ଚୟ ବୁଲିବାକୁ ଆସିଛନ୍ତି। ନାଇଁ ?

ହଁ। ବୁଲିବା ପାଇଁ ତ ଆସିଛି। ମୁଁ ଅନେକ ପରିଭ୍ରମଣ କରିଛି, କିନ୍ତୁ ଏଠିକାର ଲୋକ ଭିନ୍ନ। ଟୁରିଷ୍ଟଙ୍କ ଯତ୍ନ ଖୁବ୍ ସୁନ୍ଦର ଭାବରେ ନିଅନ୍ତି। ଆପାତତଃ ଏଯାଏ ଭେଟିଥିବା ପ୍ରତ୍ୟେକ ମଣିଷଙ୍କ ପାଖରେ ଏୟା ଲକ୍ଷ୍ୟ କରିଛି। ଗୋଟିଏ ଆତ୍ମୀୟ ଭାବ ଓ ସଙ୍କୋଚତା।

ଝିଅଟି ଆଉ ଟିକେ ଖୁସି ହେଇଗଲା । କ୍ଷଣିକରେ ଚଳଚଞ୍ଚଳ ହୋଇ ଉଠିଲା। ଚଟାପଟ୍ ତା କାମ କଲା। ଯେମିତି ନିଜର କେହି ଜଣେ ଭୋକରେ ଅଛି!

ଆସିଲା ବେଳେ ଗୁଡ଼ାଏ ବାଟ ଚାଲିଛି। ଗଲା ବେଳେ କେଉଁ ଗଳି ଦେଇ ଯିବ। ଝିଅଟି ସିନା କହିଲା ଏଇ ପଛରେ ରାସ୍ତାଟିଏ ଅଛି, ହେଲେ ସେ କେମିତି ଜାଣିବ କେଉଁ ରାସ୍ତା! ବାହାରକୁ ଚାହିଁ ଟିକେ ଚିନ୍ତିତ ହେଲା ଶ୍ରୀମାୟା।

ହଜୁର୍ ବ୍ୟସ୍ତ ହେଉଛନ୍ତି କି, ମାଉଣ୍ଟନ୍ ଲୋରୀ ହୋଟେଲ୍‌ର ବାଟ ମୁଁ ଆପଣଙ୍କୁ କହିଦେବି। ଆପଣ ଆରାମରେ ବସନ୍ତୁ।

ଝିଅଟିର କଥା ଶୁଣି ଶ୍ରୀମାୟା ଆଶ୍ୱସ୍ତ ହେଲା।

ଖୁବ୍ ଭଲ ଭାବରେ ଖାସ୍ତା ଦେଇ ଚକଟିବା ପରେ, ତେଲ ଗରମ କଲା।

ତା ଭିତରେ କିଛି କିଛି ଅନ୍ୟ କଥା ପଚାରୁଥାଏ ଶ୍ରୀମାୟା। ଉଦ୍ଦେଶ୍ୟ, ସମୟ କାଟିବା। କାମରେ ମନଦେଇ ଖୁବ୍ କମ୍ କଥା, କେବଳ ହୁଁ ହାଁ ରେ ଝିଅଟି ଉତ୍ତର ଦେଉଥାଏ।

ସେ ଭିତରେ ଜଳଖିଆ ପର୍ବ ସରିଗଲା। ପତ୍ରପୁଡ଼ିଆରେ କଚୋଡ଼ି ରଖି ଖୁବ୍ ସୁନ୍ଦର ଭାବେ ବାନ୍ଧି କରି ଶ୍ରୀମାୟା ହାତକୁ ବଢ଼ାଇ ଦେଲା। "ନିଅନ୍ତୁ ହଜୁର୍ ହେଇଗଲା।"

ଆରେ ବାଃ! କେତେ ଶୀଘ୍ର! ଭାବିନଥିଲି ଏତେ ଜଲ୍‌ଦି କଚୋଡ଼ି ହେଇ ପାରିବ, ପୁଣି ଏଇ ଦୋକାନରେ!

କେତେ ହେଲା ପଚାରି ପର୍ସ ଖୋଲିଲା ଶ୍ରୀମାୟା।

ଆଜ୍ଞା ଶହେ ଟଙ୍କା। ହଜୁର୍ ରୁହନ୍ତୁ ମୁଁ ଟିକେ ଦୋକାନ ବନ୍ଦ କରି ଦିଏ। ଆପଣଙ୍କୁ ବାଟ ବି ବତାଇବାର ଅଛି।

କେବଳ ବାଟ ବତାଇବା ପାଇଁ ଦୋକାନ ବନ୍ଦ କରିବାର ଅଛି ଯଦି ମତେ ଏଇଠୁ କହିଦିଅ, ବାଟ ମୁଁ ପାଇଯିବି।

ନା ନା, ମୁଁ ବି ଏବେ ଘରକୁ ଯିବି। ଆଉ ବି ଗ୍ରାହକ ଆସିବା ପରି ଲାଗୁ ନାହିଁ। ଚାଲନ୍ତୁ, ମୁଁ ଯିବି।

ଝିଅଟି ତା'ର ସାରା ଦିନର ଏକ ମାତ୍ର ପ୍ରଥମ ଓ ଶେଷ ଗ୍ରାହକ ସହ ବେପାର କରି ଦୋକାନରେ ତାଲା ପକାଇଲା।

ଦୁହେଁ ପଛ ପଟ ଦକ୍ଷିଣ ଦିଗ ଅଭିମୁଖେ ଅଗ୍ରସର ହେଲେ। ଅନ୍ଧାରିଆ କେଉଁ ଗଳିକନ୍ଦିରେ ବାଟ କଢ଼ାଇ ନେଇଗଲା। ସତରେ ଜମାରୁ ପାଞ୍ଚ ମିନିଟ୍ ଭିତରେ

ଗଳିଟି ଅତିକ୍ରମ କରିଗଲେ। ମୁଖ୍ୟ ରାସ୍ତାକୁ ଛୁଇଁବା ଭିତରେ ଧୀରେ ଧୀରେ ଅନ୍ଧାର ଅପସରି ଗଲା। ଉଚ୍ଚ ଉଚ୍ଚ ଇଲେକ୍ଟ୍ରି ଖମ୍ବର ଆଲୋକମାଳାରେ ଉଜ୍ଜ୍ୱଳ ହୋଇ ଉଠୁଥିଲା ସହର। ଆଉ ସହର ଭିତରକୁ ଯିବାପାଇଁ ବାହୁ ମେଲାଇ ଆମନ୍ତ୍ରିତ କରିବା ପରି ପ୍ରଶସ୍ତ ରାଜରାସ୍ତା।

ଲକ୍ଷ୍ମଣାରେଖା ଟାଣିବା ପରି ଝିଅଟି ହଠାତ୍ ସେଇ ନିର୍ଦ୍ଦିଷ୍ଟ ସ୍ଥାନରେ ଅଟକି ଗଲା। ଜିଜ୍ଞାସୁ ଆଖିରେ ବୁଲିପଡ଼ି ଚାହିଁଲା ଶ୍ରୀମାୟା। ଷ୍ଟ୍ରିଟ୍ ଲାଇଟ୍ ତଳେ ଛିଡ଼ା ହେଇ ଝିଅଟି ଦେଖାଇ ଦେଲା ଏଇ ଡାହଣ ପଟ ବୁଲାଣି କାଟିଗଲେ ଆପଣଙ୍କ ହୋଟେଲ୍। ଆଉ ଟିକେ ଆଗକୁ ଗଲେ ସ୍ପଷ୍ଟ ଦିଶିବ ।

ଏଇଠାରୁ ଆପଣ ଆରାମରେ ଜାଣି ପାରିବେ। ଯଦି ଚାହିଁବେ ମୁଁ ସେ ପର୍ଯ୍ୟନ୍ତ ଯିବି।

ଆରେ ନାଁ ନାଁ, ଏତେ ପର୍ଯ୍ୟନ୍ତ ଆସିଲୁ ଯଥେଷ୍ଟ। ଅନ୍ଧାର ନ'ହେଇ ଥିଲେ ମତେ ବିଶେଷ ଅସୁବିଧା ହେଇ ନଥାନ୍ତା। ମୁଁ ମୋର ଖୋଜିପାରି ଥାଆନ୍ତି।

ମୁହଁ ଉଠାଇ ଚାହିଁଲା ଶ୍ରୀମାୟା। ଏଇତ ସେଇ ଉଚ୍ଚ ଅଟ୍ଟାଳିକା, ହୋଟେଲ୍ ଲୋରୀ। ନାଲି ନେଳି ଧପ୍‌ଧପ୍ ଆଲୁଅରେ ଇଂରାଜୀର କେତୋଟି ଅକ୍ଷର। ଆଉ ଭୁଲ୍ ହେବନାହିଁ।

ଖୁସି ହେଲା ସେ। ଝିଅଟି ନମସ୍କାର ମୁଦ୍ରାରେ ସେଇଠାରୁ ବିଦାୟ ଜଣାଇ ପଛକୁ ଫେରିଗଲା।

ଶ୍ରୀମାୟାକୁ ଆଜି ବହୁତ ହାଲ୍‌କା ଲାଗୁଛି। ବାଟ ସାରା ଯାହା ଶୀତବସ୍ତ୍ର ଦେଖିଛି, କାଲି ଦିନ ବେଳା ଯାଇ କିଣି ଆଣିବାକୁ ମନସ୍ଥ କଲା। ସାରାଦିନ ଶୋଇ, ସନ୍ଧ୍ୟା ବେଳେ ପାଦରେ ଚାଲିଚାଲି ବୁଲି ଆସିବା ପରେ ରାତିରେ ବି ଆରାମରେ ନିଦ ହେବ। ମୁଣ୍ଡ ବିନ୍ଧା ବିଲକୁଲ୍ ନାହିଁ। କେବଳ ସେ ଚାହା ଯୋଗୁଁ।

ସେ ଭାବିଲା। କେତେ ସୁନ୍ଦର ଝିଅଟିଏ ସତେ ! ଦେଖୁଦେଖୁ ଆଖି ଲାଖିଯିବ। ପଙ୍କରେ ପଦ୍ମପରି ଝିଅଟା। ଭଦ୍ର, ନମ୍ର ଲାଗୁଥିଲା। ଅନ୍ୟ ଦୋକାନର ଝିଅମାନଙ୍କଠାରୁ ସଂଭ୍ରମ ଓ ସୁନ୍ଦର ବ୍ୟବହାର। ନିଶ୍ଚୟ ପାଠଶାଠ ବି ପଢିଥିବ ! ତେବେ ଏତେ ଗୁଣର ଅଧିକାରୀ ହେଇ ଏଇ ଛୋଟିଆ ଚାହା ଜଳଖିଆ ଦୋକାନରେ ଏକୁଟିଆ ବସି ଚାହା ଜଳଖିଆ ବିକୁଛି। କିଛି ସମସ୍ୟା ଥାଇପାରେ !

ଛାଡ଼..ଏଠି ତ ସବୁ ଝିଅ ଏକାପରି ଲାଗୁଛନ୍ତି। ଲେଗିନ୍ସ ଓ ହାଇନେକ୍ ଟପ୍‌ରେ ସ୍ମାର୍ଟ ଲାଗୁଛନ୍ତି। ଏମାନଙ୍କୁ କେଉଁଥିରେ ଆକଳନ କରିବା କଷ୍ଟ।

ସେ ଚିନ୍ତା ଛାଡ଼ି ପୁଡ଼ିଆରେ କ'ଣ ଅଛି ଖାଇଦେଲେ କାମ ସରିଲା।

ପତ୍ର ପୁଡିଆ ଖୋଲୁଖୋଲୁ ଚିହ୍ନା ପରିଚିତ ଆଉ ତା'ର ପ୍ରିୟ ବାସ୍ନା ତା ଭୋକକୁ ଦ୍ୱିଗୁଣିତ କରିଦେଲା। ଚଟାପଟ୍ ଖୋଲି କରି ଦେଖେ ତ, କଚୋଡ଼ି ସହ ରାଗ ଚଟଣି ବି ଅଛି। କାଳବିଳମ୍ବ ନ'କରି ଚାରୋଟି ଯାକ ନିମିଷକେ ଶେଷ କରିଦେଲା। ଆହାଃ ଆତ୍ମା ତୃପ୍ତ ହେବା ପରେ ପାଣି ଗ୍ଲାସେ ପିଇ ଖଟରେ ଗଡ଼ି ପଡ଼ିଲା।

ଶ୍ରୀମାୟା ଭାବୁଛି, ସତରେ ଝିଅଟିର ହାତରେ ଯାଦୁ ଅଛି। କିନ୍ତୁ ଆଶ୍ଚର୍ଯ୍ୟ! କେମିତି ଜାଣିଲା ଏଇ ରାଗ ଚଟଣି କଚୋଡ଼ି ସହ ଭଲ ଲାଗେ! ତାର ପ୍ରିୟ ଏଇଟା। ନା, ସେ ବା କେମିତି ଜାଣିବ! ତା ହାତରେ ହେଉ ହେଉ ହେଇ ଯାଇଥିବ, ଭୋକ ବିକଳରେ ଯାହା ଖାଇଲେ ବି ଭଲ ତ ଲାଗିବ।

ତାର ମନେ ଅଛି ଏଇ ଚଟଣି ଆଉ କଚୋଡ଼ି ପାଇଁ ୟୁନିଭରସିଟିରେ କମ୍ପିଟିସନ୍ ଲାଗେ କିଏ କେତୋଟି ଖାଇ ପାରିବ। ଯିଏ ଜିତିବ ତା ପଇସା ହାରିବା ପିଲା ଦେବେ। ତାର ମାଗଣା।

ବାଜି ଲାଗିଲା ମାନେ ଶ୍ରୀମାୟା ହିଁ ଜିତିବା ଥୟ। ସାଙ୍ଗମାନେ କୁହନ୍ତି ଖାଇବା ପିଇବାରେ କମ୍ପିଟିସନ୍ କରିବ ତ ଶ୍ରୀମାୟାକୁ ନବନି। ସବୁ ଖାଇଦେବ ଆଉ ଜିତି ଯିବ। ଆରେ ଏତେ ଖାଉଛି ହେଲେ ତାର ଯାଉଛି କୁଆଡେ। ଆମେ ଗୋଟେ ଅଧିକ ଚକୋଲେଟ୍ ଖାଇଲେ ବି ମୋଟି ହେଇ ଯାଉଛୁ ସେ ତ ବ୍ରହ୍ମାଣ୍ଡ ଖାଇଗଲା ପରେ ବି ତନୁପାତଳୀ। ସମସ୍ତେ ହସନ୍ତି।

ପ୍ରମୋଦ ଚାଚା ଦୋକାନରେ ପ୍ରବଳ ଭିଡ଼ ଲାଗେ ନା, ତା ସ୍ପେଶାଲ କଚୋଡ଼ି ପାଇଁ। ଏମିତି କେଉଁ ଡିପାର୍ଟମେଣ୍ଟନ'ଥିବ ଯିଏ ସେ ଜଳଖିଆ ଖାଇନି। ହଷ୍ଟେଲ୍‌ରୁ ଆସି ପିଲା ଲାଇନ୍ ଲାଗନ୍ତି।

ଯା ହେଉ, ତାର ପ୍ରିୟ ଖାଦ୍ୟ ମନ ଦେଇ କରିଥିଲା। ବହୁତ ଭଲ ଝିଅଟିଏ। କେତେ ଆଦର ଓ ସମ୍ମାନର ସହ ଚାହା ପିଆଇ ନିଜର ମଣିଷ ପରି ଖାଇବା କଥା ପଚାରିଲା। ନହେଲେ ଅଖିଆ ଶୋଇ ଥାଆନ୍ତା ସିନା, କିଛି ବି ଅର୍ଡ଼ର କରି ନ'ଥାଆନ୍ତା ଆଜି। ଆହୁରି ମେନ୍ ରୋଡ଼ ଯାଏ ଛାଡ଼ିବାକୁ ଆସିଲା। ହାଏ.. ତା' ମିଠା ମିଠା କଥାରେ ମଜି ଯାଇ ଧନ୍ୟବାଦଟି ଦେବାକୁ ଭୁଲି ଯାଇଛି।

ହଠାତ୍ ମନେ ପଡିଲା, ଖାଲି ଧନ୍ୟବାଦ ନୁହେଁ, ତା'ପଇସାଟା ମଧ୍ୟ ଦେଇ ନାହିଁ।

ମନେ ପଡିବା ମାତ୍ରେ ତାକୁ ଭାରି ଖରାପ ଲାଗିଲା।

ଏତେ ବଡ଼ ଭୁଲ କେମିତି ହେଲା !

ଝିଅଟିର ଆଶାୟୀ ଆଖି ହଳକ ନାଚି ଗଲା ତା'ସାମ୍ନାରେ। କେତେ ବିନୟ ହୋଇ କିଛି ଖାଇବେକି ବୋଲି ପଚାରିଥିଲା ସତେ। ତା'ର ଟଙ୍କାଟା କେମିତି ରହିଗଲା। ନିଜ ଭୁଲାପଣ ପାଇଁ ନିଜକୁ ଧିକ୍କାର କଲା।

କିଛି ସମୟ ପରେ ବୁଲିବୁଲି କି ପୁଣି ଝିଅଟି ଉପରେ ବି ରାଗ ଲାଗିଲା। ଭାବିଲା ସେ ତ ପର୍ସରୁ ଦୁଇ ଥର ଟଙ୍କା ବାହାର କରିଥିଲା। କଥା ପ୍ରସଙ୍ଗରେ ଯଦି ଦେଇପାରିଲା ନାହିଁ, ତେବେ ସେ ଝିଅଟି ମାଗି ନେବା କଥା କି ନାହିଁ? ଥରଟିଏ ହେଲେ ମନେ ପକାଇ ଦେଇ ଥାଆନ୍ତା ଭଲା। ଭଲ ବେପାର କରିବ ଆଉ।

ଯାହା ବି ହେଉ ଟଙ୍କାଟା ତାକୁ ନ ଦେଲା ଯାଏ ଶାନ୍ତି ନାହିଁ। ସେ କୃତଘ୍ନ ନୁହେଁ। ଖାଇ ସାରି ଭୁଲି ଯିବ। ସକାଳ ହେଲେ ନିଜେ ଯାଇ ଦେଇ ଆସିବ। କିନ୍ତୁ ଆଉ କଣ ସେଇ ଛୋଟ ଚାଳ ଦୋକାନଟିକୁ ଖୋଜି ପାଇ ହେବ? ଏତେ ଅନ୍ଧରିଆ ଗଳି ! କାହାକୁ ଯଦି ପଚାରିବ ତ ମଣିଷ କଣ ବୋଲି ପଚାରିବ।

ଦୋକାନରେ କୌଣସି ସାଇନ୍ ବୋର୍ଡ, ନାଁ ଫାଁ ଲେଖା ଥିଲା ବୋଲି ତା'ର ଆଦୌ ମନେ ପଡୁ ନାହିଁ। ଯାହେଉ ଦେଖିବ କାଲି।

ସେ ଶୋଇବାକୁ ଚେଷ୍ଟା କଲା କିନ୍ତୁ ନିଦ ହେଲା ନାହିଁ। ଖାଲି ୟୁନିଭରସିଟିରେ ବିତାଇଥିବା ସମୟ ମନେପଡ଼ିଲା।

ଭାଗ-୪

କାଓ୍ୱାର୍ଡ଼.. ଏଇ ଶବ୍ଦଟି ଶେଷ ଥର ସେ ପୁଅଟି ଲାଗି ବାହାରି ଥିଲା, ତା ସହିତ ଜୀବନର ସେଇ ଗୋପନ ଅଧ୍ୟାୟରେ ଚିରଦିନ ପାଇଁ ପୂର୍ଣ୍ଣଛେଦ ପକାଇ ଦେଇଥିଲା। ଆଜି ଅନେକ ବର୍ଷ ପରେ ଏତେ ସ୍ମୃତି କେମିତି କେଜାଣି ଲେଉଟି ଆସୁଛି। ନା ଭାବିବ ନାହିଁ, ଆଉଥରେ ଆଦୌ ମନେ ପକାଇବ ନାହିଁ।

ମନେ ପକାଇବା ଜିନିଷଟି ମଣିଷ ହାତରେ ନଥାଏ। ସେ ଯେଉଁଟିକୁ ଜୋର କରି ଭୁଲିବାକୁ ଚେଷ୍ଟା କରେ, ସେଇଟି ବେଶି ମନେପଡ଼େ।

ଶ୍ରୀମାୟାର ମନ ତା ଆୟତ୍ତ ବାହାରେ।

ଗୋଟି ଗୋଟି କରି ସବୁ ମନେ ଅଛି।

ହଁ ଅଣାୟତ୍ତ ହେବା ପାଇଁ ସେଦିନ ବି ତାକୁ କେହି ବାଧ୍ୟ କରିନଥିଲେ। ଯାହା ଘଟିଛି ତା ଇଚ୍ଛାରେ।

ସେମିନାର୍ ପାଇଁ କଲିକତାରେ ବିଭିନ୍ନ ପ୍ରାନ୍ତରୁ ଛାତ୍ରଛାତ୍ରୀ ଏକତ୍ରିତ ହୋଇଥିଲେ। ବିରାଟ କ୍ୟାମ୍ପସ୍ ପରିସରରେ ଆଲୋକର ମାଳ, ସୁସଜ୍ଜିତ, ସୁବ୍ୟବସ୍ଥିତ। ସେ ଓ ଆଉ ପାଞ୍ଚ ଜଣ ସାଙ୍ଗଙ୍କ ପାଇଁ ଗୋଟିଏ ରୁମ୍ ମିଳିଥିଲା। ସବୁ ସୁବିଧା ଥାଇ ବହୁତ ବଡ଼ ରୁମ୍।

ଅନ୍ୟ ସ୍ଥାନରୁ ଆସିଥିବା ପିଲା ପରସ୍ପର ପାଇଁ ଅଜଣା। ହେଲେବି ଗୋଟିଏ ବନ୍ଧୁତା ଗଢ଼ି ଉଠିଥାଏ। ପାଖାପାଖି ସାତଶହ କି ଆଠଶହ ପିଲା। କିଏ ବା କାହା ନାଁ ମନେ ରଖିବ? ଆବଶ୍ୟକତା ବି କଣ । ଚାରିଦିନ ପରେ ଯେ ଯାହା କଲେଜ୍‌କୁ ଫେରିଯିବେ।

ସେଦିନ ଥାଏ ଦୋଳ ପୂର୍ଣ୍ଣିମା। ଇଭେଣ୍ଟ ଥିଲା ଖୁବ୍ ଚମତ୍କାର। ଅନେକ କିଛି ଶିଖିବାକୁ ମିଳିଲା। ଅନେକଙ୍କ ସହ ସାକ୍ଷାତ ହେଲା। ଭଲ ଲାଗିଲା।

ଯୋଜନା ହେଲା ଯିବା ପୂର୍ବରୁ କ୍ୟାମ୍ପସ୍ ପରିସରରେ ଆସନ୍ତା କାଲି ହୋଲି ପାଳନ ହେବ।

ଛୁଟି ଥିବାରୁ ମୁଖ୍ୟ ପୁରୋଧାମାନେ ଆୟୋଜକଙ୍କୁ ସମସ୍ତ ଭାର ଦେଇ ନିଜନିଜ ଘରକୁ ଚାଲିଗଲେ। ହୋଲି ଉତ୍ସବରେ ମଗ୍ନ ରହିବେ।

ରୁମ୍‌ରେ ସାଙ୍ଗମାନେ ଯୋଜନା କଲେ, ଏମିତି ସୁଯୋଗ ସବୁବେଳେ ମିଳେନା। ମନ ଖୋଲା ଆଉ ମନ ଇଚ୍ଛା ଦି ମୁହୂର୍ତ୍ତ ଜାଁ ଯିବା ପାଇଁ ୟାଠାରୁ ଭଲ ବେଳା ଆଉ କାହିଁ? କାଲି ଧୂମ୍ ମଜା କରିବା। ବେଧଡ଼କ, ବେହିସାବ! କିଏ ଜାଣେ ଏପରି ଦିନଟେ ଆଉ ଜୀବନରେ ଆସିବ କି ନାହିଁ।

ସକାଳ ହେଲା। ତାଙ୍କ ଖେଳ, ରୁମ୍‌ରୁ ଆରମ୍ଭ ହୋଇସାରିଥିଲା। ପରସ୍ପର ବହେ ରଙ୍ଗ ବୋଳାବୋଳି ହୋଇ ବାହାରି ପଡ଼ିଲେ। କେହି କାହାକୁ ଚିହ୍ନି ନହେବା ପରି ରଙ୍ଗରେ ବୁଡ଼ି ସାରିଥିଲେ। ଭାବିଲେ ସେଠାକୁ ଯାଇ ସଭିଙ୍କୁ ଚମକାଇ ଦେବେ। ଦରକାର ପଡ଼ିଲା ନାହିଁ। ସେମାନେ ଆଗରୁ ଗୋଟିଏ ଗୋଟିଏ ଭୂତ ପରି ଦିଶୁଥିଲେ। ହସିହସି ବେଦମ୍। ଖେଳ ଆରମ୍ଭ ହେଇସାରିଥିଲା। ଖାଇବା ସହ ପିଇବା। ଅପର୍ଯ୍ୟାପ୍ତ। ଆୟୋଜକମାନଙ୍କର ସୁନ୍ଦର ଆୟୋଜନ। ଲାଉଡ୍ ସ୍ପିକରର ମିଉଜିକ୍। ଏତେ ସଂଖ୍ୟକ ପିଲା। ଖୁବ୍ କୋଳାହଳ। ନାଚ ଗୀତରେ ପରିବେଶ ଫାଟି ପଡୁଥିଲା ।

ପଣା ହେଇଥିଲା। ଦୁଇ ପ୍ରକାର। ସାମ୍ନାରେ ସାଧାପଣା ଓ ଗୁପ୍ତରେ ଭାଙ୍ଗପଣା। ସାଙ୍ଗମାନେ କହିଲେ ଶ୍ରୀମାୟାକୁ ସାଧାଟା ଦିଆଯାଉ। ସେ ଆରଟା ପିଇ ପାରିବ ନାହିଁ। ତାପରେ ସାମୂହିକ ହସିଲେ।

କାହିଁକି ନୁହେଁ! ମୁଁ ଅଲବତ ପିଇବି।

ଆରେ ବାଃ ରାତାରାତି ପରିବର୍ତ୍ତନ! ଖୁବ୍ ବଢ଼ିଆ। ନେ ତେବେ। ବାଜି ମାରି ଦୁଇ ଗ୍ଲାସ୍ ପିଇ ପକାଇଲା।

ଧୀରେଧୀରେ ସେ କୋଳାହଳ ତାକୁ ଅତିଷ୍ଠ କଲା। ବାହାରି ଆସିଲା। ସାମାନ୍ୟ ବିଶ୍ରାମ ନେବ। ସେମାନେ ମସ୍ତ ଥିଲେ। ପୁଅ ଝିଅ ସବୁ ନିଶାରେ ଝୁମୁଥିଲେ। ନାଚୁଥିଲେ, ରଙ୍ଗ ପାଣିରେ ଡେଉଁଥିଲେ ନିଜକୁ ଭିଜାଉଥିଲେ।

ସେ ସେମିତି ରଙ୍ଗ ପାଣିରେ ଦର ଓଦା ହେଇ ବାହାରି ପଡ଼ିଲା ।

ତାର ଯାହା ମନେ ପଡୁଛି ତା ରୁମ୍ ତାକୁ ଆଉ ମିଳିଲା ନାହିଁ । ଗୋଲ ଗୋଲ ବୁଲୁଛି । ଏତେ ବିରାଟ ପରିସରରେ ରୁମ୍ ନମ୍ବର ମନେ ନଥିଲେ ମିଳିବା କଷ୍ଟ । କେତେ ଘେରା ବୁଲି ଆସୁଛି ପୁଣି ଯେଉଁଠିକୁ ସେଇଠି । କୋଳାହଳରୁ ଅନେକ ଦୂରରେ । କେହି ବି ଆଖପାଖରେ ନାହାନ୍ତି । ଯେହେତୁ ଛୁଟି ।

ସେଇ ସମୟରେ ତା ସହ ଭେଟ ହେଲା । ତା ଅବସ୍ଥା ଦେଖି ବୁଝିଗଲା କଥାଟା କେଉଁଠି ! କହିଲା 'ପ୍ରଥମ ଥର ପିଇଛ କି ?'

ତୁମର କଣ ଗଲା ମୁଁ ପ୍ରଥମଥର କି ପଞ୍ଚମ ଥର ପିଇଲି । ମୋ ରୁମ୍‌ଟା ମିଳୁନି ଇଆଡ଼େ କିଏ ଗୋଟେ ବେକାର କଥା ପଚାରିଲାଣି ।

ସେ ହସିଲା । କହିଲା କେତେ ନମ୍ବର ମନେ ଅଛି ? କୁହ ଛାଡ଼ି ଦେବି ।

ଓଏଏଏ ମିଷ୍ଟର .. ମୁଁ ନିଜେ ଯାଇ ପାରିବି । ନିଜ କାମରେ ମନ ଦିଅ ।

ସେ ପୁଣି ହସିଲା । ହଉ କହି ଟିକେ ଦୁରକୁ ଘୁଞ୍ଚି ଛିଡ଼ା ହେଲା । ସୁନା ପିଲା ପରି ।

ଶ୍ରୀମାୟା ଆଗକୁ ବଢ଼ିଲା । ସାମ୍ନାରେ ଅଣଓସାରିଆ କରିଡ଼ର୍ । ସବୁ ଦୁଆର ବନ୍ଦ । ଲାଗୁଛି ଯା'ର ଆରମ୍ଭ ବୋଧହୁଏ ପାତାଳରୁ ଅନ୍ତ ନିଶ୍ଚିତ ସ୍ୱର୍ଗରେ । ଏଇ ମଝିରେ ନିଶ୍ଚୟ ମୋ ରୁମ୍ ।

ସେ ପୁଣି ଠୋ ଠୋ ହୋଇ ହସିଲା । ଶ୍ରୀମାୟା ଚାହିଁଲା । ଭାବୁଥିଲା ସେ ଆସ୍ତେ କହିଛି, ଫିସ୍ ଫିସ୍ ହୋଇ, କିନ୍ତୁ ସେ ଅଜାଣତରେ କଥାଟି ଖୁବ୍ ଜୋର୍‌ରେ କହିଥିଲା ।

ହସୁ ଥାଉ । ସେ ପାଗଳ ଆଡ଼େ ଧ୍ୟାନ ଦେଲାନି, ଆଗକୁ ଚାଲିଲା ।

ସେ ପୁଣି ଆସି ସାମ୍ନାରେ ।

ବଡ଼ ଅଭଦ୍ର ତ ତୁମେ । ପୁଣି ଆସିଗଲ । ବାଟ ଛାଡ଼ ।

ଆଗରେ ତୁମ ରୁମ୍ ନୁହେଁ । ୱାସ୍‌ରୁମ୍ ।

ସାମାନ୍ୟ ହଡ଼ବଡ଼ ହେଇଗଲା ଶ୍ରୀମାୟା । କିନ୍ତୁ ବାହାଦୁରୀ ମାରି କହିଲା ହଁ ହଁ ମୁଁ ୱାସ୍‌ରୁମ୍‌କୁ ହିଁ ଯାଉଛି ।

ସେ ଚୁପ୍ ରହିଲା।

ବେଳକୁ ବେଳ ଶ୍ରୀମାୟା ସାମ୍ନାରେ ସବୁ କିଛି ଘୂରିବା ପରି ମନେ ହେଉଥାଏ। ପାଦ ଟିକେ ଟଳମଳ। ଝୁଣ୍ଟି ପଡ଼ିଲା ତ ପାଖରେ ଥିବା ଟେବୁଲର କୋଣ ଗୋଡ଼ରେ ମାଡ଼ ହୋଇ ଆଣ୍ଠୁ ପାଖରୁ ରକ୍ତ ଝରି ଆସିଲା।

ହେଇ ଦେଖ ତୁମ ଗୋଡ଼ରୁ ରକ୍ତ ଝରୁଛି।

ଝରୁ, ତୁମର କଣ ଗଲା ! ଯାଅ ଏଠୁ।

ଓକେ ବାବା, ୱାସ୍‌ରୁମ୍ ଯିବ ପରା, ଯାଅ କିନ୍ତୁ ଭିତରୁ ବନ୍ଦ କରିବନି।

ହ୍ୱାଟ୍ ନନ୍‌ସେନ୍ସ.. ବନ୍ଦ କରିବିନି ମାନେ ? ଖୋଲାଥିଲେ ତୁମେ ଯାଇ ପଛରୁ ପଶିବ। ନାଇଁ ! ସାମାନ୍ୟ ମୁଣ୍ଡ ଘୂରାଉଛି। ତା ମାନେ ନୁହେଁ ଯେ ମୁଁ କିଛି ଜାଣି ପାରୁନାହିଁ। ହୁଁଃ..ଝିଅ ଦେଖିଲା ମାନେ ଏମାନଙ୍କର ଅସଲ ଗୁଣ ବାହାରେ।

ସେ ଅଳ୍ପ ଟିକେ ହସି କହିଲା, ସେମିତି କିଛି ନୁହଁ। କାଳେ ପଡ଼ିଯିବ ବୋଲି କହିଲି। ଠିକ୍ ଅଛି, ମୁଁ ଏଇଠି ଥିବି, ଅସୁବିଧା ହେଲେ ଡାକିବ।

କହିଲି ପରା ଯାଅ ଏଠୁ। ମୁଁ ଏକ୍‌ଦମ୍ ଠିକ୍ ଅଛି।

ଆଖପାଖରେ କେହି କୁଆଡ଼େ ନଥିଲେ। ହଠାତ୍ କେହି ଜଣେ ଦୂରରୁ ଡାକ ଦେଲେ, ବୋଧହୁଏ କର୍ମଚାରୀ।

କ'ଣ ହେଉଛି ସେଠି ?

ଶ୍ରୀମାୟାର ଛାତି ଦୁମ୍ କଲା। ପଛକୁ ବୁଲି ଆଦୌ ଚାହିଁଲା ନାହିଁ। ଯଦି ଧରାପଡ଼ିଯିବ, ବାହାର କଲେଜ୍‌ର ଅତିଥିଛାତ୍ରୀ ନିଶାଶକ୍ତ ଅବସ୍ଥାରେ କରିଡ଼ରେ ବୁଲୁଥିବାର କାରନାମା..ତେବେ ଅବସ୍ଥା କଣ ହେବ !

କିଛି ନାହିଁ ସାର୍, ସବୁ ଠିକ ଅଛି। ଆମ ରୁମ୍‌କୁ ଯାଉଥିଲୁ।

ଓକେ, କହି ସେ ମହାଶୟ ଚାଲିଗଲେ।

ଦୀର୍ଘ ନିଃଶ୍ୱାସ ମାରିଲା ଶ୍ରୀମାୟା। ଯା' ହେଉ ଟୋକାଟା ବଞ୍ଚେଇ ଦେଲା। କିନ୍ତୁ ତା' ଦେହ ଥରିଲା। ଟିକେ ଚିନ୍ତାରେ ପଡ଼ି ଗଲେ ତା'ର ସେମିତି ହୁଏ । ତା' ପରେ ତା'ର ସବୁ ଝାପ୍ସା ମନେ ଅଛି।

ବୋଧହୁଏ ସେଇ ପାଖରେ ଗେଷ୍ଟଙ୍କ ପାଇଁ ଉଦ୍ଦିଷ୍ଟ ଗୋଟିଏ ସୁସଜ୍ଜିତ ରୁମ୍‌ରେ ସେ ଦୁହେଁ। ବାହାରେ ଅଦିନ ଝଡ଼ ଆରମ୍ଭ ହୋଇ ସାରିଥିଲା। କ୍ୟାମ୍ପସ୍ ଭିତର ବିଶାଳ ଦ୍ରୁମର ଶାଖା କାଳିଶି ଲାଗିଲା ପରି ଦୋହଲୁଥିଲେ। ଗଦାଗଦା ଶୁଖିଲା ପତ୍ର ଉଡୁଥାଏ। ଖଣ୍ଡିଆ ଭୁତ ପରି। ପ୍ରବଳ ଧୂଳି। କରେଣ୍ଟ ଚାଲିଗଲା। ଭିତରେ ଖୁବ୍ କ୍ଷୀଣ ଆଲୁଅ।

ସେ ପକେଟ୍‌ରୁ ବାହାର କରି ପୁଡ଼ିଆଟିଏ ହାତକୁ ବଢ଼ାଇ ଦେଲା।

ଖାଇଦିଅ, କିଛି ସମୟ ଭିତରେ ଆରାମ ଲାଗିବ।

କାହିଁକି, ମତେ କଣ ଆରାମ ଲାଗୁ ନାହିଁ କି? ତା ପରେ ଏଇଟା କଣ ଦଉଛ? ଖାଇଦେବି, ଯଦି ମରିଯିବି?

ହା ହା ବିଷ ନୁହେଁ, ମରିବ କାହିଁକି? ମତେ ବିଶ୍ୱାସ କର।

ଆଚ୍ଛା ମରିବିନି ସିନା, ଯଦି ବେହୋସ୍ ହେଇଯିବି, ଆଉ ସେଇ ସୁଯୋଗ ନେଇ ତୁମେ କିଛି ବି କରି ନେବ...

ତାର ଖାଲି ହସ..ରଙ୍ଗ ବୋଳା ମୁହଁରେ ଧୋବ ଫରଫର୍ ଦି'ଧାଡ଼ି ଦାନ୍ତ। କହିଲିନା ବିଶ୍ୱାସ କର, ସୁଯୋଗର ଫାଇଦା ଉଠାଇବା ମଣିଷ ମୁଁ ନୁହେଁ।

ସେ ଗୋଟିଏ ଅଭିଜ୍ଞ ପରି ଅଭୟ ବାଣୀ ଶୁଣାଇଲା।

ନଇଁ ପଡ଼ି ପାଦ ପାଖରେ ଆଣ୍ଠେଇ ପଡ଼ିଲା। କିଛି ବୁଝିବା ଆଗରୁ ପାଦଟି ଟାଣି ଆଣି ନିଜ ଆଣ୍ଠୁ ଉପରେ ରଖିଲା। ଲେଗିନ୍ସଟା ଉପରକୁ ଟେକି କ୍ଷତରେ ଝରୁଥିବା ରକ୍ତ ପୋଛି, ବ୍ୟାଣ୍ଡେଡ଼ ଲଗାଇ ଦେଲା।

ଓଃ..ତୁମେ କଣ ଏ ବ୍ୟାଣ୍ଡେଡ୍ ପ୍ୟାକେଟ ଓ ପୁଡ଼ିଆ ଔଷଧ ସବୁବେଳେ ସାଙ୍ଗରେ ଧରି ବୁଲୁଥାଅ ନା କଣ! କିଏ ଝୁଣ୍ଟିଲେ କି କାହାକୁ ନିଶା ଚଢ଼ିଲେ ଦବ ବୋଲି। ଶ୍ରୀମାୟା ଏତିକି କହି ପରିହାସ କଲା। ଓଠ ଚିପି ମୁରୁକି ହସିଲା।

ନା..ନା.. ସବୁବେଳେ ସାଙ୍ଗରେ ଧରି ବୁଲେନା ମ, ଗତକାଲି ରୁମ୍‌ରେ ଥିବା ଜଣେ ସାଙ୍ଗର ଦରକାର ପଡ଼ିଥିଲା ତ, କିଣି ଆଣିଥିଲି। ବଳକା କିଛି ପକେଟ୍‌ରେ ପୂରାଇ ଦେଇଥିଲି । ଦୁର୍ଭାଗ୍ୟକୁ ସେଇ ପ୍ୟାଣ୍ଟ ପିନ୍ଧି ବାହାରି ପଡ଼ିଛି। ଏବେ ଭାବୁଛି ଏହା ଆଦୌ ଦୁର୍ଭାଗ୍ୟ ନୁହେଁ ବରଂ ସୌଭାଗ୍ୟ।

ସୌଭାଗ୍ୟ! କେମିତି?

ଆରେ ଏମିତି ସୁନ୍ଦରୀ ଝିଅର କ୍ଷତରେ ଲାଗିବା ନିହାତି ଏ ବ୍ୟାଣ୍ଡେଡ଼ର ସୌଭାଗ୍ୟ। ପ୍ରଥମ ଥର ନିଶା ଖାଇ ଅଣାୟତ୍ତ ହୋଇ ବୁଲୁଥିବା ଝିଅର ଉଦରସ୍ଥ ହେବାଟା ନିଃଶନ୍ଦେହ ଏ ପୁଡ଼ିଆ ଔଷଧର ସୌଭାଗ୍ୟ।

ପ୍ରତିଉତ୍ତରରେ ମୁରୁକିହସ ସହ ତା' ରସିକିଆ କଥା ଶ୍ରୀମାୟାକୁ ବହୁତ ଭଲ ଲାଗିଲା। ଏଥର ଦୁହେଁ ମିଶି ଫିକ୍ କିନା ହସି ଦେଲେ। ପରିବେଶ ଖୁବ୍ ହାଲ୍କା ହୋଇ ଗଲା।

ସତରେ କିଛି ସମୟ ମଧ୍ୟରେ ଶ୍ରୀମାୟା ସାମାନ୍ୟ ଆଶ୍ୱସ୍ତ ହେଲା।

ଥାଙ୍କ ୟୁ... ଭଲ ଔଷଧ ନିଶ୍ଚୟ ଦେଇଛ। ଠିକ୍ କାମ କଲାପରି ଲାଗୁଛି।

କେବଳ ମୁଣ୍ଡ ଟୁଙ୍ଗାରିଲା, ତାର କି ସୁନ୍ଦର ହସ। ହୁଁ ସେଇ ସ୍ମିତହାସ୍ୟ ଯାହା ପାଇଁ ଲକ୍ଷେ ସୁନ୍ଦରୀ ବୁଡ଼ି ମରିବେ।

ଯାହା କୁହ ଔଷଧ ବିଷୟରେ ତୁମର ଭଲ ଜ୍ଞାନ, ତେବେ ତୁମେ ଅଭିଜ୍ଞ ନହେଲେ ଅଭ୍ୟସ୍ତ ? ଏଥର କୁହ କେଉଁଟା ଠିକ୍ ?

ହା ହା ମୁଁ ଭାଙ୍ଗ ପିଏନି। କହିଥିଲି ନା ସାଙ୍ଗ ପାଇଁ ଔଷଧ ଆଣିଥିଲି।

ତାହେଲେ ଅଭ୍ୟସ୍ତ ନୁହେଁ। ତେବେ ଅଭିଜ୍ଞ ହେଇଥିବ। ତୁମେ କଣ ଡାକ୍ତରୀ ଛାତ୍ର ?

ଏ ସବୁ ଜାଣି କଣ କରିବ ? ତୁମେ ସୁସ୍ଥ ଅନୁଭବ କଲ, ସେତିକି ଯଥେଷ୍ଟ।

ତୁମେ ତ ଖୁବ୍ ଚତୁର। ଭାରି ସହଜରେ ଟାଳିଦେଉଛ। ଆଚ୍ଛା ତୁମ ନାଁ କ'ଣ ? କେଉଁ କଲେଜ୍ ? କେଉଁଠୁ ଆସିଛ ? ପରିଚୟ ?

ହା ହା ପୁଣି ସେଇ ପ୍ରଶ୍ନ ? ଏ ସବୁ ତୁମର କି କାମରେ ଲାଗିବ ?

ନିହାତି କାମରେ ଲାଗିବ। ସମ୍ପୂର୍ଣ୍ଣ ବର୍ଷା ଛାଡ଼ି ଗଲେ ଏବଂ ମୋର ପୂର୍ଣ୍ଣ ଚେତନା ଫେରି ଆସିଲେ, କାଲି ସକାଳୁ ଯେବେ ଭାବିବି ମତେ କିଏ ଉଦ୍ଧାର କରିଥିଲା, ଖୁସି ହେବି ନା !

ଲଜ୍ଜିତ ବି ହେଇପାର, ନିଶାରେ ଯାହା ଯାହା କହିଛ ଓ କରିଛ ସେ ସବୁ ଭାବି ଯଦି ଖରାପ ଲାଗେ,ତେବେ..

ସାମାନ୍ୟ ଶଂକିଗଲା ଶ୍ରୀମାୟା। କଣ କହିଛି ? ସେମିତି କିଛି କରି ଦେଇଛି କି ? ପ୍ଲିଜ୍ କୁହ !

ହାହା ଦେଖ ଡରିଗଲ ନା, ଡରନି ସେମିତି କିଛି ହେଇ ନାହିଁ। ଥଟ୍ଟା କଲି।

ଯାହା ବି ହେଉ ଭାଙ୍ଗ ପିଇ ବାଚାଳଙ୍କ ପରି ବୁଲୁଥିଲି ତା ତ ସତ ! ତୁମେ କଣ ସତରେ କାଲି କାହାକୁ ହେଲେ କହିଦେବ ? ଦେଖ ମୁଁ ଏବେ ସବୁ ଜାଣି ପାରୁଛି, ବୁଝି ବି ପାରୁଛି, କିନ୍ତୁ ମୋ ଗୋଡ଼ ହାତ ଯେମିତି ଶୂନ୍ୟରେ ଉଡୁଛି ସେମିତି ଲାଗୁଛି। ସେ ସବୁ ମୋ ଆୟତ୍ତରେ ନାହିଁ। ଜମା ପାରୁନାହିଁ। ସତରେ କାହାକୁ କହିବ ନାହିଁ ତ ?

ବିଲକୁଲ୍ ନୁହେଁ। ଏମିତି ବି ମୁଁ ତୁମକୁ ଜାଣେନା। ପରିଚୟ ଗୋପନ ରହୁ,ତୁମେ ଆଶ୍ୱସ୍ତ ରହିବ। ଏମିତିରେ ମୁଁ ବୁଝିପାରୁଛି, ତୁମେ ଜାଣି ଜାଣି ଏସବୁ କରି ନାହଁ। ପିଇବା ପରେ ତୁମ ଅବସ୍ଥା ଯେ ଏୟା ହେବ, ନିଶ୍ଚିତ ତୁମ ଧାରଣା ବାହାରେ।

ହୁଁ ଏହା ମୋର ପ୍ରଥମ ଅନୁଭୁତି। ତୁମେ ବୁଝିଲ ତେଣୁ ଧନ୍ୟବାଦ। ସେ ଯାହା ବି ହେଉ ଏମିତି ଅର୍ଦ୍ଧଚେତନାରେ ରହିଲେ ମତେ କିନ୍ତୁ ବହୁତ ଭଲ ଲାଗୁଛି। ଝୁମିଲା ପରି, ଗୋଟିଏ ଅଲଗା ଦୁନିଆରେ ଉଡ଼ିବା ପରି ମନେ ହେଉଛି। ଯେଉଁଠି ଖାଲି ତୁମେ ଓ ମୁଁ । ଦୂର ଦୂର ପର୍ଯ୍ୟନ୍ତ କେହି ଜଣେ ହେଲେ ନାହାଁନ୍ତି। କିଛି ଆକଟ ନାହିଁ। କିଛି ପ୍ରତିବନ୍ଧକ ନାହିଁ। ଯେମିତି ଅନେକ ଦିନର ବନ୍ଦୀଟିଏ ଆଜି ମୁକ୍ତି ପାଇଛି ! ଇସ୍ ମୁକ୍ତିରେ କି ଆନନ୍ଦ ଥାଏ ! ନୁହେଁ ?

ହଁ ..ବୁଝିପାରୁଛି, ତୁମେ କେତେ ମୁକ୍ତ ଅନୁଭବ କରୁଛ। ତୁମ କଥା କବିତା ପରି ମନେ ହେଉଛି। ଖୁସି ବି ହେଲି ଯେ, ମୋ ଉପସ୍ଥିତି ତୁମକୁ ଆନନ୍ଦ ଦେଇଛି। ମୋ ସହ ଅସୁରକ୍ଷିତ ମନେ କରୁ ନାହଁ ସେଇଟା ମୋ ପାଇଁ ବଡ଼ କଥା। ଆଉ ମାନୁଛି ଯେ ମୁକ୍ତି ଖୁବ୍ ଆନନ୍ଦ ଦିଏ, କିନ୍ତୁ ଆୟତ୍ତରେ ରହିଲେ ଭଲ।

କିନ୍ତୁ ଅଣାୟତ୍ତରେ ଯେଉଁ ମଜା ଲାଗୁଛି, ତାହାକୁ ଅଣଦେଖା କରି ହେଉ ନାହିଁ ! ଆଚ୍ଛା ଶୁଣ, ଗୋଟେ କଥା ପଚାରି ପାରିବି ?

ବିଲକୁଲ୍, ସ୍ୱାଧୀନ ତୁମେ। ପଚାର ପ୍ଲିଜ୍।

ତୁମେ ପ୍ରେମ କରିଛ ?

ହେ ହେ ଏ କି ପ୍ରଶ୍ନ ? ତେବେ ଜାଣି କରିବ କଣ ?

ହା..ପ୍ରଶ୍ନ ଉପରେ ପ୍ରଶ୍ନ.. ଛାଡ଼,

ସେକ୍ସ କରିଛ ?

ଆରେ ବାପ୍ ରେ, ସିଧା ଏମିତି ପ୍ରଶ୍ନ ! ହା ହା ତୁମେ ଆହୁରି ଚେତନାରେ ନାହଁ।

ଚେତନା ନହେଲେ ଅର୍ଦ୍ଧଚେତନା ! କେଉଁଥିରେ ତ ନିଶ୍ଚୟ ଅଛି।

ହଁ ଅଛ ତ ନିଶ୍ଚୟ। ତେବେ ତୁମେ ଏତେ ଖୋଲା ବୋଲି ଭାବି ନଥିଲି।

ସେ କଥା ଛାଡ଼, ମୋ ପ୍ରଶ୍ନର ଉତ୍ତର ଦିଅ।

ନିଶ୍ଚୟ ଦେବି, ତେବେ ତୁମେ ସମ୍ପୂର୍ଣ୍ଣ ଚେତନାକୁ ଫେର, ଯାହା ପଚାରିଲ ଥରେ ଭାବିବ, ଉଚିତ ମନେ କଲେ ଆଉ ଥରେ ପଚାରିବ,ଉତ୍ତର ଦେବି।

ଏତେ ଖରାପ କଥାଟେ ତ ପଚାରି ନାହିଁ ବୋଧେ।

ମୁଁ ସେ କଥା ତ କହି ନାହିଁ। ପ୍ରକୃତରେ ଖରାପ ବୋଲି ନାହିଁ।

ଆଚ୍ଛା ନିଶାରେ ରହିବା ଭଲ ନା ଖରାପ ? ଏଇଟା କଣ ଭୁଲ୍ କି ?

ବିଲକୁଲ୍ ନୁହେଁ ! ନିଶାରେ ମଣିଷ ସତ କହେ, ଅନ୍ତର କଥା କହେ। ମୁଖାହୀନ। ନର୍ମାଲରେ ମଣିଷ ମୁଖା ପିନ୍ଧେ ଅଭିନୟ କରେ। ନିଜ ଇଚ୍ଛା ଜାହିର କରି ପାରେନା। ଆଉ ଭଲ ଓ ଖରାପର ପରିଭାଷା ବ୍ୟକ୍ତି ବିଶେଷରେ ଅଲଗା। ନିଜ ନିଜ ଦୃଷ୍ଟିକୋଣ !

ଆଚ୍ଛା ମୁଁ କେମିତି ଲାଗୁଛି ? ମୁଁ କଣ ଆବନର୍ମାଲ୍ ? ସାଙ୍ଗମାନେ କୁହନ୍ତି ଝିଅ ହିସାବରେ ତୁ ଗୋଟିଏ ବ୍ୟତିକ୍ରମ। ଦେଖିଲ ଟିକେ।

ଦେଖି ସାରିଲିଣି। ପୂରା ପର୍ଫେକ୍ଟ। ଯାହାକୁ କୁହନ୍ତି ଅନିନ୍ଦ୍ୟ ସୁନ୍ଦରୀ।

ପ୍ରମାଣ କରିବାକୁ ଚାହେଁ।

ମାନେ ?

ଗିଭ୍ ମି ଏ ଟାଇଟ୍ ହଗ୍।

ମାନେ ?

କ'ଣ ମାନେମାନେ ମଃ.. ଶୁଣି ପାରିଲନି ?

ଶୁଣିଲି। ହା ହା ଏବେ ହୋସ୍‌ରେ ନାହିଁ। ଯା ଇଛା ଗପୁଛ !

ହୋସ୍‌ରେ ମଣିଷ ମୁଖା ପିନ୍ଧେ ପରା ! ଅଭିନୟ କରେ। ଠିକ୍ ନା ? ଏମିତି ବି ମଦହୋସ୍ ହେବାର ମୌକା ଆଜି ମିଳିଛି। ଦେଖ ଏବେ ମୁଁ ମୁଖାହୀନ। ମୋ ନଗ୍ନଇଛା ଜାହିର୍ କଲି। ସମ୍ମାନ ରଖିବ କି ନରଖିବ ତୁମ ପୁରୁଷତ୍ୱ ଉପରେ ନିର୍ଭର କରେ।

ଏତିକି କହି ଶ୍ରୀମାୟା ବାହୁ ମେଲାଇ ଅପେକ୍ଷା କଲା।

ଏମିତି ଆହ୍ୱାନକୁ କେଉଁ ପୁରୁଷ ପ୍ରତ୍ୟାଖ୍ୟାନ କରିପାରିବ ! ଯୁବକଟି ବି ଶ୍ରୀମାୟାର ଆମନ୍ତ୍ରଣକୁ ଅଣଦେଖା କରିପାରିଲା ନାହିଁ।

ବାହାରେ ଆରମ୍ଭ ହେଇଛି ଢୋ ଢୋ ବର୍ଷା, ଥଣ୍ଡା ପବନ। ଭିତରେ ପରସ୍ପର ଓଠର ଉଷ୍ମତାରେ ଦୁହେଁ ଭିଜୁଥିଲେ।

ଆଃ..ଯନ୍ତ୍ରଣାସିକ୍ତ କ୍ଷୀଣ ସ୍ୱରଟେ ସଞ୍ଚରିଗଲା। ସଫେଦ୍ ଚାଦର ଉପରେ ରକ୍ତର ଦାଗ।

ଓଃ ମାଇଁ ଗଡ୍, ଆର ୟୁ ଭର୍ଜିନ୍ ?

ହୁଁ ..

ଓଃ ସରି କଷ୍ଟ ଦେଲି !

ଉଃ.. କଷ୍ଟ ! ଯାହା ଉପଭୋଗ୍ୟ।

ବାଇ ଦ ୱେ ଆଶ୍ଚର୍ଯ୍ୟ ଲାଗିଲା, ଆଜି ଯାଏ ତୁମେ...

ଆଶ୍ଚର୍ଯ୍ୟ ହେବାର କ'ଣ ଅଛି ! ମୁଁ ଅବିବାହିତା ଝିଅଟିଏ, ଆଉ ମୋର ବି କେହି ପ୍ରେମିକ ନାହାନ୍ତି। ଏମିତିରେ ଆଇ ଆମ ଓନଲି ଟ୍ୱେଣ୍ଟିଟୁ ପ୍ଲସ୍। ଏ ଅନୁଭୂତି ବି ଆଜି ମୋ ପାଇଁ ନୂଆ।

ନା ସେ କଥା ନୁହେଁ, ତୁମେ ଯେପରି ଭାବେ ମତେ ପ୍ରଶ୍ନ କଲ ଓ ଆମନ୍ତ୍ରଣ କଲ ମୁଁ ଭାବିଲି... ଏମିତି ବି ଆଜିକା ଯୁଗରେ ଏ ସବୁ ପାଇଁ ବୟସ ପରିସର ପିଲାମାନେ ଖୁବ୍ ଶୀଘ୍ର ଅତିକ୍ରମ କରିଯାଆନ୍ତି।

ଓଃ.. ତୁମେ ବି କ'ଣ ସେଇ ଧାରାରେ ?

ହା ହା ଜାଣି କ'ଣ କରିବ ?

ନା ଏମିତି ! ବାଇ ଦ ଓ୍ୱେ ତୁମ ଦେହରେ ଗୋଟେ ଅଦ୍ଭୁତ ବାସ୍ନା ଅଛି। ଡିଓ ? ନା ପରଫ୍ୟୁମ୍ ? ପୂରା ଡିଫରେଣ୍ଟ। ବିଭୋର ହେଉଛି ମୁଁ। ସତରେ ପାଗଳ ହେଇଯିବି। ଆଇ ଲାଇକ୍ ଇଟ୍। କୁହନା କି ବ୍ରାଣ୍ଡ !

ହା ହା ଜାଣି ଖୁସି ହେଲି। ଆଉ ଅଧିକ ଜାଣି କରିବ କ'ଣ ! କେବଳ ବିଭୋର ହୁଅ, ଉପଭୋଗ କର ରୂପସୀ।

ହଉ, ଆଉ ଗୋଟିଏ କଥା ଖାଲି ବାସ୍ନା ନୁହେଁ ତୁମ ଶରୀରଟା ବି ଖୁବ ସୁନ୍ଦର। ପୁରୁଷ ସାନିଧ ଏତେ ଉପଭୋଗ୍ୟ ବୋଲି ଆଜି ଅନୁଭବ କଲି। ଖାସ୍‌କରି ତୁମର ଏଇ ଲୋମଶ ଛାତି ଭାରି ଆକର୍ଷଣୀୟ। ଛାତିରେ ହାତ ବୁଲାଇ ଖୁବ୍ ନିବିଡ ଭାବେ ଚୁମିଦେଲା ଶ୍ରୀମାୟା।

ତୁମେ ବି ଅତ୍ୟନ୍ତ ସୁନ୍ଦରୀ। କେମିତି ପ୍ରଶଂସା କରିବି ଭାଷା ପାଉ ନାହିଁ। ସତରେ ମୁଁ ଆଜି ଭାଗ୍ୟବାନ।

ଛାଡ଼, ମୁଁ କହିଲି ବୋଲି ତୁମେ କହିଲ।

ନା ବିଲକୁଲ୍ ନୁହେଁ। ସତରେ ଅପରୂପା ସୁନ୍ଦରୀ ତୁମେ !

ହଉ ବାବା ତୁମ ପ୍ରଶଂସାକୁ ଗ୍ରହଣ କଲି। ଆଚ୍ଛା ଆଉ ଗୋଟିଏ କଥା। କାସ୍ ତୁମ ବେରଙ୍ଗ ମୁହଁଟି ଦେଖି ପାରିଥାଆନ୍ତି। ପାରିବି କି ?

ତୁମେ ଖୁବ୍ ଜିଜ୍ଞାସୁ।

ଏହା ତ ମୋ ପ୍ରଶ୍ନର ଉତ୍ତର ନୁହେଁ।

କିଛି ସମୟ ଆଗରୁ ମୁକ୍ତିର ଆନନ୍ଦ ଉପଭୋଗ କରୁଥିଲ, ତେବେ ସତରେ ମୁକ୍ତ ହେବାକୁ ଚାହଁ ତ ସର୍ତ୍ତ ରଖନା।

ଏହା କ'ଣ ତୁମ ଶେଷ ଉତ୍ତର ?

ସବୁ ପ୍ରଶ୍ନର ଉତ୍ତର ଖୋଜନା ସୁନ୍ଦରୀ। ଅନ୍ୱେଷଣ ସବୁବେଳେ ଆନନ୍ଦ ଦିଏନା ଦୁଃଖ ବି ଦେଇପାରେ। ଆଉ କିଛି ଉତ୍ତରକୁ ସମୟ ଉପରେ ଛାଡ଼ିଦେବାଟା ହିଁ ବୁଦ୍ଧିମତା।

ତା' କଥା ଖୁବ୍ ଉପଭୋଗ କରୁଥିଲା ଶ୍ରୀମାୟା।

ହେଲେ ବି ଆଶା କରିବି। ସକାଳକୁ ଅପେକ୍ଷା କରିବି। ପୂରା ଚେତନାରେ, ରଙ୍ଗଛଡ଼ା ମୁହଁକୁ ଦେଖିବି ଥରେ।

ହା ହା ଆଉ ଇଏ ହେଉଛି ମୋହ! ହଉ ସମୟ କହିବ!

ଗୋଟେ ଭୀଷଣ ଘଡ଼ଘଡି ଶବ୍ଦ ସହ ଦୁହେଁ ପୁଣି ଥରେ ନିବିଡ ଆଶ୍ଳେଷରେ ପରସ୍ପର ସହ ମିଶିଗଲେ।

ଉଫଃ.. କାହିଁକି ମନେ ପଡ଼ିଗଲା ଏ ସବୁ? କଣ ବା ଲାଭ ଏବେ? ସେ ରାତିଟି ଥିଲା ଯେତିକି ମିଠା ସେତିକି ତିକ୍ତ।

ସକାଳ ହେବା ବେଳକୁ ରୁମ୍ ଭିତରେ ସେ ଏକା। ପାଖରେ ନଥିଲା ସେ ସୁନ୍ଦର ଯୁବକ। ମନେ ମନେ ଅନେକ ଖୋଜିଛି।

ସର୍ବସମ୍ମୁଖରେ ଖୋଜିବାକୁ ଯେହେତୁ ସାହସ ହେଇ ନାହିଁ।

ତା ପଛରେ ଅନେକ କିଛି ଘଟିଥିଲା ସେଦିନ। ହୋଲି ଖେଳ ବେଳେ ନିଶାରେ କିଛି ଛାତ୍ରଙ୍କ ମଧ୍ୟରେ ସାମାନ୍ୟ କଥାକୁ ନେଇ ବଚସା ହୋଇଥିଲା। ପରିଣତି ସ୍ୱରୂପ କ୍ୟାମ୍ପସ୍ ଭିତରେ ହାତାହାତି, ମାଡ଼ଗୋଳ। ଜିନିଷ ଭଙ୍ଗାରୁଜା। ଆହୁରି ଅନେକ କିଛି।

ଅତିଥି ଛାତ୍ରଛାତ୍ରୀଙ୍କ ବିଶୃଙ୍ଖଳିତ ଆଚରଣ ପାଇଁ କର୍ତ୍ତୃପକ୍ଷ ଦାୟୀ ହେଲେ। ତାଙ୍କ ଅବହେଳାରୁ ପିଲା ସେଦିନ ଏତେ ଆଗକୁ ବଢ଼ି ଯାଇଥିଲେ । ନିଶା କରି ଯାବତୀୟ କାଣ୍ଡ ଭିଆଇଛନ୍ତି।

ଖବରକାଗଜରେ ବାହାରିଥିଲା। ବହୁତ ବଡ଼ ଇସୁ ହେଇଥିଲା। ପୁଲିସ ବି ଆସିଥିଲା। ନିଜ କ୍ୟାରିଅର୍ ଭୟରେ ଯେ ଯୁଆଡ଼େ ପାରିଲେ ଆତ୍ମଗୋପନ କଲେ। ପରେପରେ କର୍ତ୍ତୃପକ୍ଷ ମଧ୍ୟ ସେ କଥାକୁ ଦବାଇ ଦେଲେ।

ଖୁବ୍ ଡରି ଯାଇଥିଲା ଶ୍ରୀମାୟା। ଫେରିବା ପର୍ଯ୍ୟନ୍ତ ଏକ୍‌ଦମ୍ ଚୁପ୍ ରହିଲା। ଏମିତିରେ କେଉଁ ମୁହଁ ନେଇ ସେଇ ଯୁବକ କଥା ପଚାରି ଥାଆନ୍ତା? କି ପରିଚୟ ଥିଲା ଯେ ସେ ଖୋଜିଥାଆନ୍ତା! ନିଜେ ଧରା ପଡ଼ିଯିବା ଭୟରେ ଚୁପ୍ ରହିଲା ସିନା ମନେ ମନେ ଖୁବ୍ ଝୁରିଛି।

ବନାରସ୍ ଫେରି ଅନେକ ବିନିଦ୍ର ରଜନୀ କାଟିଦେଇଛି।

କାଓ୍ୱାର୍ଡ଼.. ଅନ୍ତତଃ ତାକୁ କହିକରି ଯାଇ ପାରିଥାଆନ୍ତା। ନିଜ ନାଁ ମଧ୍ୟ କହିଲା ନାହିଁ। ନିଦରୁ ଉଠାଇଲା ନାହିଁ ତାକୁ। ସେମିତି ଚାଲିଗଲା !

ଆଦ୍ୟ ଯୌବନର କୁମାରୀତ୍ୱକୁ ସ୍ୱଇଚ୍ଛାରେ ଯେଉଁ ପୁରୁଷ ପାଖରେ ସମର୍ପଣ କରିଥିଲା ସେଇ ଦାୟରେ ସେ କଣ ତାକୁ ବାନ୍ଧି ପକାଇ ଥାଆନ୍ତା। ପ୍ରେମ କରିବାକୁ ବାଧ୍ୟ କରିଥାଆନ୍ତା ! ଭୁଲ୍ ବୁଝିଲା ସେ ଯୁବକ ! ଡରି ପଳାଇଲା !

ମୁହଁ ଦେଖାଇବା ପାଇଁ ସାମାନ୍ୟ ସାହସ ବି ହେଲା ନାହିଁ ତାର ! କାପୁରୁଷ !

ଯେତେ ଭର୍ତ୍ସନା କଲେ ବି ଅନେକ ଦିନ ଯାଏ ତାକୁ ଭୁଲି ପାରିନଥିଲା। ତା ସାନିଧ୍ୟକୁ ଭୀଷଣ ଭାବେ ଝୁରିହେଇଛି। ତା ସ୍ପର୍ଶକୁ ପୁଣିଥରେ ଉପଭୋଗ କରିବାକୁ ମନ ବିକଳ ହେଇଛି। ଲୁହ ଗଡ଼ାଇଛି।

କିଏ ଥିଲା ସେ ! ଯେ ଝଡ଼ ପରି ତା ଜୀବନରେ ପ୍ରବେଶ କଲା ଓ ପବନ ପରି ଅଚାନକ ମିଳାଇ ଗଲା ! ସତରେ ବାସ୍ତବ ନା ସ୍ୱପ୍ନ !

ପରିଶେଷରେ ସେ ଗୋପନ ଅଧ୍ୟାୟଟି ଗୋପନରେ ରହିଗଲା।

ଏମିତି ନୁହେଁ ଯେ ତା ଜୀବନରେ ଆଉ କେହି ଆସି ନାହାନ୍ତି। ପ୍ରେମ ନିବେଦନ କରି ନାହାନ୍ତି ! କିନ୍ତୁ ଯିଏ ବି ଆସିଛି ତା ପରି ନୁହେଁ। ଅନ୍ତରଙ୍ଗ ହେବା ବେଳକୁ ସେ ପ୍ରତ୍ୟାଖ୍ୟାନ କରିଛି। ସେ ମିଠା ଅନୁଭବ ପାଗଳ କଲା ପରି ବ୍ୟକ୍ତିତ୍ୱ ଆଉ କେଉଁଠି ପାଇ ନାହିଁ।

ଓଃ ବହୁତ ହେଇଗଲା। ଆଉ ଭାବିବ ନାହିଁ। ଅନେକ ରାତି ହେଇଗଲାଣି। ସେ ଶୋଇବାକୁ ଚେଷ୍ଟା କଲା।

ସକାଳୁ ଉଠି ସେ ପୁଣି ବାହାରିବ।

ଭାଗ- ୫

ସକାଳ ହେଲା। ନିତ୍ୟକର୍ମ ସାରି ନିଜ ଯୋଜନା ମୁତାବକ ପାଖ ବଜାରକୁ ବାହାରି ପଡ଼ିଲା।

ଯାହା ସବୁ କିଣିନେବାକୁ ମନସ୍ଥ କରିଥିଲା ବାଛି ବାଛି କିଣି ନେଲା। ଏଥର ଯିବ ସେଇ ଚା'ଦୋକାନ ଗଳି ଭିତରକୁ।

ଆଗକୁ କିଛି ବାଟ ଗଲା ପରେ ତା ଆଶଙ୍କା ସତ ହେଲା। ତିନି ଚାରି ଘେରା ବୁଲାବୁଲି କରିବା ପରେ ବି ମନେ ପଡୁ ନାହିଁ ଠିକ୍ ବାଟ କେଉଁଟା ! ଏମିତି ବି ଏତେ ଗୁଡାଏ ଜିନିଷପତ୍ର ଧରି ବୁଲିବା କଷ୍ଟ।

ଶେଷରେ ନିରାଶ ହୋଇ ଫେରି ଆସିବାକୁ ନିଷ୍ପତ୍ତି ନେଲା। ବରଂ ରୁମରେ ସବୁ ରଖାରଖି କରି ବିଶ୍ରାମ ନେବ। ଲଞ୍ଚ କରି ଉପରବେଳା ପୁଣି ବାହାରି ପଡ଼ିବ। ଏଥର ପଛ ଗଳିରେ ଯିବ। ଯିବ ତ ନିଶ୍ଚୟ। ଏ ଜିନିଷପତ୍ର ବୋଝଠାରୁ ଚାହା ଦୋକାନୀ ଝିଅଟିର ଟଙ୍କାର ବୋଝ ଢେର୍ ଅଧିକ। ସେ ବୋଝ ନେଇ ଫେରି ପାରିବ ନାହିଁ। ତା ମୁଣ୍ଡରେ ସେଇ ଗୋଟିଏ କଥା।

ସେୟା କଲା। ବାହାରି ଗଲା ହୋଟେଲ ପଛ ପାଖକୁ। ଦୁଇଟି ବାଟ ଲମ୍ବିଛି ଦୁଇ ଦିଗରେ। ତା'ର ମନେ ଅଛି ବାମ ପାଖ ରାସ୍ତାରେ ଗଲେ ନିଶ୍ଚିତ ପାଇଯିବ। ଗତକାଲି ସେମାନେ ସେଇ ବାଟରେ ହିଁ ଫେରିଥିଲେ ।

ଆଗକୁ ବଢ଼ିବା ସହିତ ରାସ୍ତାର ପ୍ରସ୍ଥ ସଙ୍କୁଚିତ ହେଉଛି। ଧୀରେଧୀରେ ଗୋଟିଏ ଅର୍ଗଳିରେ ପରିଣତ ହେଇ ଗଲାଣି। ଯେତେ ଆଗକୁ ଯାଉଛି ଅଳିଆ ଆବର୍ଜନା। ଇସ୍ ପାଣି ପଚର ପଚର। ମଳେମଳେ ସଡ଼କ ଭାଙ୍ଗି ଗାଡ଼ ସୃଷ୍ଟି

ହୋଇଛି । ବର୍ଷା ଜଳ ଜମିଛି । କାଦୁଅ । ଜଳ ନିଷ୍କାସନ ପାଇଁ ବାଟ ହିଁ ନାହିଁ । ଏତେ ଅଣଓସାରିଆ ଯେ, ଦୁଇଟି ଗାଡ଼ି ମୁହାଁମୁହିଁ ହେଇ ଗଲେ ବାଟ ବନ୍ଦ । ଯେମିତି ହେଲେ ଜଣକୁ ପଛକୁ ଯିବାକୁ ହେବ । କିଏ ପଛେଇବ ? ଓହ୍ଲାଇ ପଡ଼ି ଆଗ ତୁହାଟେ ପାଟିତୁଣ୍ଡ ହେଲା ପରେ କଥା ଛିଣ୍ଡୁଛି । ଏମିତି ବି ଏ ଗଳିବାଟରେ କାଁ ଭାଁ ଅଟୋରିକ୍ସା । ନ'ହେଲେ ପାଦଚଲା ଓ ସାଇକେଲରେ ଲୋକଙ୍କ ଯା'ଆସ ବେଶୀ । ସେ ଆଗକୁ ବଢୁଥାଏ । ଗଳିର ଦୃଶ୍ୟ ତାଙ୍କ ଆର୍ଥିକ, ସାମାଜିକ ଓ ଶିକ୍ଷା ବ୍ୟବସ୍ଥାର ରୂପ ଆଙ୍କୁଛି ।

ଏଠି ବଡ଼ ଗାଡ଼ିର ଆବଶ୍ୟକତା ହିଁ ନଥିବ । ରାସ୍ତାକୁ ଏକଦମ୍ ଲାଗିକି ଛୋଟ ଛୋଟ ଝୁମ୍ପୁଡ଼ି ଓ ତାରପଲିନ୍ ଘେରା । ଯେପରି ପରିତ୍ୟକ୍ତ ଜାଗା ବା ପୋଲ ତଳେ ରେଳଧାରଣାର ଏକଦମ୍ କଡ଼କୁ ଲାଗି ଲାଗି ଦିନ ମଜୁରିଆ, ମୂଲିଆଙ୍କ ବସ୍ତି ଗଢ଼ି ଉଠିଥାଏ । ପିଲାଦିନେ ଗାଁକୁ ଗଲେ ମାୟା ହଟ କରି ଝରକା ପାଖ ସିଟ୍‌ଟିକୁ ଆଗ ଅକ୍ତିଆର କରିନିଏ । ଗାଡ଼ି ଆଗକୁ ଚାଲେ, ପଛରେ ରହିଯାଏ ସାଇକେଲ୍‌ବାଲା, ସ୍କୁଟର, ଟ୍ରକ୍ ଓ ସହରର ସବୁ ବତୀଖୁଣ୍ଟ । ସବୁ କିଛି ପଛକୁ ପକାଇ ଦେଇ ଆଗକୁ ବଢ଼ିବାରେ ଥାଏ ଅଦ୍ଭୁତ ଆନନ୍ଦ । ଟ୍ରେନ୍ ଯେବେ ଝୁମ୍ପୁଡ଼ି ବସ୍ତି ଅତିକ୍ରମ କରେ, ଲାଗେ ଏଇ ନିମିଷକେ ପୂରା ବସ୍ତି ଭିତରେ ପଶି ଆର ପଟେ ବାହାରିବ । କିନ୍ତୁ ସେୟା ନୁହେଁ, ଏତେ ପାଖ ଦେଇ ଯାଏ ତ ଟ୍ରେନ ମାଡ଼ିଯିବାର ଭ୍ରମ ସୃଷ୍ଟି କରେ ।

ଏଠି ବି ସେମିତି । ପିଲାମାନେ ନିର୍ଦ୍ଦ୍ୱନ୍ଦ୍ୱରେ ସଡ଼କ ଉପରକୁ ଆସି ଦୌଡ଼ା ଦୌଡ଼ି ହେଉଥାଆନ୍ତି । ବାଡ଼ିଆ ପିଟା ହେଉଥାଆନ୍ତି । ସେଇଟା ହିଁ ତାଙ୍କ ଅଗଣା । ଖେଳ ପଡ଼ିଆ । ଝୁମ୍ପୁଡ଼ି ବାଡ଼ମାନଙ୍କରେ ବ୍ଲାଉଜ୍, ସାୟା, ଚଡ଼ି, ଗଞ୍ଜି ଶୁଖୁଥାଏ । ଦୁଆର ମୁହଁ ଅର୍ଥାତ୍ ରାସ୍ତାକୁ ମାଡ଼ି ପାଲ ପକାଇ କିଏ କିଏ ଖାଦ୍ୟ ଶସ୍ୟ ଶୁଖାଇ ଥାଆନ୍ତି ।

ରାସ୍ତା କଡ଼ ଘରକୁ ଲାଗି ଘରର ଆବର୍ଜନା ପାଣି ପାଇଁ ଲମ୍ବିଛି ନାଳ । ମାଛି ଭଣଭଣ । ମଶା ହାଉଯାଉ । ସେଇ ନାଳରେ ହିଁ ଦି ପାଖକୁ ଗୋଡ଼ କରି ଲଙ୍ଗଳା ଛୁଆଙ୍କ ପାଇଖାନା ।

କିଛି ଭିତରକୁ କୂଅଟିଏ । ଚଉତରା ବୋଲି ଯାହାକୁ କହିବା ସେଠି ପ୍ରବଳ ଭିଡ଼ । ପାଣି ପାଇଁ । ଛୁଆଙ୍କୁ ଗାଧୁଆ, ଲୁଗା କଚା ଯାବତୀୟ ପାଣି କାମ ସବୁ ସେଇଠି ସମାପନ କରିବା ଥୟ । ଓଃ କି କୋଳାହଳ ।

ନା ଏ ରାସ୍ତାରେ କଣ ଗତ କାଲି ଫେରି ଥିଲା ! ଭୁଲ୍ କରୁନି ତ? ରାତି ଅନ୍ଧାରରେ କିଛି ତ ଜଣା ପଡୁ ନଥିଲା। ସ୍ୱରଶବ୍ଦ ମଧ୍ୟ କମ୍ ଥିଲା।

ଆସିଛି ମାନେ ଆଉ ଫେରିବ ନାହିଁ ଶ୍ରୀମାୟା। ନିଶ୍ଚିତ ପାଞ୍ଚ ଦଶ ମିନିଟ୍ ଭିତରେ ହିଁ ସଡ଼କ ସରିବ।

ବାସ୍ କିଛି ଦୂରରୁ ଦେଖାଗଲା। ଅର୍ଗଳିର ସଡ଼କଟି ସମ୍ଭ୍ରାନ୍ତ ଓ ଆଭିଜାତ୍ୟର ପରିଚୟ ଦେଉଥିବା ଲେକ୍ ସାଇଡ୍ ରୋଡ଼ରେ ମିଶି ଯାଇଛି। ବସ୍ତିଟିକୁ ପଛରେ ପକାଇ ଆଗରେ ଦିଶୁଛି ସେଇ ସବୁ ଚାଳିଆ ଦୋକାନ।

ଏଥର ସେଇ ଜାଗାଟିକୁ ପାଇ ଗଲା। ପ୍ରଥମେ ଚାହା ପିଇବ ସେଇ ଝିଅ ହାତରୁ। ଆଉ କଚୋଡ଼ି ଖାଇବ। ତାପରେ ସମସ୍ତ ଟଙ୍କା ପରିଶୋଧ କରି ଫେରି ଆସିବ।

ଓଃ କି ଶାନ୍ତି ଲାଗିବ! ଭାବି ଭାବି ଖୁସି ହେଇଗଲା। ଏଇ ସେଇ ସାଇକେଲ୍ ମରାମତି ଦୋକାନ, ଗତ କାଲି ବନ୍ଦ ଥିଲା, ଆଜି ଖୋଲିଛି। ପରିବା ଦୋକାନ। ଏଇ ତ ସେଇ ଗ୍ୟାରେଜ୍। ସେଇ ପାଖରେ ହିଁ ଝିଅଟିର ଦୋକାନ ଦିଶିବା କଥା। ଦିଶୁ ନାହିଁ।

ଉଫ୍ ଦୋକାନ ତ ବନ୍ଦ ଅଛି। ଭାରି ଅଡୁଆ ହେଲା ତ! ଟଙ୍କା ନ ଫେରାଇ ଯାଇ ପାରିବ ନାହିଁ। ଏ ରାସ୍ତା ଦେଇ ପୁଣି ଆସିବାକୁ ତାର ଇଚ୍ଛା ଓ ସମୟ କିଛି ବି ନାହିଁ। ମନ ମଉଳି ଗଲା। ଏବେ ସେ କଣ କରିବ? ଫେରିଯିବ? ସେମିତିରେ? ଏତେ କଷ୍ଟ କରି ଆସିବାଟା ତେବେ ବୃଥା!

ନା ସେ ଫେରିବ ନାହିଁ। ଆଉ ଟିକେ ଚେଷ୍ଟା କରାଯାଉ।

ଆଗେଇଲା ପାଖ ପରିବା ଦୋକାନ ଆଡ଼କୁ। ଆଚ୍ଛା ଏଇ ଯେଉଁ ଚାହା ଦୋକାନଟି ବନ୍ଦ ଅଛି, କେତେବେଳେ ଖୋଲିବ କହି ପାରିବେ କି?

ଗାଜର୍ ଝୁଡ଼ିରେ ପାଣିକପଡ଼ା ପକାଉଥିବା ଦୋକାନୀଟି ସଳଖ ଛିଡ଼ା ହେଲା। ନାଁ ହଜୁର୍ ଏ ଯାଏ ତ ଖୋଲି ନାହିଁ ଆଉ ଖୋଲିବ ନାହିଁ ବୋଧେ।

ଆଚ୍ଛା...

ଖୋଲିବ ବୋଲି ସାମାନ୍ୟ ଆଭାସ ପାଇଥିଲେ କିଛି ସମୟ ଅପେକ୍ଷା କରି ଥାଆନ୍ତି।

ଦୋକାନୀଟି ଚାହିଁଲା ଶ୍ରୀମାୟାକୁ। ଏମିତି କି ଅପୂର୍ବ ଜଳଖିଆ କରୁଛି ଯେ ମାଡ଼ମ୍ ଅପେକ୍ଷା କରିଥାଆନ୍ତେ! ଏ ସାହାବ୍ ଲୋକଙ୍କୁ କଣ ଦୋକାନ ଅଭାବ ଯେ ଆମ ଛୋଟ ଗଳି ଭିତରକୁ ମାଡ଼ି ଆସିଛନ୍ତି ପୁଣି ଅପେକ୍ଷା କରିବା କଥା କହିଲେଣି କଣ!

ହଜୁର୍ ଗରିବ ଲୋକ ଆମେ, ନ ଖୋଲିଲେ ଚଳିବୁ କେମିତି? ତାର ନିହାତି କିଛି ଅସୁବିଧା ଥିବ, ନହେଲେ ସବୁଦିନ ଦୋକାନ ଖୋଲେ ଯେ! ଆପଣ ଅପେକ୍ଷା କରିବେ ଯଦି କରନ୍ତୁ କିନ୍ତୁ କିଛି କହି ହବନି ଆଜି ଖୋଲିବ କି ନାହିଁ? ଆଜ୍ଞା ପରେ ମୋ ଦୋଷ ଦେବେନି। ମୁଁ ଆଗରୁ କହି ଦେଇଛି।

ଲୋକଟା ଭାରି ଆଗଚଲା। ପଦେ ପଚାରିଲେ ଚାରିପଦ କହୁଛି। କିନ୍ତୁ ଝିଅଟି ବିଷୟରେ ନିହାତି ସତ କହିଥିବ। ଅସୁବିଧାରେ ଥିବ ବୋଲି ଖୋଲି ନାହିଁ ବୋଧେ।

ଏଥର ଶ୍ରୀମାୟାର ଛାତି ଭିତରଟା ଚହଲି ଗଲା। ଭାବିଲା ସେଥିପାଇଁ ମୋ ମନ ଆନ୍ଦୋଳିତ ହେଉଥିଲା। ଟଙ୍କା ନ ଦେଇ ଚାଲିଯାଇଥିଲେ ଅପରାଧଟିଏ ହୋଇଯାଇ ଥାଆନ୍ତା। ଦେଇ ଦେବିକି ଏ ଲୋକଟି ହାତରେ! ଏ ତ' ତାକୁ ଜାଣିଛି। ଝିଅଟି ଦୋକାନ ଖୋଲିଲେ ଦେଇ ଦେବ।

ନା'ନା ଯେତେ ନିଜର ବୋଲି କହିଲେ କ'ଣ ହେଲା, ଅଭାବେ ସ୍ୱଭାବ ନଷ୍ଟ। ସେଇ ଦାୟରେ ଯଦି ନ'ଦେଇ ନିଜ ପାଖରେ ରଖିଦିଏ,ସେ ତ ଆଉ ଦେଖି ଆସିବ ନାହିଁ।

ଆଚ୍ଛା ତା'ଘରଟା କେଉଁଠି? ସେ କଣ ଘରେ ଥିବ?

ଯିବେ ନା କଣ? ତା ଘରକୁ?

କାଇଁ କଣ ଅସୁବିଧା ଅଛି କି?

ଲୋକଟା କେମିତି ଭ୍ରୁକୁଞ୍ଚନ କରି କହିଲା, ଶ୍ରୀମାୟାକୁ ଅଜବ୍ ଲାଗିଲା।

ନା ଅସୁବିଧା କିଛି ନାହିଁ ଯେ। ଯାଆନ୍ତୁ ଆଉ..

ତୁମେ ଯଦି ଜାଣିଛ, ମତେ ବାଟ ବତାଇ ଦିଅ।

ଏଇ ବାଁ ପାଖ ଦେଇ ଟିକେ ଭିତରକୁ ଗଲେ ତା'ଘର ପଡ଼ିବ। ଆଜ୍ଞା ହଜୁର୍ ଗୋଟେ କଥା ପଚାରିବି କି?

କଣ ?

ଆପଣଙ୍କର ତା ପାଖରେ କିଛି କାମ ଥିଲା କି ହଜୁର୍।

ହଁ ତାକୁ କିଛି ଦେବାର ଥିଲା।

ଦେବେ ? ତାକୁ ?

ଲୋକଟା ଏମିତି ଓଠ ଲମ୍ବାଇ କହିଲା ଯେ ଶ୍ରୀମାୟାକୁ ଏବେ ବି ଖରାପ ଲାଗିଲା। କିନ୍ତୁ ସେ ନିରବ ରହିଲା।

ଆଜ୍ଞା ଯିବେ ଯଦି ମୁଁ କଣ ଆଉ ମନା କରିବି ! ତେବେ ଏତେ କଷ୍ଟ କରି କାହିଁକି ଆଉ ଯିବେ ? ମତେ ଦେଇଦେଉ ନାହାନ୍ତି କଣ ଦେବାର ଅଛି ମୁଁ ଦେଇଦେବି।

ଲୋକଟିର ତତ୍ପରତା ଦେଖି ଶ୍ରୀମାୟା ସଜାଗ ହେଲା। ଦେବା କଥାଟା ୟାକୁ ନ'କହିଥିଲେ ହେଇଥାଆନ୍ତା।

ନା ଖାଲି ଦେବାର ନୁହେଁ। ଆଉ ଟିକେ କାମ ବି, ତାକୁ ଭେଟ କରିବି। ତୁମେ ଜାଣିଛ ଯଦି କୁହ। ବାଁ ଗଳିରେ ଗଲେ କେଉଁ ଘରଟି ତା'ର। ମୁଁ ଯିବି।

ଏ ଭିତରେ ଖଣ୍ଡେ ବାଟ ଗଲା ପରେ ପ୍ରଥମ ଦୁଇଟି ଘର ଛାଡ଼ି ଗୋଟିଏ ଆମ୍ବଗଛ ଘେରା ବିରାଟ ବଡ଼ ବାରି, ସେଇଟି ହିଁ ତା' ଘର। ଚିହ୍ନିବାରେ ଆଦୌ ଅସୁବିଧା ହେବ ନାହିଁ।

ଲୋକଟି ସହିତ ଅଧିକ ବାର୍ତ୍ତାଳାପ ନ'କରି ତୁରନ୍ତ ବାହାରି ଗଲା ଶ୍ରୀମାୟା।

ଦୋକାନୀଟିର କହିବା ମୁତାବକ ଦୁଇଟି ଟାଇଲ୍ ଛପର ଘର ଛାଡ଼ି ଖଣ୍ଡେ ଦୂର ଗଲେ ତୃତୀୟଟି ବଡ଼ ପରିଧିର ବାଡ଼ ଭିତରେ ଛୋଟ କୁଡ଼ିଆଟିଏ। ବାଉଁଶ ଫାଳିଆରେ ତିଆରି ଫାଟକ। ପରିଧି ଚାରିପାଖରେ ଘେରି ରହିଛି ବଡ଼ ବଡ଼ ଘଞ୍ଚ ଆମ୍ବଗଛ।

ବିରାଟ ବଗିଚା ଭିତରେ ଛୋଟ ଛୋଟ ଦୁଇଟି ନୁଆଁଣିଆ ଚାଳିଆ। ବଗିଚାରେ କିସମ କିସମ ଫୁଲ। ମନ୍ଦାମନ୍ଦା ଗୋଡ଼ିମଖମଲି,ଲେମ୍ବୁ ଓ ଲଙ୍କା । ଅଳ୍ପ କିଛି ସବୁଜ ପରିବା ଗଛ। କିଛି ଔଷଧୀୟ ବୃକ୍ଷ।

ହେଇ ତ ସେଇଠି ସେଇ ଝିଅଟି । ଘେରା ଭିତରେରେ ନଇଁ ପଡ଼ି ଗଛରୁ ଫୁଲ କି ମଞ୍ଜି କଣ ତୋଳୁଛି।

ନାଁ ଜାଣି ନଥିବାରୁ କଣ ଡାକିବ ବୋଲି ଭାବୁଭାବୁ ପାଖକୁ ଚାଲି ଗଲାଣି ଶ୍ରୀମାୟା। ଝିଅଟିର ଆଖି ପଡ଼ିଗଲା ତା ଉପରେ। ଆଶ୍ଚର୍ଯ୍ୟ ଚକିତ ହୋଇ ମଞ୍ଜି ପାଛିଆକୁ ତଳେ ଥୋଇ ଧାଇଁ ଆସୁଛି ପାଖକୁ।

ଗଛରୁ ମଞ୍ଜି ତୋଳିବା ସମୟରେ ଯେମିତି ତାଙ୍କରି କଥା ଭାବୁଥିଲା। ତା ଭାବନାକୁ କେହି ଜଣେ ପଢିନେଇ ହଜୁର୍‌ଙ୍କୁ ପଠାଇଦେଇଛି। ଆଖିରେ ତାର ଭୟ, ଆନନ୍ଦ ଓ ପ୍ରଶ୍ନର ଅଦ୍ଭୁତ ସମ୍ମିଶ୍ରଣ। ଅନାଗତ ଅତିଥିଙ୍କୁ ଏ ସ୍ଥାନରେ ପାଇ ବିଶ୍ୱାସ କରି ପାରୁନାହିଁ। ଏକଦମ୍ ପାଖକୁ ଚାଲି ଆସିବା ପରେ ବି ପାଟିରୁ ତାର ପଦଟିଏ ବି ବାହାରୁ ନାହିଁ। କିନ୍ତୁ ଓଠ ଧାରରେ ମିଠା ହସଟିଏ ଝରି ଆସୁଛି। ଅତ୍ୟଧିକ ଆବେଗରେ ବୁଝି ପାରୁନାହିଁ ପ୍ରଥମେ କଣ କହିବ।

ଆରେ ବାଃ ଝିଅଟି ଦିନ ଆଲୁଅରେ ତ ଅଦ୍ଭୁତ ସୁନ୍ଦର ଦିଶୁଛି। କାଲିଠୁ ଆହୁରି ସୁନ୍ଦର ଆହୁରି କମ୍ ବୟସର। ଋଷି ମନଜିଣା ଚେହେରା ଖଣ୍ଡେ ପାଇଛି । ନିଜ ଆଡୁ ଆରମ୍ଭ କଲା ଶ୍ରୀମାୟା ।

ତୋର ଘର ଖୋଜି ଖୋଜି ମୁଁ ନୟାନ୍ତ। ଓହୋଃ ନାଁ ଟା ଭଲା ଜାଣି ଥାଆନ୍ତି, ତା ବି ଜଣା ନଥିବାରୁ ବଡ଼ ଅବସ୍ଥା ହେଲାଣି ମଣିଷ !

ହଜୁର୍ ଆପଣ ମତେ ଖୋଜି ଖୋଜି ଆସିଛନ୍ତି। ମୋ ପାଖକୁ ? ନଇଁ ପଡ଼ିଲା ସମ୍ମାନର ସହ ନମସ୍କାର କଲା। ମୋ ଠିକଣା ପାଇଲେ କିପରି ? ଆଜି ମୁଁ ଦୋକାନ ବି ଖୋଲି ନାହିଁ। ମାଫ୍ କରିବେ। ମୁଁ ଜାଣିଥିଲେ ଘରେ ନ'ରହି ଦୋକାନରେ ବସି ଥାଆନ୍ତି।

ଆରେ..ତୁ କେମିତି ଜାଣି ଥାଆନ୍ତୁ ମୁଁ ଏଠାକୁ ଆସିବି ବୋଲି ? ତୋର କିଛି ଭୁଲ୍ ନାହିଁ। ମାଫି କାହିଁକି ?

ଝିଅଟି ମନ କନକନ ହେଉଥାଏ। କଣ ପାଇଁ ଆସିଛନ୍ତି ! ଖାଇବାରେ କିଛି ଖରାପ ବାହାରିଲା କି ? ତାର କିଛି ଭୁଲ୍ ହେଇ ଯାଇଛି କି, ନା ତା ଟଙ୍କାଟା କାଲି ଭୁଲି ଯାଇଥିଲେ। ସେଥିପାଇଁ ଆସିଛନ୍ତି କି ?

ଭୁଲଟା ପ୍ରକୃତରେ ତାର ଥିଲା। ଅବଶ୍ୟ ହଜୁର୍ ସେତେବେଳେ ଦୁଇ ଥର ଯାଚିଥିଲେ। ନିଜ ଅବହେଳାରୁ ଅତି ଆବଶ୍ୟକତା ସମୟରେ ବି କେମିତି ଟଙ୍କା ଆଣିବାକୁ ଭୁଲିଗଲା କେଜାଣି ?

କିନ୍ତୁ ଏଥିପାଇଁ ଯେ ହଜୁର୍ ତାକୁ ମନେ ପକାଇ ଥିବେ ତାର ବିଶ୍ୱାସ ହେଉନି। କିଏ କଣ ପଇସା ଦେବାକୁ ଦୋକାନୀର ଘର ଖୋଜି ଚାଲିଆସେ! ଯାହାବି ହେଉ ଆସିବାର କାରଣ ପଚାରିବା ଟା ଠିକ୍ ହେବ ନାହିଁ। ସେ ମନକୁ କହୁନ୍ତୁ ନହେଲେ ଦେଖିବା।

ଭିତରକୁ ଡାକିବୁ ନା ନାହିଁ?

ଝିଅଟି ସେହିକ୍ଷଣି ଚମକି ପଡ଼ିଲା। ଅପ୍ରସ୍ତୁତ ହୋଇ ଚାରିଆଡ଼କୁ ଚାହିଁଲା। ସତେ ତ! ଆସିବାଠାରୁ ସେ ସେମିତି ଛିଡ଼ା ହୋଇ ରହିଛନ୍ତି। କିନ୍ତୁ ଭିତରକୁ ଡାକିଲେ କେଉଁଠି ବସାଇବ! ଦରଭଙ୍ଗା ନୁଆଁଣିଆ ଚାଳ ଘର ଭିତରକୁ ଡାକି ନେବାକୁ ସାହସ ହେଉ ନାହିଁ। ବଗିଚାରେ ପ୍ଲାଷ୍ଟିକ ଷ୍ଟୁଲ୍ ଖଣ୍ଡେ ଆଣି ପକାଇ ଦେବ କି? କିଛି ଭାବିବେ ନାହିଁ ତ ସେ? ତା ଭାବନାର ଅନ୍ତଃ ହେବା ଆଗରୁ ବଗିଚାର ଆକର୍ଷଣରେ ଶ୍ରୀମାୟା ଉତ୍ତରକୁ ଅପେକ୍ଷା ନକରି ଧୀରେ ଧୀରେ ଆଗକୁ ବଢ଼ି ଚାଲିଛି। ଚୁତୁର୍ଦ୍ଦିଗ ଘୂରି ଆସୁଛି ଆଖି।

ହଜୁର୍ ଆପଣ ଏଠି ବସିଗଲେ? ରୁହନ୍ତୁ ଷ୍ଟୁଲ୍‌ଟା ଆଣି ଦେଉଛି।

ନା ମୁଁ ଏଇଠି ବସିବି।

ପଥର ଖଞ୍ଜା ହୋଇ ସିମେଣ୍ଟ ଆସ୍ତରଣର ଗୋଟିଏ ବଡ଼ ଗୋଲାକାର ଚଉତରା। ପୂରା ପରିଷ୍କାର ପରିଚ୍ଛନ୍ନ ଥାଏ। ତଳେ ଛୋଟ ଛୋଟ ଘାସର ଗାଲିଚା। ବଗିଚାର ଠିକ ମଝାମଝିରେ କୂଅଟିଏ । ତା ଚାରିପାଖେ ଛୋଟ ଛୋଟ ଗଛରେ ଅନେକ ଫୁଲର ସମ୍ଭାର। ଖୁବ୍ ଆରାମଦାୟକ ଶାନ୍ତ ପରିବେଶ। ଏଠି ଆରାମରେ ବସିହେଉଚି ତ। ଯଦି ତୋର ଅସୁବିଧା ନଥାଏ ମୁଁ ଏଠି କିଛି ସମୟ ପାଇଁ ବସିବାକୁ ଚାହେଁ।

କି କଥା କହୁଛନ୍ତି ହଜୁର୍, ଆପଣ ଅତିଥି, ଆପଣଙ୍କ ଖୁସି ଛଡ଼ା ଆଉ କିଛି ବଡ଼ ନୁହେଁ। ଆପଣଙ୍କର ଯେଉଁଠି ଇଚ୍ଛା ବସି ପାରିବେ।

ଅଜାଣତରେ ତାକୁ ଦ୍ୱନ୍ଦ୍ୱରୁ ମୁକ୍ତ କରିଛନ୍ତି ଭାବି ଆଶ୍ୱସ୍ତ ହେଲା ସେ। ପାଖରେ ଯାଇ ଚୁପ୍‌ଚାପ୍ ଛିଡ଼ା ହେଲା।

ଏତେ ବାଟ ଖୋଜି ଖୋଜି ଆସିଥିବା ମଣିଷ ଜଣଙ୍କ ଉଦ୍ଦେଶ୍ୟ କଣ ହେଇପାରେ ବୋଲି ସେତେବେଲୁ ତା ଭାବନାର ଶେଷ ନାହିଁ।

ପାଣି ଗ୍ଲାସ୍ ମିଳିବ କି? ଭାରି ଶୋଷ।

ପୁଣି ତତ୍ପର ହୋଇ ଉଠିଲା । ସେ ଯେ ବାରବାର ଅନ୍ୟମନସ୍କ ହୋଇ ଅତିଥିଙ୍କ କଥା ପାଶୋରି ଯାଉଛି ।

ହଜୁରଙ୍କୁ ନିଜ ଆଡ୍ରୁ କହିବା ପର୍ଯ୍ୟନ୍ତ ସୁଯୋଗ ଦେଉଛି । ସାମାନ୍ୟ ଲଜ୍ଜିତ ହେଲା ଓ ଚଟାପଟ୍ ଧାଇଁ ଯାଇ ବାଲ୍ଟି ନେଇ ଆସିଲା । କୁଅରୁ ଝିକିଲା ସଜ ଓ ଶୀତଳ ପାଣି । ପିଆଇଲା ।

ଶ୍ରୀମାୟା ଦେଖୁଛି, ଅନ୍ୟ ସବୁ ତୁଳନାରେ ଏ ସ୍ଥାନଟା ଅପୂର୍ବ ଶୋଭା । ହାଲୁକା ପବନରେ ଲହରୀ ଖେଳି ଚଉଦିଗ ଚରି ଯାଉଛି ମହମହ ମହକ ।

ଟିକେ ନିଃଶ୍ୱାସ ମାରି ଝିଅଟିର ଦ୍ୱନ୍ଦ୍ୱ ଦୂର କଲା । ଜାଣିବାକୁ ଚାହୁଁ ନା କାହିଁକି ତୋ ଠିକଣା ଖୋଜି ପାଖକୁ ଚାଲି ଆସିଲି ? ମନେ ପକା, କାଲି ରାତିରେ ଟଙ୍କା ନ ରଖି ମତେ ବିଦାୟ ଦେଇଥିଲୁ । ମନେ ଅଛି ? ଚାହା ଓ କଚୋଡ଼ି ଟଙ୍କା । ନେ ଆଗ, ନହେଲେ ମୁଁ ପୁଣି ଭୁଲିଯିବି । ପର୍ସରୁ ବାହାର କରି ଟଙ୍କା ଧରାଇ ଦେଲା । ଝିଅଟି କୃତକୃତ୍ୟ ହେଲା ।

କଣ କହିବି ହଜୁର୍ ? କେମିତି କୃତଜ୍ଞତା ଜଣାଇବି ଭାଷା ପାଉନାହିଁ । ଏମିତି ମଣିଷ ପାଇଁ ମଥା ନଇଁ ଯାଉଛି । ଯାହା କୁହନ୍ତୁ ଆପଣ ଦେବୀ ।

ହେଃ ଏତେ ବଡ଼ ଉପାଧି ଦେ ନାହିଁ । ମୁଁ ଏତେ ବି ମହାନ ନୁହେଁ ମଃ । ତୋର ପ୍ରାପ୍ୟ । ପରିଶ୍ରମ ମୂଲ୍ୟ । ବଢ଼ିଆ ହେଇଥିଲା ରାଗ ଚଟଣୀଟା ।

ସତ କହିଲେ ଏଠିକାର ଖାଦ୍ୟ ଭଲ ଯେ, ହେଲେ ମୋ ପାଟିକୁ ରୁଚୁ ନଥିଲା । ଆସିଲା ଦିନୁ ମୁଁ ଭଲରେ ଖାଇନାହିଁ କହିଲେ ଚଳେ । ମୋ ଆତ୍ମା ଖୁସି କରିଦେଇଛୁ କାଲି । ତୁ ଧନ୍ୟବାଦର ହକ୍‌ଦାର୍ । ବରଂ ଟଙ୍କା ଭୁଲିଯିବା ଭଲ ହେଲା । ନହେଲେ ମତେ ଏ ସୁନ୍ଦର ବଗିଚା ଦେଖିବାର ସୁଯୋଗ କେମିତି ମିଳିଥାଆନ୍ତା ।

ଦୁହେଁ ଦୁହିଁଙ୍କ ମୁହଁକୁ ଚାହିଁ ଏଥର ହସିଦେଲେ ।

ସତରେ ହଜୁର୍, ସେ ଦିନ ମୁଁ ପ୍ରକୃତରେ ଭୁଲିଯାଇଥିଲି । ଘରକୁ ଫେରି ମନେ ପଡ଼ିଲା । ଲସ୍ ହେଇଗଲା ବୋଲି ଭାରି ମନଦୁଃଖ ବି ହେଲା । କାଲି ଆପଣ ଜଣେ ହିଁ ଗ୍ରାହକ ଥିଲେ । ମୁଁ ସେମିତି ସକାଳୁ ସଞ୍ଜ ଯାଏ ବସିଥିଲି । ଶେଷରେ ଆପଣ ଯାଇ ପହଞ୍ଚିଲେ । ମନେରଖି ଟଙ୍କା ଦେବା ପାଇଁ ଆଜି ଏତେ କଷ୍ଟ କରି ମୋ ପାଖକୁ ଆସିବେ, ମୁଁ ସ୍ୱପ୍ନରେ ବି ଭାବି ନ'ଥିଲି ।

ଛାଡ଼ ସେ କଥା। ତୋ ନାଁ କହ?

ଗାର୍ଗୀ ହଜୁର୍!

ତେବେ ଆଉ ଏକ ପ୍ରଶ୍ନ, ଏ ଆକର୍ଷଣୀୟ ବଗିଚାର ମାଲିକାଣୀ କିଏ? ମାନେ କିଏ କରିଛି ଏତେ ଫୁଲ ଗଛ? ତୁ ନା?

ମାଲିକାଣୀ ଫାଲିକାଣୀ ନୁହଁ ମଃ

ହଜୁର୍ ହେଲେ ମୁଁ କରିଛି। କିନ୍ତୁ ଏ ଘରଟା କି ବଗିଚା ଆମର ନୁହଁ। ଆଉ ଜଣଙ୍କର। ଆମେ କିଛି ମାସ ହେଲା ଆସିଛୁ। ଆସିବା ବେଳେ ଖାଲି ଏ ଚାଳିଆ ଦି'ଖଣ୍ଡ ଆଉ ଏ କୂଅଟା ଆଉ ଏଇ ଆମ୍ବ ଗଛ ଗଣ୍ଡାଏ ଥିଲା। ପୂରା ବାରିଟା ପଡ଼ିଆ ପଡ଼ିଥିଲା। ମୁଁ ସବୁ ଫଳଫୁଲ ଚାଷ କରିଚି।

ଝିଅଟି ଯେତିକି ସୁନ୍ଦର ସେତିକି ସରଳ। ମନ ଖୋଲି କଥାବାର୍ତ୍ତା। ତାର ଏମିତି ବସେଇ ବସେଇ କହୁଥିବା ମାର୍ଜିତ କଥା ଶୈଳୀକୁ ଉପଭୋଗ କରୁଥିଲା ଶ୍ରୀମାୟା।

ଆକର୍ଷିତ ହେବାର ଆଉ ଗୋଟିଏ କାରଣ ଏଇଠାରୁ ତା ହୋଟେଲ୍ ଦେଖା ଯାଉଛି। ଏମିତି କି ତା ରୁମ୍‌ର ଝରକା ବି ଘଞ୍ଚ ଆମ୍ବ ଗଛ ପତ୍ର ଉହାଡ଼ରୁ ଟିକେ ଟିକେ ଦିଶୁଛି।

ଦେଖ୍ ଗାର୍ଗୀ ମୋ ହୋଟେଲ୍ ଏଇଠୁ ପୂରା ଦିଶୁଛି।

ଆଜ୍ଞା ହଜୁର୍ ମୁଁ କହୁନଥିଲି, ଏଇ ପାଖରେ ବୋଲି। ପଛପଟେ ଗଲେ ଖୁବ୍ କମ୍ ରାସ୍ତା। ଟିକେ ଅସନା ରାସ୍ତାଟା କିନ୍ତୁ ପୂରା ପାଖରେ।

ହଁ ଅପରିଷ୍କାର ଓ ଅଣଓସାରିଆ ତ ନିଶ୍ଚୟ, କିନ୍ତୁ ସେ ସାମ୍ନା ରୋଡ଼ରେ ଆସିବା ଅପେକ୍ଷା ଏଇଟା ଖୁବ୍ କମ୍ ବାଟ। ଚାଲିଚାଲି ଆସିବାରେ କିଛି ଅସୁବିଧା ନାହିଁ।

ଆରେ ତୁ ଯେ ନିଜ କାମ ଛାଡ଼ି ମୋ ପାଖରେ ଛିଡ଼ା ହେଇ ରହିଲୁ। ଯାଉନୁ ତୋ କାମ କରିବୁ।

ଆପଣ ଏକା ବସିବେ?

ହଁ ତ କ'ଣ ହେଲା। ମତେ ଭଲ ଲାଗୁଛି ଏଠି। କି ଶୀତଳ ଛାଇ, ମଧୁର

ପବନ, ମନମୋହକ ସୁଗନ୍ଧ। ତୋର ଯଦି ଅସୁବିଧା ନାହିଁ ମୁଁ ଏଇଠି ଆହୁରି ଟିକେ ସମୟ ବସି ପଳେଇବି। ତୁ ତୋର ଘର କାମ କର।

ନା ନା ହଜୁର୍ ଅସୁବିଧା କ'ଣ, ଆପଣ ଥକି ଯାଇଥିବେ, ବସନ୍ତୁ। ଯେତେ ସମୟ ଇଚ୍ଛା ବସନ୍ତୁ। ଥକ୍କା ମେଣ୍ଟାନ୍ତୁ।

ଆଚ୍ଛା ତୁ ଯେଉଁ ମତେ ଏତେଥର ହଜୁର୍ ହଜୁର୍ କହୁଛୁ ବିରକ୍ତ ଲାଗିଲାଣି। କେଉଁ ରାଜାରାଜୁଡ଼ା କାଳର ମହାରାଣୀ ପରି। ଦିଦି ବୋଲି କହି ପାରୁ। ମୋ ଛାତ୍ର ଛାତ୍ରୀମାନେ ମାଡ଼ମ୍ ନହେଲେ ଦିଦି ଡାକନ୍ତି। ମୁଁ ସେଥିରେ ଅଭ୍ୟସ୍ତ। ଏଠାରେ ଯାହାକୁ ଦେଖ ହଜୁର୍।

ହଉ ଆଜ୍ଞା।

ଯା' ଏଥର ତୋ କାମ କରିବୁ। ମୋ ପାଇଁ ବ୍ୟସ୍ତ ହେବାର ଆବଶ୍ୟକତା ନାହିଁ।

ଆଦର ମିଶା ଆଦେଶ ଦେବା ଠାଣୀରେ ଗାର୍ଗୀକୁ ବିଦା କରିଦେଲା।

ଶ୍ରୀମାୟା କିଛି ଭାବୁଛି, ଏତିକିବେଳେ ଭାରି କର୍କଶିଆ ଚିତ୍କାର ଶୁଣି ଚମକି ପଡ଼ିଲା।

କିଏ ପାଟି କଲା ବୋଲି ପଛକୁ ଚାହିଁଲା ତ ଦେଖିଲା ଗାର୍ଗୀ ଭାରି ବ୍ୟସ୍ତ ହୋଇ ତା କାମରେ ଲାଗିଛି। ଶବ୍ଦ କଲା ମଣିଷ ଦେଖା ଗଲାନାହିଁ।

ତା'ର ଇଚ୍ଛା ହେଲା ଉଠିଯାଇ ଦେଖିବ, କିନ୍ତୁ ସେ ଗଲା ନାହିଁ।

ଅନେକ ସମୟ ପରେ ଗାର୍ଗୀ କେତେବେଳେ ଆସି ପାଖରେ ଛିଡ଼ା ହୋଇସାରିଛି ତା'ର ଲକ୍ଷ୍ୟ ନାହିଁ।

ଗାର୍ଗୀ ! ଆ ମୁଁ ତତେ ହିଁ ଅପେକ୍ଷା କରିଥିଲି। ସେପଟେ କିଏ ପାଟି କରୁଥିଲା ? ତୁମ ଘରେ ଆଉ କିଏ ଅଛନ୍ତି ବୋଧେ।

ଗାର୍ଗୀ ସାମାନ୍ୟ ଅପ୍ରସ୍ତୁତ ହେବା ପରି ଶ୍ରୀମାୟା ମୁହଁକୁ ଚାହିଁ ରହିଲା।

ଗାର୍ଗୀ କ'ଣ ହେଲା ? କିଛି ଅସୁବିଧା ଅଛିକି ? ତେବେ ମୁଁ ଚାଲି ଯାଉଛି। ତୁ ଆରାମରେ କାମ କର। ଏମିତି ବି ମୁଁ ରହିଲେ ତୋ ମନ ମୋ ପାଖରେ, କାମରେ ବ୍ୟାଘାତ ହେବ।

ପରିସ୍ଥିତିକୁ ବୁଝି ପାରିବା ପରି ଶ୍ରୀମାୟା ସେଠାରୁ ଉଠି ଚାଲିଯିବା ପାଇଁ ପ୍ରୟାସ କଲା। ଗାର୍ଗୀ ଅନୁନୟ ଓ ଲଜ୍ଜିତ ହୋଇ ଶ୍ରୀମାୟା ହାତକୁ ଧରି ପକାଇଲା।

ନା ନା ହଜୁର୍ ମାନେ ଦିଦି, ଖରାପ ଭାବନ୍ତୁନି। ସେମିତି ବିଲକୁଲ୍ ନୁହେଁ। ଆପଣ ରହିଲେ ମୋର କିଛି ଅସୁବିଧା ନାହିଁ। ଏ ବିମ୍ୱା ଅଧେ କଥା ବୁଝି ପାରେନି ତ ବଡ଼ ପାଟି କରି ପଚାରେ। ଆପଣ ତା'ରି କଥାଟି ଶୁଣି ଦେଇଛନ୍ତି।

ବିମ୍ୱା ?

ହଁ ମୋ ବର।

ଓଃ ତୁ ବିବାହିତା। ମତେ ଲାଗିଲା ତୁ ଅଳ୍ପ ବୟସର ଝିଅଟିଏ। ତେବେ ତୋ ବର ଏତେ ରାଗରେ ତୋ ଉପରେ ଚିଡ଼ି ଉଠୁଥିଲେ। ମତେ ତ ସେମିତି ଲାଗିଲା। କାହିଁକି ରାଗୁଥିଲେ ସେ ?

ରାଗୁନଥିଲେ,ପାଣି ମାଗୁଥିଲେ।

ଏତେ ଚିତ୍କାର କରି !

ନା ଦିଦି କାମରେ ଡେରି ହେଲେ ସେ ବିରକ୍ତ ହୁଅନ୍ତି।

ଆଚ୍ଛା, ସେ କଣ ବହୁତ କ୍ରୋଧି ମଣିଷ ?

ହଁ ଟିକେ ରାଗି ମଣିଷ। ସବୁବେଳେ ଚିଡ଼େନି ବିମ୍ୱା। କାମ ସବୁ ମୁଁ ଠିକ୍ଠାକ୍ କରୁଥିବି ଯଦି ସେ ରାଗିବନି। ତାର ଅସୁବିଧା ହେଲେ ତ ସେ ରାଗିଯାଏ।

ଗୋଟେ ଗ୍ଲାସ୍ ପାଣି ପାଇଁ ଏତେ ରାଗ ! ମତେ ଯାହା ଶୁଣା ଯାଇଛି, ସେ ବହୁତ ଗାଳି କଲା ପରି ଲାଗୁଥିଲା। ସେୟା କି ?

ନିରବ ରହିଲା ଗାର୍ଗୀ। ମୁହଁଟା ତାର ଶୁଖିଗଲା। ଅପମାନିତ ହେଲା ପରି। ଲଜ୍ଜିତ ହେଲା ପରି। ଘରେ ମାଡ଼ଗାଳି ଖାଇଲେ ଅଲଗା କଥା। ବାହାର ଲୋକ ଶୁଣିଦେଲେ ଖରାପ ତ ଲାଗିବ।

ଦେଖେ ସଂକୋଚ କରନା ! ମୁଁ ଜାଣେ ପୁରୁଷମାନେ କେମିତି ! ନାରୀ ମନ କଥା ପୁରୁଷଟିଏ ବୁଝି ପାରେନା। ସ୍ୱାମୀ ହେଲେ କଣ ହେଲା। ବୁଝିବା ସହଜ ନା କଣ !

ଗାର୍ଗୀର ଆଖି ଛଳ ଛଳ ହୋଇଗଲା।

ଗାର୍ଗୀ, ମୁଁ ଶୁଣି ଦେଲି ବୋଲି ଖରାପ ଲାଗିଲା କି? ଜାଣେ, ବାହାର ମଣିଷ ଘର କଳି ଶୁଣନ୍ତୁ ଏକଥା ଦୁନିଆର କୌଣସି ନାରୀ ଚାହିଁବେ ନାହିଁ। କିନ୍ତୁ ତୁ ସେ ସବୁ ଭାବନା। ମୁଁ ମନରେ କିଛି ଭାବିନାହିଁ। ଶୁଣିଦେଲି ବୋଲି ପଚାରି ଦେଲି।

କେତେ ସୁନ୍ଦର ଝିଅଟିଏ। କର୍ମଠ, ବାରିବଗିଚା କେତେ ସୁନ୍ଦର କରିଛୁ। ମୋ ଆଖି ତ ଫେରୁ ନାହିଁ । ତୋ ହାତର ଚାହା ଜଳଖିଆର ସ୍ୱାଦ ଖୁଣିବାର ନାହିଁ। ମୁଁ ଭାବୁଛି ଏତେ କାମ ଯିଏ କରୁଛି ପାଣି ଗ୍ଲାସ୍ ପାଇଁ ସାମାନ୍ୟ ବିଳମ୍ବ ହେଇ ଯିବାଟା କିଛି ଗୋଟେ ବଡ଼ ଅପରାଧ ନୁହେଁ। ସେ ନିଜେ ଆଣି ପିଇଲେ ନାହିଁ, ଯେଉଁଟା ହୁଏତ ତାଙ୍କର ଭୁଲ୍। ସେଥିପାଇଁ ତୁ କାହିଁକି ଲଜ୍ଜିତ ହେଉଛୁ?

ଦୁନିଆରେ ଯେଉଁ କୋଣକୁ ବି ଯାଅ ସବୁଠି ନାରୀମାନଙ୍କ ଉପରେ ଅତ୍ୟାଚାର। ସେ ମାନସିକ ହେଉ ବା ଶାରିରୀକ। ପୁଅ ପିଲାଙ୍କର କଣ ଅଛି, ଯାହା ଇଚ୍ଛା କଲେ, କହିଲେ ଆଉ ଚାଲିଲେ। ଶ୍ରୀମାୟା ମନେମନେ ଏ ପଦିଏ କଥା କହିଲା। ତା ମୁହଁରେ ସାମାନ୍ୟ ବିରକ୍ତି ଭାବ।

ନା ଦିଦି ତା ଜଗ୍‌ରୁ ପାଣି ସରି ଯାଇଥିଲା। ସେ ତ ବିଛଣାରୁ ଉଠି ପାରିବ ନାହିଁ, ତେଣୁ ପାଟି କଲା।

ଓଃ ପ୍ରକୃତିସ୍ଥ ହେଇଗଲା ଶ୍ରୀମାୟା। କଣ କଣ କହିଗଲା। ନିଜ ଭିତରୁ ଯେମିତି କେଉଁ କାଳର କ୍ଷୋଭକୁ ଉଦ୍ଗାରି ଦେଇଛି, ପୁଣି ଭୁଲ୍ ଜାଗାରେ!

ଓଃ..ଉଠି ପାରିବ ନାହିଁ! କଣ ଦେହ ଖରାପ ଅଛି କି। ଯଥା ସମ୍ଭବ ନିଜ ଭାବପ୍ରବଣତାକୁ ଆୟତ୍ତ କରି ଭାରି ନରମ ଭାବେ ପଚାରିଲା ଶ୍ରୀମାୟା।

ନା ଦେହଟା ଏବେ ଭଲ ଅଛି ଯେ, ତାର ଗୋଟେ ଗୋଡ଼ ଓ ହାତ କାମ କରେନି। ପ୍ରାୟ ସମୟ ସେ ବିଛଣାରେ ପଡ଼ିଥାଏ। ଯେବେ ବାତ ମାରେ ନା ପୂରା ଶରୀରଟା ନିସ୍ତେଜ ହେଇଯାଏ। ଏବେ ତ ମୁଁ ତାକୁ ଖାଇବାକୁ ଦେଇ ଔଷଧ ଖୁଆଇ ଆସିଲି। ସେ ଶୋଇଲା। ସେତେବେଳେ କ୍ଷଣେ ମାତ୍ର ଛାଡ଼ି ହୁଏନା । ଦୀର୍ଘ ସମୟ ବିଛଣାରେ ପଡ଼ି ପଡ଼ି ସେ ଟିକେ ବ୍ୟସ୍ତ ହେଇ ଯାଇଛି।

ଓ ମାଇଁ ଗଡ଼। ଏଥର ଲଜ୍ଜିତ ହେଲା ଶ୍ରୀମାୟା। ଅନ୍ୟ ଉପରେ ଆରୋପ

ଲଗାଇବା ଆଗରୁ ତାର ଭାବିବା ଉଚିତ ଥିଲା। ସେମିତିରେ ସେମାନେ ବାହାର ଲୋକ ଯା'ର କଣ ଅଧିକାର ଅଛି ଏତେ ବକିଦେଇ ଯିବା।

ଓଃ ସରି ମୁଁ ଭୁଲ ବୁଝିଲି। ଖରାପ ଭାବିବୁନି। କିଛି ନବୁଝି ହଠାତ ଏମିତି ପ୍ରତିକ୍ରିୟା ଦେବାଟା ମୋର ଭୁଲ୍। ତେବେ କଣ ହେଇଛି ତାର ? ସେ କଣ ମୂଳରୁ ଏମିତି ?

ନିଜ କଡ଼ାମନ୍ତବ୍ୟକୁ ଘୋଡ଼ାଇବା ପାଇଁ ତା ଘଟଣା ବିଷୟରେ ଟିକେ ଆଗ୍ରହ ଦେଖାଇଲା ଶ୍ରୀମାୟା।

ନା ନା ଜନ୍ମରୁ ନୁହେଁ ମଝିରେ ଏମିତି ହେଇଛି।

ମଝିରେ ମାନେ କେବେଠାରୁ ? ବାହାଘର ଆଗରୁ ? ତୁ କେମିତି ବାହା ହେଲୁ ? ତୋ' ଘରେ ରାଜି ହେଲେ ! ଏଇଟା ତୋର ଘର ନୁହେଁ ଆଉ ଜଣଙ୍କର ବୋଲି କହୁଥିଲୁ ପରା, ତେବେ ତୋର ଘର କେଉଁଠି ?

କୋଉଠୁ କହିବି ଦିଦି। ବହୁତ ଲମ୍ବା କଥା। କହିଲେ ରାତି ପାହିଯିବ।

ଲମ୍ବା ହେଉ। କହୁନୁ ମତେ। ଯଦି ତୋ ଘର କଥା କହିବାରେ କିଛି ଆପତ୍ତି ନାହିଁ ମୋର ଶୁଣିବାକୁ ସମୟ ଅଛି।

ସତ !

ହୁଁ..

ଶ୍ରୀମାୟାକୁ ସେ ହୋଟେଲ୍ ଭିତରେ ଭଲ ଲାଗୁଛି ନା' ବାହାରେ କେଉଁଠି ବୁଲିଲେ ଭଲ ଲାଗୁଛି ! ଯା କଥା ଶୁଣି ସମୟ କାଟିଦେଲେ ବରଂ ଭଲ। ଆଉ ଦୁଇଦିନ କେମିତି ବିତିଗଲେ ସେ କାଠମାଣ୍ଡୁ ଚାଲିଯିବ, ସେଠାରୁ ତାର ଫ୍ଲାଇଟ୍ ଅଛି। ସିଧା ନିଜ କର୍ମସ୍ଥଳକୁ ଚାଲିଗଲେ ଏ ସବୁ ପୁରୁଣା କଥା ତା ମୁଣ୍ଡରୁ ବାହାରି ଯିବ। ଶୁଣ୍ ତୁ କହ, ମୂଳରୁ କହ। ଆ ଏଇଠି ବସି ଯା, ଏବେ କହ।

ଭାଗ-୬

ଆମ ଘର ଏଇଠାରୁ ଦୁଇଶହ କିଲୋମିଟର ଦୂର କାଠମାଣ୍ଡୁରେ ଥିଲା। ଘରେ ବାପା ଆଉ ମୁଁ। ମାଆ ନାହିଁ ମୋର। ସେ ମରି ଯିବା ପରେ ବାପା ଦିନକୁ ଦିନ ଅସୁସ୍ଥ ହେଲେ। ଆଗ ପରି ଆଉ ବାହାରକୁ ଯାଇ ଖଟି ପାରିଲେ ନାହିଁ। ମୁଁ ଦଶମ ଶ୍ରେଣୀ ପଢୁଥିଲି, ସେଉଠୁ ପାଠ ବନ୍ଦ। ଆଗକୁ ଆଉ ପଢ଼ି ପାରିଲି ନାହିଁ। ଘରେ ବାପାଙ୍କ କଥା ବୁଝିଲି।

ବାପା କହିଲେ ବାହାରେ କାମ କରିବାକୁ ଯାଇ ହେଉ ନାହିଁ ସିନା ଆମ ଘର ତ ରାସ୍ତା ପାଖରେ। ଦୋକାନଟିଏ ଦେଲେ ଏଇଠି ବସି ପାରିବି। ବର୍ଷ ତମାମ୍ ଏପଟେ ଗହଳଚହଳ, ଲୋକ ଯା' ଆସ। କେଉଁ ବେପାର ଏଠି ଭଲ ଚାଲିବ କହିଲୁ? ହଠାତ୍ ମୋ ପାଟିରୁ ବାହାରିଲା ଜଳଖିଆ ଦୋକାନ। ଲୋକ ବୁଲିବେ ମାନେ ଖାଇବେ। ଯେତେଟା ଜଳଖିଆ ଦୋକାନ ଥିଲେ ବି ଇଏ ଚାଲିବ। ବଢ଼ିଆ ହବ ବାପା, ଲୋକଙ୍କ ଭିଡ଼ ଜମିବ।

ଶେଷରେ କେତେ ଚିନ୍ତା କରି ଦୋକାନଟିଏ ଆରମ୍ଭ କଲେ। ଗୋଟିଏ ପିଲା ରଖିଲେ। ବୋଲହାକ କଲା। ଗ୍ରାହକଙ୍କ ପ୍ଲେଟ୍ ଧୋଇଲା। ଟେବୁଲ୍ ପୋଛିଲା। ଝାଡୁ କଲା।

ଅଳ୍ପଦିନ ଭିତରେ ସତକୁ ସତ ବେପାର ଭଲ ଚାଲିଲା । ଦିନେ ସେ ପିଲାଟି ଧୋକା ଦେଲା। ରାତିରେ ଦୋକାନ ଚାବି ଖୋଲି ସବୁ ଟଙ୍କା ଧରି ଚମ୍ପଟ। ସେ ଜାଣିଥିଲା ବାପା ଗୁପ୍ତରେ କେଉଁଠି ସବୁ ପଇସା ରଖନ୍ତି।

ସେ ଗଲା ପରେ ବାପା ସହଜରେ ଆଉ କାହାକୁ ବିଶ୍ୱାସ କଲେନି। ଯଦି

କାହାକୁ ରଖିଲେ ପଚାଶ କଥା ପଚାରିବେ ତା ଆର ଦିନ ବିରକ୍ତ ହେଇ ସେ ପଳେଇବ।

ଏକା ତ ପାରିବେ ନାହିଁ, ଶେଷରେ ମୁଁ ବାହାରିଲି ବାପାଙ୍କୁ ସାହାଯ୍ୟ କରିବାକୁ। ଆଗ ରାଜି ହେଲେ ନାହିଁ। ନା ନା ତୁ ତୁ ଘରେ ରହ।

କାହିଁକି ? ତମକୁ ଲାଜ ଲାଗୁଛି କି, ମତେ ଲାଜ ଫାଜ କିଛି ନାହିଁ। ନିଜ ବେପାର ନିଜେ କରିବା କଥା। ସମସ୍ତେ କରୁଛନ୍ତି କି ନାହିଁ।

ସେ କଥା ନୁହେଁ, ବଢ଼ିଲା ଝିଅ ଘରେ ରହ କହିଲେ। ଏଠି ବଢ଼ିଲା ଝିଅ ଘରେ ରୁହନ୍ତି ନାହିଁ। ଖଟନ୍ତି ଖାଆନ୍ତି। ସବୁ ଦୋକାରେ ଝିଅମାନେ କାମ କରୁନାହାନ୍ତି ? ତମେ କେବେଠୁ ଏମିତି ଭାବିଲଣି !

ମୋ ଯୁକ୍ତି ପରେ ବାଧ ହେଲେ। ହେବାକୁ ପଡ଼ିଲା।

ତାଙ୍କୁ ସାହାଯ୍ୟ କରୁକରୁ ମୁଁ ଅନେକ କାମ ଶିଖିଗଲି। ବାପାଙ୍କର ବଳ ଅଧିକ ଦିନ ରହିଲା ନାହିଁ। କେବେ କେବେ ଦୋକାନରେ ଅଧିକ ସମୟ ବସି ପାରନ୍ତି ନାହିଁ। କୁହନ୍ତି ଗାର୍ଗୀ ତୁ ଚାବି ପକାଇ ଦେବୁ। ମୁଁ ଘରକୁ ଯାଉଛି ଗଡ଼ିବି।

ମୁଁ କିନ୍ତୁ ଏତେ ଶୀଘ୍ର ଦୋକାନ ବନ୍ଦ କରେନା। ଖୋଲା ରଖେ। ଗ୍ରାହକ ଆସନ୍ତି। ଚାହା ଜଳଖିଆ ଖାଇ ମୋ ହାତରେ ଟଙ୍କା ଦିଅନ୍ତି। ନିଜ ହାତରେ ଟଙ୍କା ଦେଖି ମୁଁ ଖୁସି ଓ ଗର୍ବ ଅନୁଭବ କରେ। ମୁଁ ଏକୁଟିଆ , ଦୋକାନ ସମ୍ଭାଳି ପାରିବି। ବାପା ତୁମେ ଉଠିବା ଦରକାର ନାହିଁ, ମୁଁ ସବୁଦିନ ଦୋକାନରେ ବସି ତୁମକୁ ଆଣି ଟଙ୍କା ଦେବି। ମୁଁ ବାପାଙ୍କୁ ଏ କଥା କହିଲି ।

ମୋ ଶରୀର ବଢ଼ିବା ସହ ବାପାଙ୍କ ଚିନ୍ତା ବଢୁଥିଲା। ସେ ଆଗ ପରି ମତେ ଏକୁଟିଆ ଦୋକାନରେ ଛାଡ଼ି ଆସିବାକୁ ଇଚ୍ଛା କରୁ ନଥିଲେ, କିନ୍ତୁ ସେ ନିରୁପାୟ।

ଏଥର ମୋ ଦୋକାନରେ ଗ୍ରାହକଙ୍କ ଭିଡ଼ ଜମେ। ସମସ୍ତେ ଖୁବ ପ୍ରଶଂସା କରନ୍ତି।

ମଝିରେ ମଝିରେ ବାପା ଆସନ୍ତି ଓ ଅଳ୍ପ ସମୟ ମଧରେ ପଳାନ୍ତି।

ଏଇ ମୋ ବର ବିମ୍ଵା, ସେ ଗୋଟିଏ ଅଟୋରିକ୍ସା ଏଜେନ୍ସିରେ କାମ କରୁଥିଲା। ଅଟୋ ବି ଚଲାଏ। ପ୍ରତିଦିନ ସନ୍ଧ୍ୟାରେ ଆସି ସେଇଠି ଅଟକାଏ। ଚାହା ପିଏ। ବାପା

ବସୁଥିବା ସମୟରେ ସେ ପୁଣି ଅନେକ ଥର ଆସିଛି ଆଉ ଅନେକ ଘର କଥା ଗପିଛି ବୋଲି ମୁଁ ଜାଣିନଥିଲି। ବାପା ସବୁ କଥା କୁଆଡ଼େ ତାକୁ କୁହନ୍ତି।

ଯେବେଠାରୁ ମୁଁ ଏକୁଟିଆ ବସିଲି, ସେ ଆସିଲା, ଜଳଖିଆ ଖାଇ ବାପାଙ୍କ ଭଲ ମନ୍ଦ ପଚାରି ବୁଝିଲା। ମତେ ଭରସା ଦେଲା। କହିଲା ତୋର ଯେତେବେଳେ ଯାହା ଦରକାର ମତେ କହିବୁ। ବାପା ଆସୁ ନାହାନ୍ତି ବୋଲି ଡରିବୁ ନାହିଁ। ଛାତିରେ ହାତ ବାଡ଼େଇ କହିଲା ଏ ବିଦ୍ୟାଧର ଅଛି ମାନେ ତୋର କିଛି ଅସୁବିଧା ହେବ ନାହିଁ। ମୁଁ ଏକଲା କାମ୍ପି।

ସେ ଅବଶ୍ୟ ଅନେକଥର ସାହାଯ୍ୟ କରେ। ତା ଅଟୋରେ ବସାଇ ବାପାଙ୍କୁ ଡାକ୍ତରଙ୍କ ପାଖକୁ ନେବାଠାରୁ ଦୋକାନ ପାଇଁ ଜିନିଷପତ୍ର ଆଣିବା ପର୍ଯ୍ୟନ୍ତ ସବୁ କରେ। ବାପା ତ ଖୁସି ହୁଅନ୍ତି। କିନ୍ତୁ ମୁଁ କାହିଁକି ଖୁସି ହେଇ ପାରେନା। କାରଣ ପ୍ରତିଥର ସାହାଯ୍ୟ କଲା ପରେ ସୁବିଧା ଦେଖି ମୋଠାରୁ ଟଙ୍କା ମାଗିନିଏ। ସୁଝିଦେବି, ଉଧାର ରହିଲା କହି ଚାଲିଯାଏ। ବାପାଙ୍କର ତା ପ୍ରତି ଅହେତୁକ ଭଲ ପାଇବା ଓ ବିଶ୍ୱାସ ଦେଖି ମୁଁ ଚୁପ୍ ରହେ। କିନ୍ତୁ ତା ଚାହାଣି, ତା ହାବଭାବ ମତେ ଭଲ ଲାଗେନା। ବାପାଙ୍କ ମୁହଁକୁ ଚାହିଁ କିଛି କହି ପାରେନା।

ଏମିତି ଦିନ ଗଡୁଥାଏ। ହଠାତ୍ ଦିନେ ଗୋଟିଏ ଅଜବ ପ୍ରସ୍ତାବ ଧରି ହାଜର ହେଲା। କହିଲା ମୁଁ ତତେ ବାହାହେବି। ଏତେ ପ୍ରକାର ଇଙ୍ଗିତ ତୁ କିଛି ବୁଝିଲୁ ନାହିଁ। ମୁଁ ସିଧା କହିବାକୁ ବାଧ୍ୟ ହେଲି। ମୁଁ ତତେ ବହୁତ ଭଲ ପାଏ। ତୋ ମତ କଣ ମତେ ସଫା ସଫା କହ। ମୁଁ ଆଜି ଏଇଠି ଅପେକ୍ଷା କଲି। ତୋ ଉତ୍ତର ପାଇଲା ପରେ ଯାଇ ଯିବି। ପିଇକି ଆସିଥିଲା ବୋଧେ ସେଇଠି ବସିଲା।

ମୋ ପାଦ ତଳୁ ମାଟି ଖସି ଗଲା। ମୁଁ ଅନୁଭବ କରୁଥିଲି ଲୋକଟିର ନିୟତ ମନ୍ଦ। କିନ୍ତୁ ସେ ଯେ ମତେ ବାହା ହେବ ବୋଲି ଯୋଜନା କରିଥିବ, ଆଦୌ ଭାବି ନଥିଲି। ମୋ ଠାରୁ ଯଥେଷ୍ଟ ଅଧିକ ବୟସ ହେବ ତାର। ଲୋକଟା ଏମିତି ଭାବି ପାରିଲା କେମିତି !

ପ୍ରଚଣ୍ଡ ରାଗିଗଲି। ମୁଁ କଣ ପାଇଁ ତତେ ବାହା ହେବି। ସାହାଯ୍ୟ କଲୁ ବୋଲି ମୁଣ୍ଡରେ ଚଢ଼ିବୁନା କଣ। ରହ ମୁଁ ଆଜି ବାପାଙ୍କୁ କହିବି ସାହାଯ୍ୟ ଆଳରେ କେତେଶହ ଟଙ୍କା ନେଇଛୁ। ଭୀଷଣ ଭାବରେ ଗାଳି କଲି। କାଲିଠାରୁ ଏ ଦୋକାନର ଦୁଆର ତୋ ଲାଗି ମନା। ଆଉ ଦିନେ ଏ ଆଖପାଖରେ ଦେଖିଲେ ମତେ ଚିହ୍ନିବୁ ମୁଁ

କିଏ। ଆରେ.. ଭାବିଲୁକି ଏକୁଟିଆ ଝିଅ ଦୋକାନ ଖୋଲି ବେପାର କରୁଛି ମାନେ ଯାହା ଇଚ୍ଛା ସେୟା କହିଦେଇ ଚାଲିଯିବୁ। ନିଜ ବୟସକୁ ଦେଖି ନିଜ ସମ୍ମାନ ରକ୍ଷା କର, ନହେଲେ ମୋ ରୂପ ଦେଖିବୁ। ସେ ଅପମାନିତ ହୋଇ ସଙ୍ଗେସଙ୍ଗେ ସେଠାରୁ ଚାଲିଗଲା।

ସାରାଦିନ ଶତ ଚେଷ୍ଟା ପରେ ବି ସେ କଥାକୁ ମୁଁ ଭୁଲି ପାରୁ ନଥାଏ। ବେପାରରେ ମନ ଲାଗୁ ନଥାଏ। ଭାବିଲି ଘରେ ଯାଇ କହିବି। କିନ୍ତୁ ଏ ସବୁ ଜାଣିଲେ ବାପା ଯେ ଦୋକାନରେ ବସିବାକୁ ଛାଡ଼ିବେ ନାହିଁ! ଘର କେମିତି ଚଳିବ ? ବାପାଙ୍କର ବୟସ ଓ ରୋଗ କାରଣରୁ ସେ ବଦ୍‌ମାସର କିଛି ବି କରି ପାରିବେ ନାହିଁ। ଅଯଥା ବ୍ୟସ୍ତ ହେଇ ପଡ଼ିବେ। ଠିକ୍ ଅଛି ସେ ଆଉ ଥରେ ଆସିଲା ମାନେ ଏ କାଠ ପାଲିଆରେ ତା ମୁଣ୍ଡ କଣା କରିଦେବି। ଆଉ ଆସିବନି। କଥା ସରିଲା। ମୁଁ ସ୍ଥିର ଓ ଦୃଢ଼ ହୋଇ ମୋ କାମରେ ମନ ଦେଲି।

ଗାର୍ଗୀର ମୁହଁକୁ ଶ୍ରୀମାୟା ଚାହିଁଲା। ଶାନ୍ତ, ସରଳ ଦେଖା ଯାଉଥିବା ଝିଅଟି ପାଖରେ ପରିସ୍ଥିତିକୁ ସାମ୍ନା କରି ପାରିବାର ସାହସ ପାଇଁ ମନେ ମନେ ପ୍ରଶଂସା କଲା।

ଯାହା ହେଉ ଏତିକି ଭାବି ପାରିଲୁ, ଏ ଦୃଢ଼ ମନୋବଳ ରହିବା ବହୁତ ବଡ଼ କଥା। ନାରୀକୁ ସବୁବେଳେ ଦୁର୍ବଳ ଭାବିବା ଭୁଲ୍। ସହଜରେ କାହା ପାଖରେ ହାର୍ ମାନି ନେବା ଉଚିତ ନୁହେଁ। ସାବସ୍!

ଦିଦି, ମଣିଷ ପରଲୋକଙ୍କ ପାଖରେ ଜିତି ଯାଏ ସିନା, ହାରିଯାଏ ଯଦି କେବଳ ନିଜ ଲୋକଙ୍କ ପାଖରେ। ନାରୀଟିର ଯେତେ ସାହସ ଥିଲେ ବା ଲଢ଼ିବାର ଶକ୍ତି ଥିଲେ ମଧ୍ୟ ଯଦି ନିଜ ଲୋକ ତାକୁ ବିଶ୍ୱାସ ନ କଲା ତେବେ ସମାଜ ସହ ଲଢ଼ିବା କଷ୍ଟକର ହୋଇପଡ଼େ।

ସନ୍ଧ୍ୟାରେ ଯେତେବେଳେ ଦୋକାନ ବନ୍ଦ କରି ଘରକୁ ଗଲି, ଆଖିକୁ ବିଶ୍ୱାସ କରି ପାରିଲି ନାହିଁ। ବିମ୍ବା ଆମ ଘରେ! ମୋ ବାପାଙ୍କ ସହ ବସି ତାସ ଖେଳୁଥିଲା। ବାପା ଜିତୁଥିଲେ ଓ ଖୁସି ଥିଲେ। ସେ ହାରୁଥିଲା ଓ ଖୁସି ଥିଲା। ହାରିଲେ କଣ ହେଲା ବଡ଼ ଖେଳରେ ସେ ଜିତିବାର ଯୋଜନା ପ୍ରସ୍ତୁତ କରି ଯାଇଥିଲା।

ମୋ ସର୍ବାଙ୍ଗରେ ନିଆଁ ଲାଗି ଗଲା। ସେ ଏଠି କଣ କରୁଛି! ବାପା ତା ବିଷୟରେ କିଛି ଜାଣି ନାହାଁନ୍ତି ବୋଲି ହସୁଛନ୍ତି। ଏଥର ବାପାଙ୍କୁ ସବୁ କହିବାକୁ ପଡ଼ିବ। ମତେ ଦେଖି ବିମ୍ବା ଯିବାକୁ ପ୍ରସ୍ତୁତ ହେଲା। ଖୁସି ଖୁସି ବାପାଙ୍କ ପାଖରୁ

ବିଦାୟ ନେଇ ଚାଲିଗଲା। ଗଲାବେଳେ ମୋ ମୁହଁକୁ ଚାହିଁ ମୁରୁକି ହସିଲା। ଯେପରି ମୁଖ୍ୟ ଖେଳରେ ସେ ଜିତି ସାରିଛି।

ମୁଁ ଏଥର ବାପାଙ୍କୁ କିଛି କହିବା ପୂର୍ବରୁ ସେ ନିଜେନିଜେ କହି ପକାଇଲେ। ଶୁଣୁ ଗାର୍ଗୀ ଗୋଟିଏ ଭଲ ଖବର। ବିମ୍ବା ସହ ତୋର ବାହାଘର ସ୍ଥିର କଲି। ତତେ ଆଉ ଏକୁଟିଆ ଦୋକାନରେ ବସିବାକୁ ପଡ଼ିବ ନାହିଁ। ସେ ତୋ ସହ ମୋ ଦାୟିତ୍ୱ ବି ନେବ। ମୋ ଦେହଟା ବି ଦିନକୁ ଦିନ ଖରାପ ହେଉଛି। ଦେଖ୍ ତାର ତ ଆଗକୁ ପଛକୁ କେହି ନାହାନ୍ତି, ଏକୁଟିଆ ମଣିଷ, ସେ ଆମ ପାଇଁ ଓ ଆମେ ତା ପାଇଁ। ଖୁବ ଭଲ ପ୍ରସ୍ତାବ। ଆମମାନଙ୍କର ଏଥର ଦୁଃଖ ଗଲା ବୋଲି ଜାଣ।

ମୁଁ ଆଶ୍ଚର୍ଯ୍ୟ ହେଇଗଲି। ବାପା କେମିତି ରାଜି ହେଲେ। ମତେ ନଜଣାଇ ମୋଠାରୁ ଅଧିକ ବୟସର ଗୋଟେ ଲୋକ ସହ ବିଭା ଦେବା କଥା ଭାବିଲେ କେମିତି !

ବହୁତ ଚେଷ୍ଟା କଲି। ତାକୁ ମୁଁ କେବେ ବାହା ହେବିନି। ମୁଁ ତାକୁ ଘୃଣା କରେ। ସେ ମୋଠାରୁ ବହୁତ ବଡ଼। ମୁଁ ତ ଯାହା ହେଲେ ଅଳ୍ପ ପଢ଼ିଛି, ସେ ତ ବିଲକୁଲ୍ ପାଠ ପଢ଼ି ନାହିଁ। ଅଭଦ୍ର, ମୂର୍ଖଟା। ସେ ଭଲ ଲୋକ ନୁହେଁ। ଲମ୍ପଟ। ତମେ ଜାଣି ନାହଁ ବାପା, ତା ବିଷୟରେ ସବୁ କଥା କହିଲେ ହୁଏତ ତୁମକୁ ବି ଖରାପ ଲାଗିବ।

ମୋର କିଛି ଜାଣିବା ଦରକାର ନାହିଁ। ସେ ପାଠ ନପଢ଼ିଥିଲେ ମଧ୍ୟ ତା'ର ବେପାର କରିବାର କ୍ଷମତା ଅଛି। ସେ ଘର ଚଳାଇ ପାରିବ। ପୁଅ ପିଲା ପାଇଁ ଏତିକି ମୁଖ୍ୟ କଥା। ଆଉ ବିବାହ ଆମ ହାତର କଥା ନୁହେଁ। ବୋଧହୁଏ ପଶୁପତିନାଥଙ୍କର ଏଇ ନିର୍ଦ୍ଦେଶ। ତତେ ତ ଆଉ ରାଜକୁମାର ମିଳିବେ ନାହିଁ! ଆମେ ବଡ଼ ସ୍ୱପ୍ନ କାହିଁକି ଦେଖିବା ?

ଦେଖ ବାପା ଆମ ପରିସ୍ଥିତି ଏତେ ଭଲ ନାହିଁ। ଏବେ ବାହାଘର କଥା ଚିନ୍ତା କର ନାହିଁ।

ସେ କଥା ମୁଁ ବୁଝିବି। ଟଙ୍କା ବେଶୀ ଖର୍ଚ୍ଚ ହେବନି। ଶୁଣୁ ସେ ମୋର ଗୋଟିଏ ସର୍ତ୍ତକୁ ବିନା ପ୍ରତିବାଦରେ ମାନି ଗଲା। ସେଥିପାଇଁ ମୁଁ ତା କଥାରେ ରାଜି।

କି ସର୍ତ୍ତ ବାପା ?

ସେ ରାଜି ହେଲା କି ପଶୁପତିନାଥଙ୍କୁ ମୁଣ୍ଡିଆ ମାରି ସେଇଠି ମାଳା ବଦଳାଇ

ବାହା ହେବ। ତାକୁ ଅଧିକ କିଛି ଦରକାର ନାହିଁ। ବାସ୍। କିଛି ଖର୍ଚ୍ଚ ନାହିଁ। ତୁ ଭଲରେ ରହିବୁ।

ବୁଝିବାକୁ ଚେଷ୍ଟା କର ବାପା, ମୁଁ ଭଲରେ ଅଛି । ଦେଖ ମୁଁ ଅଧିକ ପାଠ ପଢ଼ିପାରିଲି ନାହିଁ ସତ କିନ୍ତୁ ତୁମେ ମତେ ଶିଷ୍ଟାଚାର ଶିଖାଇଛ। କାହା ସହିତ କେମିତି କଥା କୁହାଯାଏ,ତା ମୁଁ ଜାଣେ। ତାର ସେ ସବୁ ଅଛି ? କେତେ ଖରାପ ଭାଷାରେ କଥା ହୁଏ ଦେଖିନ ! ଆଉ ମୁଁ ମୋ କଥା ବୁଝି ପାରୁଛି, ତୁମ ଦାୟିତ୍ୱ ନେଇ ପାରୁଛି, ଆମକୁ ତୃତୀୟ ବ୍ୟକ୍ତି ଦରକାର ନାହିଁ।

ସେମିତି କହନା। ମୋ ଦିନକାଳ କେତେ ? ବିମ୍ବାଧର ଏତେ ଖରାପ ପିଲା ନୁହେଁ। ତୁ ଯାହା ଭାବୁଛୁ ସେମିତି କିଛି ନୁହେଁ। ତୁ ଅରାଜି ହ'ନା।

ପ୍ରତିବାଦ କଲି। ବହୁତ କାନ୍ଦିଲି। ଘର ଛାଡ଼ି ଚାଲି ଯିବାର ଧମକ ଦେଲି। କିନ୍ତୁ ତାହାର କୌଣସି ମୂଲ୍ୟ ରହିଲା ନାହିଁ। ବାପାଙ୍କୁ ଏମିତି ପାଠ ପଢ଼ାଇ ଥିଲା ଯେ ବାପା ଆଉ କିଛି ବୁଝିଲେ ନାହିଁ କି ଶୁଣିଲେ ନାହିଁ।

ତାଙ୍କର ସବୁଠାରୁ ବଡ଼ ଲୋଭ ଥିଲା ଆମ ରାସ୍ତା କଡ଼ ଘର। ଦରଭଙ୍ଗା ଗୋଟିଏ ବଖରା ମାଟିଘର। ଯାହା ଅନେକ ବର୍ଷରୁ ବନ୍ଧକ ଥିଲା। ଯେଉଁଠି ଘର ସେ ଜାଗାର ମୂଲ୍ୟ ବହୁତ ବଢ଼ିଛି। ସେଇଠି ଦୋକାନ ତ ଚାଲିଥିଲା। ବିମ୍ବା କହିଥିଲା ବାହାଘର ପରେ ସେ ସାହାଯ୍ୟ କରିବ। ଆମ ଘର ବନ୍ଧା ରହିବ ନାହିଁ। ତାକୁ ମୁକୁଳାଇବା ପାଇଁ ସେ ସବୁ କରିବ। ତେଣୁ ବାପା ଲୋଭରେ ରହିଲେ।

ଏତେ ଭଲ ପାଉଥିବା ବାପାଙ୍କ ଉପରୁ ମୋର ସେ ଦିନ ଭରସା ତୁଟିଗଲା। କ୍ରୋଧ ଓ ଅଭିମାନରେ ମୁଁ ନିରବ ହେଇଗଲି।

ଦୁଇ ଦିନ ପରେ ପଶୁପତିନାଥ ମନ୍ଦିରରେ ଫୁଲ ମାଳ ବଦଳାଇ ଆମ ବିବାହ ହୋଇଗଲା।

ଶ୍ରୀମାୟାର ମୁହଁ ଶୁଖିଗଲା। ଅଳ୍ପ ସମୟ ପୂର୍ବରୁ ତା ସାହସିକତା ପାଇଁ ମନେମନେ ପ୍ରଶଂସା କରୁଥିଲା। କେତେ ଶୀଘ୍ର ଝିଅଟିଏ ହାରିଯାଏ ! କେବଳ ନିଜ ଲୋକ ପାଇଁ !

ବାହାଘର ପରେ ବିମ୍ବା ଅବଶ୍ୟ ନିଜ କଥା ରକ୍ଷା କଲା। ମତେ ତା ଘରକୁ

ନେଲା । ଛୋଟିଆ ସାହି ଭିତରେ ତାର ଖୁବ୍ ଛୋଟିଆ ଘରଟିଏ । କେହି ତ ନଥିଲେ ଆମେ ଦୁହେଁ ।

ମୋ ବାପାଙ୍କ ପାଖକୁ ସେ ନିଜେ ଯାଇ ତାଙ୍କ ଭଲମନ୍ଦ ବୁଝିଲା । ମତେ ଆଉ ଛାଡ଼ିଲା ନାହିଁ । କହିଲା ତୁ ରାଣୀ ପରି ରହ ବାକି ମୁଁ ବୁଝିବି । ଅଟୋ ଏଜେନ୍ସି ଛାଡ଼ି ବାପାଙ୍କ ଜଳଖିଆ ଦୋକାନ ସିଏ ସମ୍ଭାଳିଲା । ଧୀରେ ଧୀରେ ମୁଁ ମନ ବୁଝାଇ ଦେଲି । ଖୁସି ବି ହେଲି ।

ମତେ ବି ବହୁତ ଭଲ ପାଏ । କିନ୍ତୁ କିଛି ମାସ ପରେ ମୁଁ ଅନୁଭବ କଲି ଭଲ ପାଇବାର ମାନେ ତା ପାଖରେ କେବଳ ଗୋଟିଏ କଥା । ମତେ ସାରାରାତି ନୟାନ୍ତ କରିପକାଏ । ମୁଁ ପୂରାପୂରି ଥକି ଯାଏ । ବେଳେବେଳେ ମୋ ଇଚ୍ଛା ଅନିଚ୍ଛାକୁ ଏତେ ଟିକେ ଖାତିର୍ ବି କରେନା । ଖାଲି କହିବ ତତେ ଛାଡ଼ି କୁଆଡ଼େ ଯିବାକୁ ଇଚ୍ଛା ହେଉନାହିଁ । ତୋ'ର ଯେଉଁ ରୂପ ! ଆଉ କିଏ ଯଦି ତତେ ଚାହିଁବ ମୁଁ ତାକୁ ହାଣି ଦେବି ।

ପରେ ପରେ ସେ ଆଉ ଦୋକାନ ବି ଗଲା ନାହିଁ । ଖାଲି ମୋ ପାଖରେ ପାଖରେ ସେମିତି ବସି ରହିଲା । ପଚାରିଲି ତ କହିଲା ପିଲା ଗୋଟିଏ ରଖିଦେଇଛି, ସେ ସମ୍ଭାଳୁଛି । ତୁ କାହିଁ ବ୍ୟସ୍ତ ହଉଚୁ ! ଚିନ୍ତା କରନା । ଏମିତିରେ ମତେ ଆଉ ସେ ଜଳଖିଆ ଦୋକାନରେ ବସିବାକୁ ଭଲ ଲାଗୁନି । ମୁଁ ନିଜର ଗୋଟେ ଅଟୋ ଏଜେନ୍ସି ଖୋଲିବି ।

ଧୀରେ ଧୀରେ ସେ ଦୋକାନର ଲାଭ ଟଙ୍କା ବାପାଙ୍କୁ ଦେଲା ନାହିଁ କି ଘରକୁ ଆଣିଲା ନାହିଁ । କଣ କରୁଥିଲା ଠାକୁରେ ଜାଣନ୍ତି । ସେଇ କଥା ନେଇ ଆମ ଭିତରେ ଥରେଥରେ ଝଗଡ଼ା ହୁଏ । ଯଦି ଟଙ୍କା ଦରକାର ନିଜେ ରୋଜଗାର କର ଘରେ ବସି ରହିଲେ କଣ ହେବ ? ମୋ ବାପାଙ୍କ ଦୋକାନ ସେଇଟା, ଟଙ୍କା ନପାଇଲେ ସେ କେମିତି ଚଳିବେ ? ମୁଁ ଥରେ ଏମିତି କଥା କହିଦେଲି ବୋଲି ପ୍ରଥମ ଥର ମୋ ଉପରକୁ ହାତ ଉଠାଇ ଥିଲା । ରାତିରେ ପ୍ରବଳ ମଦ ପିଇକରି ଆସିଲା, ରାଗିବା ଓ ହାତ ଉଠେଇ ଦେବା ତାର ଏକ ପ୍ରକାର ଅଭ୍ୟାସ ହେଇଗଲା ।

ବାପା ଧୀରେ ଧୀରେ ସବୁ ଜାଣି ପାରିଲେ । ତାପରେ ଯେତେ କଷ୍ଟ ହେଲେ ବି ସେ ନିଜେ ଯାଇ ପୂର୍ବପରି ଦୋକାନରେ ବସିଲେ । ତାକୁ ବାଟକୁ ଆଣିବା ପାଇଁ

ଦୋକାନରେ ଲାଭ ଟଙ୍କାର ଭାଗ ବି ଦେଲେ ନାହିଁ। ନିଜେ ତ ବାହାଘର ଠିକ୍ କରିଥିଲେ ତେଣୁ ମତେ ବି କିଛି କହି ପାରିଲେ ନାହିଁ।

ବାଧ୍ୟ ହୋଇ ସେ ପୁଣି ଅଟୋ ଧରିଲା। ପଇସା ପାଇବା ମାତ୍ରେ ପୁଣି ମଦ ପିଇଲା। ପାସେଞ୍ଜରଙ୍କୁ କଥା ଦେଇ ଭୁଲିଯାଏ। ସେମାନେ ଅସନ୍ତୁଷ୍ଟ ହୋଇ ଗାଳି ବି କରନ୍ତି। ମୁଁ ତାକୁ କେମିତି ବୁଝେଇବି କିଛି ବାଟ ପାଏନି। ସେ ବି କିଛି ଶୁଣେ ନାହିଁ।

ଏତେ ବଦ୍‌ରାଗି ଭିତରେ ତାର ଗୋଟିଏ ଭଲ ଗୁଣ ଥିଲା। ମତେ କୁଆଡ଼େ ନଛାଡ଼ିଲେ ବି କେବେ ମନ୍ଦିର ଯିବାକୁ ବାରଣ କରେନା। ଯେହେତୁ ପିଲାଦିନୁ ମୁଁ ମନ୍ଦିର ଯାଏ ବୋଲି ଜାଣିଥିଲା, ସେ ମୋ ପୂଜାରେ କେବେ ବାଧା ଦିଏନା। ତାର ସେଇ ଗୁଣଟି ପାଇଁ ମୋ ପାଟି ବନ୍ଦ ହେଇଯାଏ। ତାର ସବୁ ବଦ୍‌ଗୁଣକୁ ମୁଁ ସହି ଯାଏ।

ଏ ସବୁ ଭିତରେ ମୁଁ ଗର୍ଭବତୀ ହେଲି ଓ ଖୁସି ହେଲି। ଭାବିଲି ଛୁଆଟିକୁ ଦେଖି ଏଥର ନିଶ୍ଚୟ ବିମ୍ବା ବଦଳି ଯିବ। ଯା ହେଉ ଭଗବାନ ମୋ ଡାକ ଶୁଣିଲେ।

କିନ୍ତୁ ସେପରି କିଛି ହେଲା ନାହିଁ। ସବୁ ଜାଣି ବି ସେ ମୋର ଯତ୍ନ ନେବା କଥା କେବେ ଥରେ ଭାବିବାର ଦେଖିଲିନାହିଁ। ପୂର୍ବ ପରି ଘରୁ ବାହିରି ଯାଏ, ଯାହା ଟଙ୍କା ଆଣେ ସବୁ ମଦ ପିଇ ଉଡ଼ାଇ ଦିଏ। ନିଶାରେ ଧୁତ୍ ଥାଏ। କଥାକଥାରେ ମୋର ଖୁଣ ବାହାର କରେ। ହାତ ଉଠାଏ।

ଗୋଟିଏ ଦିନ ସାମାନ୍ୟ ଭୁଲ୍ ପାଇଁ ସେ ମତେ ଗାଳି କଲା। ମୁଁ ମଧ୍ୟ ରାଗରେ ଦୁଇ ପଦ ଶୁଣାଇ ଦେଲି। ଏ ଯୁକ୍ତିତର୍କ ଭିତରେ ସେ ମତେ ଧକ୍‌କାଟିଏ ପକାଇଲା। ମୁଁ ଅଖଞ୍ଜାରେ ଛିଡ଼ା ହେଇଥିଲି। ପେଟ ମାଡ଼ି ତଳେ ପଡ଼ିଗଲି। ଚଟାଣରେ ରକ୍ତର ଧାର ଛୁଟିଲା। ମୋ ଆଶା ମୋ ସ୍ୱପ୍ନ ସବୁକୁ ମାଟି ଶୋଷି ନେଲା। ମୁଁ ଭାଙ୍ଗି ରୁଜି ଚୁର୍‌ମାର୍ ହେଇଗଲି।

ଗାର୍ଗୀ ଆଖିରେ ଦୁଇ ଠୋପା ଲୁହ। ମୁହଁ ତଳକୁ କଲା। କଣ୍ଠ ତାର ବାଷ୍ପରୁଦ୍ଧ। ସେ ନିରବ ହେଇଗଲା। କିଛି କହି ପାରିଲା ନାହିଁ। ତା ଭିତରେ ଅନେକ ଦୁଃଖ। ଶ୍ରୀମାୟା ତା ପିଠିରେ ହାତ ବୁଲାଇଲା। ଆଶ୍ୱାସନା ଦେଲା।

ମୁଁ ବହୁତ କାନ୍ଦିଲି ଦିଦି। କିନ୍ତୁ ବିମ୍ବାର ଅନୁତାପ ବୋଲି ଏତେ ଟିକିଏ ବି ଦେଖିଲି ନାହିଁ। ତା ପାଇଁ ଯେଉଁ ଅଘଟଣ ଘଟିଗଲା ସେଥିପାଇଁ ସେ ଦୁଃଖ କଲାନାହିଁ।

ଥରେ ମାତ୍ର ମୋ ପାଖରେ ବସି ମତେ ବୁଝାଇଲା ନାହିଁ। ଓଲଟି ମଦ ପିଇ ଅଧିକ ସମୟ ବାହାରେ ରହିଲା। ଘର ଚଳାଇବା କଥା ଏକଦମ୍ ଭୁଲିଗଲା। ଘରେ ଖାଇବାକୁ ନଥିଲେ ବି ତାର ଫରକ୍ ପଡ଼େନା। ସେ ଆରମରେ ବାହାରି ଯାଏ। ନିଜ ଭାଗ୍ୟକୁ ଦୋଷ ଦେଇ ଚୁପ୍ ରହିବା ବ୍ୟତୀତ ସେତେବେଳେ ମୋ ପାଖରେ ଆଉ କିଛି ଉପାୟ ନଥିଲା।

ଭାଗ-୭

ଉପରବାଲା ଏ ଜଗତକୁ କେମିତି ଗଢ଼ିଛି କେଜାଣି ! ସହସ୍ର ଦୁଃଖ ପାଇ ବି ମଣିଷ ଜୀଁ ରହେ । ନିଜ ଜୀବନ ପ୍ରତି ଓ ସଂସାର ପ୍ରତି ତାର ମୋହ ରହିଥାଏ ।

ଭିତରେ ଭିତରେ ଅଭିମାନ ଓ କ୍ରୋଧ ଜମାଟ ବାନ୍ଧୁଥିଲେ ବି ମୁଁ ନିଜକୁ ଦୃଢ଼ କଲି । ଅଣ୍ଟାରେ ଲୁଗା ଭିଡ଼ିଲି । ଦେହ ମନର ଦରଜକୁ ପଛରେ ପକାଇ ବଞ୍ଚିବା ପାଇଁ ମତେ କାମ କରିବାକୁ ହେବ । ବାହାରକୁ ବାହାରିବାକୁ ହେବ ।

ମୁଁ ନିଜେ କରି ପାରିବି, ନା ମୋ ବାପା, ନା ବିମ୍ବା କାହାର ଅନୁକମ୍ପା ମତେ ଦରକାର ନାହିଁ । ଏଇ କଥା ଭାବି ନିଜକୁ ବୁଝାଇ ଦେଲି ।

ଝିଅ ବେଳେ ମୁଁ ଚାହା ଦୋକାନରେ ବସୁଥିବା ସମୟରେ ଜଣେ ହୃଦୟବାନ ମଣିଷ ଜଳଖିଆ ଖାଇବାକୁ ଆସୁଥିଲେ । ମୋ କାମକୁ ବହୁତ ପସନ୍ଦ କରୁଥିଲେ । ସେ ହିଁ ମତେ ସାହାଯ୍ୟ କଲେ । ମୁଁ ଆଗରୁ ଯୋଗାଯୋଗ କରି ତାଙ୍କ ପାଖକୁ ଖବର ଦେଇଥିଲି । ସେ ମୋ ପାଇଁ ସେଇ କାମଟିଏ ବୁଝିଦେଲେ । ତାଙ୍କର ଯେଉଁ କପଡ଼ା ଦୋକାନ ଥିଲା, ସେଥିରେ ମତେ ନେଇ ରଖାଇ ଦେଲେ ।

ଗ୍ରାହକଙ୍କୁ ପୋଷାକ ଦେଖାଇବା ଓ ସଜାଡ଼ି ରଖିବା ମୋର କାମ । ଖୁବ୍ କମ୍ ଟଙ୍କା ହେଲେ ବି ମୁଁ ଖୁସି ହେଲି ।

ବିମ୍ବା କଥାକୁ ମନ ନଦେଇ ମୁଁ କାମରେ ବାହାରି ଯାଏ ।

ସକାଳୁ ସନ୍ଧ୍ୟା ଯାଏ କାମ କରେ । ସନ୍ଧ୍ୟାରେ ଫେରି ପୁଣି ସବୁ ଘରକାମ ଓ ବିମ୍ବା କଥା ବୁଝୁବୁଝୁ ମୁଁ ଥକିଯାଏ । ବିମ୍ବା ଯେବେ ଘରକୁ ଫେରେ ଖୁବ୍ ବିରକ୍ତ ହୁଏ

, ହେଲେ ବେଶୀ କିଛି କହି ପାରେନା କାରଣ ମୋ ପଇସା ଉପରେ ତାର ଆଖି ଥାଏ। ବିଭିନ୍ନ ଆଳ ଦେଖାଇ ଟଙ୍କା ମାଗି ନିଏ ଓ ମଦ ପିଏ। ତାର ଯାହା ଇଚ୍ଛା କରୁ ମତେ ତ ଜାଁ ବାର ଅଛି। ସବୁ ଜାଣି ସୁଧା ବାଧ ହୋଇ ପଇସା ଦିଏ, ତା ଭାଗ ତାକୁ ନମିଳିଲେ, ସେ ଦୋକାନ ପାଖକୁ ଚାଲିଯିବ। ମତେ ଡରଥାଏ, ସେଠି ଯଦି କିଛି ପାଟିତୁଣ୍ଡ କରିବ କାମଟି ମୋ ହାତରୁ ଚାଲିଯିବ। ଏଥର ସେ ଆଉ ବେଶୀ ବାହାରକୁ ଗଲା ନାହିଁ। ଘରେ ରହି ମୋ ବାଟକୁ ଜଗି ବସିଲା। ତା ମୁଣ୍ଡକୁ କେତେ କଣ ଜୁଟେ। ମତେ ଏଥର ବହୁତ ବେଶୀ ସନ୍ଦେହ କରେ।

କେଜାଣି ଈଶ୍ୱର ତା କପାଳରେ କଣ ଲେଖିଥିଲେ, ସେ ଯାହା ଚାହୁଁଥିଲା ଯେମିତି ବି ହେଉ ଆଦାୟ କରି ନେଉଥିଲା। ଭୟ ଦେଖାଇ ହେଉ ବା ଧମକ ଦେଇ ହେଉ। ମୋର ପଇସା ହେଉ ବା ଦେହ। ସବୁଠି ତା ଅଧିକାର ରହିଥିଲା।

ଗୋଟିଏ ଦିନ ମୋର ଛୁଟି ଥାଏ । ସେ ବାହାରକୁ ଯାଇଥାଏ। ମୁଁ ଏକା। ଘର କାମ ସାରି ତା ପାଇଁ ଭଲମନ୍ଦ ରୋଷେଇ କରି ପାଖ ଗଳି କୂଅ ପାଖକୁ ପାଣି ପାଇଁ ଯାଇଥାଏ। କେତେବେଳେ ସେ ଫେରି ଆସିଛି ମୋ ବାଟ ଚାହିଁ ବସିଛି। ମୋର ସାମାନ୍ୟ ବିଳମ୍ବ ହେଲା। ଲମ୍ବା ଲାଇନରେ ଛିଡ଼ା ହୋଇ ପିଇବା ପାଣି ମୁନ୍ଦେ ସଂଗ୍ରହ କରିବା କେତେ କଷ୍ଟ। ବିମ୍ପା ତ ସବୁବେଳେ ରାଗୁଛି। ଆଜି ସେ ଖୁସି ହେଉ, ଭଲ ଖାଉ। ସେ ଖୁସିରେ ରହିଲେ ହୁଏତ ଆଉ ବିଶୃଙ୍ଖଳା କରିବନି। ଆଜି ତାକୁ କୌଣସି ପ୍ରକାରରେ ଅଭିଯୋଗର ସୁଯୋଗ ଦେବି ନାହିଁ ବୋଲି ବାଟ ସାରା ଭାବିଭାବି ଆସୁଛି।

ଦୁଆର ଜଗି ବସିଥିଲା ସେ। ମତେ ଦେଖି ଚିହିଁକି ଉଠିଲା। ବଡ଼ ପାଟିଟେ କଲା। କୁଆଡ଼େ ଯାଇଥିଲୁ ବେ, ଏତେବେଳ ହେଲାଣି। ମୁଁ କେତେବେଲୁ ଆସି ଖାଇବି ବୋଲି ଅନେଇଛି।

ହଁ ରନ୍ଧା ସରିଚି, ଆଜି ମିଶିକରି ଖାଇବା। ସେଥିପାଇଁ ତ ପଛପଟ ଗଳି ପର୍ଯ୍ୟନ୍ତ ଯାଇଥିଲି। ମଧୁର ପିଇବା ପାଣି ଗରେ ନେଇ ଆସିଲି।

ହଁ ହଁ ଦେଖି ସାରିଲିଣି। ପେଟରୁ ଅଣ୍ଟାରୁ ଲୁଗା ତିନ୍ତାଇ କି ପାଣି ଆଣିବାକୁ ଯାଇଥିଲୁ ସବୁ ଜାଣେ।

ମୁଁ ଦେଖିଲି ସତେ ତ ଭିଡ଼ ଭିତରେ ଠେଲା ପେଲାରେ ପାଣି ଟିକେ ଉଛୁଳି ପଡ଼ିଛି। ଭିଜି ଯାଇଛି। ମୋର ତେଣିକି ଲକ୍ଷ୍ୟ ନାହିଁ। ତରତର ହୋଇ ଲୁଗା

ବଦଳାଇବାକୁ ଘର ଭିତରକୁ ପଶିବା ପୂର୍ବରୁ ସେ ଭିଡ଼ି ଆଣିଲା। ଶଳା କହିକି ଯାଉନୁ ଯାହା ପଚାରୁଛି ଏମିତି କ'ଣ ଭିତରକୁ ପଳଉଛୁ? କ'ଣ ଖାତିର୍ ନାହିଁ?

ଛାଡ଼୍ ଆଗ ପାଲଟି ଦିଏ। ଭିତରେ କଥା ହେବା। ଖୁବ ଶାନ୍ତ ଭାବେ ମୁଁ ଉତ୍ତର ଦେଲି।

ଭିତରକୁ କଣ ପାଇଁ! ପଦାରେ ଲାଜ ମାଡୁଛି! ଯାହା ତ ଦେଖେଇବାର ଥିଲା ବାଟସାରା ଦେଖେଇ ସାରିଲୁଣି। ଏବେ ଏତେ ଭଲେଇ ହଉଚୁ।

ମତେ ଏଥର ଖୁବ୍ ବାଧିଲା। ଦାଣ୍ଡ ମଝିରେ ବେଜିତ୍ କରୁଛି ବୋଲି ନୁହେଁ। ମୋ ଚରିତ୍ର କଥା କହୁଛି ବୋଲି। ବିନା ଦୋଷରେ ବିନା କାରଣରେ। ମୁଁ ଜମା ଉତ୍ତର ଦେଲିନି। ଜବର କରି ଭିତରକୁ ପଶୁଛି ପୁଣି ଭିଡ଼ିଆଣିଲା। କାଖରୁ ପ୍ଲାଷ୍ଟିକ୍ ଗରାଟା ଛଡ଼ାଇ ନେଇ ଗରାକ ଯାକ ପାଣି ଦୁରୁଦୁରୁ କରି ମୋ ମୁଣ୍ଡ ଉପରେ ଢାଳି ଦେଲା। ମୁଁ ଆକଚା ହୋଇଗଲି। ସମ୍ପୂର୍ଣ୍ଣ ଓଦା ହେଇଗଲି ମୁଣ୍ଡରୁ ପାଦ ଯାଏ।

ବୁଝି ପାରିଲି ନାହିଁ ହଠାତ୍ ଏମତି କଣ ହେଲା। ସେ ବୋଧହୁଏ ବାହାରୁ କାହା ସହ ଝଗଡ଼ା କରି ପିଇକି ରାଗରେ ଫେରିଛି, ଆଉ ରାଗଟା ଏଠି ଛିଣ୍ଡଉଛି। ଛାଡ଼.. କିଛି ନକହି ତରତର ହୋଇ ଭିତରକୁ ପଶିଗଲି। ସେ ବି ଦୁମ୍‌ଦୁମ୍ ହୋଇ ମୋ ପଛେପଛେ ଖେପି ଆସିଲା। ଝାମ୍ପି ପଡ଼ିଲା। ଚୁଟି ଘୋଷାରି ଆଣିଲା। ଆଃ ମରିଗଲି ବୋଲି କହୁକହୁ ଦାନ୍ତ ଚିପି ଆଖି ଲାଲ୍ କରି ପଚାରିଲା କିଛି ନକହି କଣ ବେ ଭିତରକୁ ପଶିଆସିଲୁ? ତୋର ଏତେ ସାହସ! ଦେଖ୍ ଏ ବିମ୍ବାଧର ଗୋଟେ ପ୍ରଶ୍ନ ପଚାରିଛି ମାନେ ତାକୁ ଜବାବ୍ ଦର୍କାର। ଛାଡ଼ିବା ଲୋକ ନୁହେଁ। ଭାରି କଡ଼ା। କହ ବେ! ଏ ଦେହ କାହାକୁ ଦେଖେଇବାକୁ ଓଦା ହେଉଥିଲୁ ?

ଏ କଣ କହି ଯାଉଛି ସେ ! ମୋ ଛାତି ଧଡ଼ଧଡ଼ ହେଲା। ଆଘାତ ଲାଗିଲେ ବି ମୁଁ କଥା ବଢ଼ାଇବାକୁ ଚାହିଁଲିନି।

ପଚାରୁଛି ପରା, ଶୁଭୁନି।

କଣ କହିବି? ଛାଡ଼୍ ମତେ, ଛାଡ଼୍ କହୁଛି। ଭୋକ ହେଲାଣି, ଆଗ ଖାଇବା ସରୁ, ତା'ପରେ କଥା ହେବା।

ମୁଁ କଥା ନ'ବଢ଼ାଇ ଯଥାସମ୍ଭବ ଆଡ଼େଇ ଯିବାକୁ ଚେଷ୍ଟା କଲି।

ଓଃ ମୋ ଭୋକ କଥା ତତେ ଭାରି ଚିନ୍ତା। ଯୋଉ ତ ଭୋକ ମେଣ୍ଟଉଛୁ।

ବଦ୍‌ମାସ୍ ମାଇକିନା କାହା ଭୋକ ମେଣ୍ଟାଇବାକୁ ଓଦା ହେଇଥିଲୁ ଆଜି କହିବୁତ ଛାଡ଼ିବି।

ମତେ ଏଥର ବହୁତ ରାଗ ଚିଡ଼ିଗଲା। ଓଦା ଲୁଗାଟା ପାଲଟିବାକୁ ବି ଦେଉ ନାହିଁ। ଯାହା ପାଟିକୁ ଆସିଲା ବକି ଯାଉଛି।

ବେକାର କଥା କହନା। ସାରାଦିନ ଘରେ ପଡ଼ି ରହୁଛୁ, କଣ କଣ ଭାବୁଛୁ କେଜାଣି ?

କଣ କହିଲୁ ଘରେ ପଡ଼ି ରହୁଛି, ବାହାରକୁ ଯାଉ ନାହିଁ!

ହଁ, ଗଲେ ପେଟେ ମଦ ପି ଫେରୁଛୁ। ମୁଁ ଦଉଛି ପଇସା। ଘର ଚଳିବ କେମିତି କିଛି ଚିନ୍ତା କରୁନୁ ତ କେବେ! ମୁଁ ବି ଚିଡ଼ି ଉଠିଲି। ଦି ପଦ ଜବାବ୍ ଦେଇଦେଲି।

ନଚାହିଁ ବି କଥା ପଦକ କହି ହେଇଗଲା, ଆପେଆପେ।

ଓଃ ତୁ ମତେ ଚଳଉଛୁ। ହଁ ହଁ ତୁ ହିଁ ମତେ ପୋଷୁଛୁ। ସେଥିପାଇଁ ଏତେ ଦିମାଗ୍। ବଜ୍ଜାତ ମାଇକିନା ଏବେଠୁ ମତେ ଜବାବ୍ ଦେଲାଣି, ଆଗକୁ ଆଉ କଣ କରିବ ଇଏ। ସେ ରାଗରେ ଥରୁଥିଲା। ଏମିତିରେ ମୁଁ ଡରେନି । ସେଦିନ ବି ଡର ଲାଗିଲା ନାହିଁ।

ଆଖିରେ ଆଖି ମିଶାଇ ଛିଡ଼ା ହେଇଥିଲି। ତା ବ୍ରହ୍ମ ଜଳିଗଲା। ମୁଁ କିଛି ଭାବିବା ଆଗରୁ ଦୌଡ଼ି ଯାଇ ଦଦରା କାଠ କବାଟକୁ ଧକ୍କାଟେ ମାରି ଭିତରପଟୁ କିଳିଦେଲା। ଚୁଲି ମୁଣ୍ଡରେ ଯାହା ରୋଷେଇ ହେଇଥିଲା ଗୋଇଠା ମାରି ସବୁ ତଳେ ଫୋପାଡ଼ି ଦେଲା। ଛିନଛତ୍ର ହେଇଗଲା ସବୁ ଖାଦ୍ୟ ପଦାର୍ଥ।

ଟିଣ ଛପର ଉପରେ ପାଞ୍ଚଣ ଖଣ୍ଡେ ଗେଞ୍ଜିଥିଲା। ଟାଣି ଆଣିଲା। କ'ଣ କହିଲୁ, ମୋ ସହ ଯୁକ୍ତି କରୁଛୁ ରହ ତତେ ଆଜି ଛାଡ଼ିବିନି। ପିଟିପିଟି ନୋଳା ଫଟେଇ ଦେବି। ହିଂସ୍ର ପରି ମାଡ଼ି ଆସିଲା। ତା' ଉଦଣ୍ଡ ରୂପ ଦେଖି ଏଥର ମୁଁ ଶଂକି ଗଲି। ଦି' ପାଦ ପଛକୁ ଘୁଞ୍ଚିଯାଇ ତାକୁ ବୁଝାଇବାକୁ ପ୍ରୟାସ କରିବା ଆଗରୁ ବର୍ଷିଗଲା ସେ। ଦୁନିଆର ଯେତେ ଖରାପ ଭାଷା ଅଛି ସବୁ ଉଗାଳି ଦେଲା। ଚୁଟିଟାଣି ତଳେ କଚାଡ଼ି ଦେଲା। ତା'ପରେ ପ୍ରହାର ଉପରେ ପ୍ରହାର। ମୁଁ ଖୁବ ଯନ୍ତ୍ରଣାରେ ଚିତ୍କାର କଲି। ଛଟପଟ ହେଇ ନେହୁରା ହେଉଥାଏ। ଗୋଡ଼ ଧରୁଥାଏ। ତାକୁ ଶାନ୍ତ କରାଇବା

ପାଇଁ ଭୁଲ୍ ମାଗୁଥାଏ। କଥା ଆଉ ଆଗକୁ ନବଢୁ। ଏତିକି ଥାଉ। ସବୁ ଚେଷ୍ଟା ମୋର ବିଫଳ ହେଉଥାଏ।

ଶେଷରେ ସାହସ କରି ବାଁ ହାତରେ ତା ବାହୁକୁ କଷିକରି ଧରି ପକାଇଲି। ତା ହାତରୁ ପାଞ୍ଚଣଟାକୁ ମୁଠେଇ ଧରିଲି। ଭାବି ପାରିଲି ନାହିଁ କଣ କରିବି ଯାପରେ। କଷ୍ଟ ଓ ଅପମାନରେ ମୁଁ ବି ଜଳୁଥାଏ। ଛଡ଼ାଇ ନେବି କି ଏ ବେତ ଖଣ୍ଡିକ। ଯେଉଁ ବେତର ଅସଂଖ୍ୟ ମାଡ଼ରେ ମୋ ପିଠି ଫାଟିଛି। ମୋଡ଼ି ମକଚି ଗୁଣ୍ଡ କରିଦେବି ଏଇ କ୍ଷଣି।

ନା ଆଉ ବି କିଛି କରିପାରେ, ଏଇ ଛାଟର କରାମତି ତାକୁବି ଥରେ ଚଖାଇ ଦେବି କି, ଜାଣିବ ଥରେ ପିଠି ଫାଟିଲେ କେତେ କାଟେ, ରକ୍ତ ଝରିଲେ କେମିତି ପୋଡ଼େ। ଭାବିଲି ସିନା ସେମିତି କରିପାରିବା ମୋ ପାଇଁ ସମ୍ଭବ ନୁହେଁ।

ତା ଉପରକୁ ହାତ ଉଠାଇବି ! ଯାହା ହେଲେ ବି ସେ ମୋ ସ୍ୱାମୀ। ଆଜି ନହେଲେ କାଲି ମନ ବଦଳିବ। ସବୁ ଭୁଲ୍ ବୁଝି ପାରିବ। ସ୍ୱାମୀ ହାତ ଉଠାଇବା ଆଉ ସ୍ତ୍ରୀଟିଏ ଲେଉଟି ପଡ଼ି ମାରିବା ଦୁଇଟା ଅଲଗା କଥା ନୁହେଁ...ଓଃ କିଛି ଭାବିପାରୁ ନଥିଲି।

ଆମ ବସ୍ତିରେ ଅନେକ ସ୍ତ୍ରୀ, ସ୍ୱାମୀ ହାତରୁ ରୋଜ ମାଡ଼ ଖାଆନ୍ତି। ପାଣି ଆଣିବା ବେଳେ ସେଇଠି ବସି ମନ ଭରି କାନ୍ଦନ୍ତି। ସର୍ପି ପକାନ୍ତି ମନ ଶାନ୍ତି ହେବା ଯାଏ। ଘରକୁ ଆସିଲେ ପୁଣି ଯୋଉ କଥାକୁ ସେଇ କଥା। ରାତି ହେଲେ ସ୍ୱାମୀ ସୁଆଗ ଲୋଡ଼ନ୍ତି। ସ୍ୱାମୀର କଣ ଟିକେ ହେଇଗଲେ ଛାତି ଦମ୍ଭ କରି ଛିଡ଼ା ହେଇପଡ଼ନ୍ତି। ସବୁ ଦୁଃଖକୁ ହଜମ କରି ସଂସାର ଗଢ଼ନ୍ତି। ଲେଉଟି ପଡ଼ି ସ୍ୱାମୀ ଉପରକୁ ହାତ ଉଠାଇ ଦେଲେ ତ ଘର ଭାଙ୍ଗି ଯିବ ! ଏ ପ୍ରଭୁ ହଠାତ୍ ଏମିତି ଚିନ୍ତା ମୋ ମନକୁ କାହିଁକି ଆସିଲା।

ତା ବାହୁରୁ ହାତ ଖସାଇ ଆଣିଲି। ବେତଟା ଛାଡ଼ି ଦେଲି। ହାତ ଯୋଡ଼ି ନେହୁରା ହେଲି। ମତେ ଏମିତି ମାର ନାହିଁ । ଏତେ ନିଷ୍ଠୁର ହ'ନା। ମୁଁ ତୋର ସ୍ତ୍ରୀ। ଭଲ ପାଇ ବାହା ହେଇଛୁ ପରା।

ବାହା ହେବା, ଭଲ ପାଇବା କଥା ଶୁଣି ସେ ଥମ୍ କରି ରହିଗଲା ମୁହୂର୍ତ୍ତେ। କଣ ଭାବିଲା ବୋଧେ। ଭାବିଲି ମୁଁ ଠିକ ସମୟରେ କଥା ପଦକ କହିଛି। ନହେଲେ ମାରୁମାରୁ ଜୀବନରୁ ମାରିଦେଇଥାଆନ୍ତା ସିନା, ଅଟକିବା ଲୋକ ତ ଏ ନୁହେଁ।

ସତ କହୁଛି ଦିଦି, ଅନେକ ଥର ତା ହାତରୁ ମାଡ଼ ଖାଇଛି। ସେଇଟା ଦେହସୁହା। ଅତ୍ୟାଚାର ସହିଛି। କିନ୍ତୁ ଏ ପ୍ରକାର ରାଗ ଆଗରୁ ଦେଖି ନଥିଲି।

ଭୀଷଣ ଯନ୍ତ୍ରଣା ପରେ ମୁଁ ଟିକେ ଆଶ୍ୱସ୍ତ ହେଲି। କାନ୍ଥକୁ ଆଉଜି, ଜାକିଜୁକି ହେଇ ତଳେ ବସି ପଡ଼ିଲି। ଟିକେ ନିଃଶ୍ୱାସ ମାରିବାକୁ ବଳ ଯୋଗାଡ଼ କଲି। ହେଲେ ଦିଦି ଆରାମ କରିବା ମୋର ମୂର୍ଖାମୀ ଥିଲା। ମୁଁ ତାକୁ ଭୁଲ୍ ବୁଝିଥିଲି ଦିଦି। ସେ ଯେଉଁ ଥମ୍ କରି ଅଟକି ଯାଇଥିଲା ଚୁପ୍ ବସିବା ପାଇଁ ନୁହେଁ, ଆଉ ଏକ ଯୋଜନା କରୁଥିଲା ମନେମନେ।

ଟିକେ ଦମ୍ ମାରି ସେ ଆରମ୍ଭ କଲା। ତୁ ଠିକ୍ କହିଛୁ, ଭଲପାଇ ବାହା ହେଇଥିଲି। ମନେପକାଇ ଦେଲୁ ଭଲ କଲୁ। କିନ୍ତୁ କାହିଁକି ବାହା ହେଇପଡ଼ିଲି ଜାଣିଚୁ? ତୋ ରୂପ ଯୌବନ ପାଇଁ ନୁହେଁ ମଃ। ମତେ ମାଇକିନା ଅଭାବ ନଥିଲେ। ଏବେ ବି ନାହାନ୍ତି। ରୋଜ ଯାଉଛି ବୁଲିବୁଲି ଯାହା କରିବା କଥା କରିକି ଆସୁଛି। ମୁଁ ମର୍ଦ୍ଦ ଲୋକ। ଯୋଉ ଦିନ ଦରକାର ସେ ଦିନ ମିଳିବ। ଖାଲି ତୋ ବୋପାର ସେ ଜାଗା ଉପରେ ଯୋଉ ଖଣ୍ଡିଆ ଘରଟା ଅଯଥା ପକେଇ ରଖିଛି, ସେ ଜାଗା ଖଣ୍ଡକ ପାଇଁ ମତେ ଏତେ ସବୁ କରିବାକୁ ପଡ଼ିଲା। ଶଳା ଘରଟାକୁ ବନ୍ଧା ରଖି ଦେଇଛି। ସେ ମୁକୁଲେଇ ପାରୁ ନାହିଁ କି ମୁଁ ଅକ୍ତିଆର କରି ପାରୁନାହିଁ। ବଢ଼ିଆ ଜାଗାଟା, ଘରଟା ଭାଙ୍ଗି ମୁଁ ସେଠି ଅଟୋରିକ୍ସା ଏଜେନ୍ସି କରି ଥାଆନ୍ତି। ସବୁଦିନ ନିଜେ କିଏ ଅଟୋ ଚଲେଇବ! ଶଳା ହାରାମୀ ବୁଢ଼ା ମତେ ଆଉ ଦୋକାନରେ ବି ପୂରେଇଲା ନାହିଁ। ସେ ବୁଢ଼ା ନ ମଲା ଯାଏ ମୁଁ କିଛି ପାଇବିନି।

ମୋ ଦେହରେ କରେଣ୍ଟ ଲାଗିଲା। ତା ଭିତରେ ଏତେ କଥା ଥିଲା ବୋଲି ମତେ କେବେ ସାମାନ୍ୟତମ ଆଭାସ ବି ହେଇନାହିଁ।

ଆଁ କରି ତା ମୁହଁକୁ ଚାହିଁ ରହିଲି। ଗୋଟିଏ ବଖରା ମାଟି ଘର। ତାକୁ ଇଏ ଆଖି ପକାଇ ମତେ ବାହା ହେଇଛି। ଘରଟା ମାଟିରେ ମିଶିଗଲେ ବାପା କେଉଁଠି ରହିବେ ବୋଲି କେବେ ବି ଏ ଅମଣିଷ ଚିନ୍ତା କରିନଥିବ। ତେବେ ଛଳନା କରିଥିଲା, ମୋ ବାପା ସହ ମୋ ସହ! ଭାବୁଥିଲି ଖାଲି ମଦ ପି' ଘରକୁ ଫେରୁଛି। ଏ ତ ବହୁତ ତଳକୁ ଖସି ସାରିଛି। ମୋ ଉପରେ ବାରବାର ସନ୍ଦେହ କରୁଛି ଏ ଲମ୍ପଟ। ଛିଃ...

ଏମିତି ମୁହଁକୁ ଚାହିଁଛୁ କଣ ବେ। କଣ ଭାବୁଚୁ। ସତ ଶୁଣି କରେଣ୍ଟ ଲାଗିଲା! ଆଉ କଣ ପଲକ ପଡୁନି ଯାର। ତୋର ଭାରି ସାହସ ତ ମୋ ଆଖିରେ ଆଖି ମିଶେଇଲୁ।

ଓଃ ତୁ ମୋ ମାଇକିନା ପରା। ତୋର ଅଧିକାର ଅଛି। ତୁ ଗାଡ଼େଇକି ଚାହିଁବୁ। ସେଥିପାଇଁ ତ ତୋ ଆଖି ଉପରକୁ ହେଇ ଗଲାଣି। ଅନ୍ୟ ଆଡ଼େ ମନ ଦେଲୁଣି। ତେବେ ମୋର ବି ଅଧିକାର ଅଛି ମୁଁ ଯା ଇଚ୍ଛା କରିବି।

ଅବଶ୍ୟ ତୁ ଠିକ୍ କହିଚୁ। ସ୍ତ୍ରୀକୁ ଏମିତି ମାରିବା କଥା ନୁହେଁ। ଆହାଃ କେଡେ ବଡ଼ ଭୁଲ୍ କରିଦେଲି।

ସତରେ ନିଜ ସ୍ତ୍ରୀ କୁ ଏମିତି ମାରିବା କଥା ନୁହେଁ। ଆହାଃ ଚୁ ଚୁ। ତା ତାଚ୍ଛଲ୍ୟ ଭଙ୍ଗୀ ଆହୁରି ଭୟଙ୍କର ମନେ ହେଲା। ତା ବିଦ୍ରୁପ ହସ ମତେ ଘୃଣା ଲାଗିଲା। ମୋ ପେଟ ମୋଡ଼ି ପକାଇଲା। ବାନ୍ତି ଉଠାଇଲା ପରି। ଦାଉଁ କଲା ମୋ ଛାତି। ନିଶ୍ଚିତ କିଛି ତା ମୁଣ୍ଡରେ ଜୁଟିଛି।

ଦାନ୍ତକୁ ଦାବି ଆଖି ବନ୍ଦ କରି କିଛି କ୍ଷଣ ମାତ୍ର ଛିଡ଼ା ହେଲା ସେ। ମୁଁ ଚଟାଣରେ ଲୋଟି ପଡ଼ିଛି। ବହି ଯାଉଥିଲା ଧାରଧାର ଲୁହ। ସେ ଆଗକୁ କଣ କରିବ ମୁଁ ଆକଳନ କରି ପାରୁନଥାଏ।

ଭାବିବାକୁ ସମୟ ଦେଲାନି। ଖପକରି ମାଡ଼ି ଆସିଲା। ଏକା ଝାମ୍ପରେ ମୋ ଦେହରୁ ଓଦା ଲୁଗାକୁ ଓଟାରି ପକାଇଲା। ସାୟା ବ୍ଲାଉଜ୍ ସବୁ କିଛି। ନିମିଷକେ ଚିରି ଫାଡ଼ି ସମ୍ପୂର୍ଣ୍ଣ ଉଲଗ୍ନ କରିଦେଲା। ମୁଁ ଲାଜ ଅପମାନରେ ସଢ଼ିଗଲି।

ଉଲଗ୍ନ ଶରୀର ତା ପାଇଁ ନୂଆ ନୁହେଁ। କିନ୍ତୁ ଏ କି ନୃଶଂସତା ? କଣ ପାଇଁ ଏତେ ଉନ୍ମାଦ!

ଚାହୁଁ ଚାହୁଁ ପାଞ୍ଚଣ ଖଣ୍ଡିକ ଉଠାଇ ଆଣି ସେଇ ମୁହୂର୍ତ୍ତରୁ ପିଟି ଚାଲିଲା। ଥାନ ଅଥାନ କିଛି ନ ମାନି। ଗୋରୁଗାଈ ପରି। ନୋଳା ଫାଟି ରକ୍ତ ବହିବା ପର୍ଯ୍ୟନ୍ତ। ସେ ଥକି ପଡ଼ିବା ପର୍ଯ୍ୟନ୍ତ।

ଦିଦି, ସତ କହୁଛି ମୁଁ,କେବଳ ଆଖି ଦୁଇଟିକୁ ଛାଡ଼ି ମୋ ଦେହରେ ଏମିତି କେଉଁଠି ଆଙ୍ଗୁଳିଏ ବି ଜାଗା ନଥିଲା ଯେଉଁଠି ତା ବେତ ମାଡ଼ରେ ଫାଟିନି। ରକ୍ତ ଝରିନି।

ଲହୁଲୁହାଣ ହେଇ ଚିଙ୍ଗୁଡ଼ି ପରି ଛଟଛଟ ହେଇଗଲି ।

ଯନ୍ତ୍ରଣାରେ ଜର୍ଜରିତ ହୋଇ ମୁଁ ବଡ଼ପାଟି କରୁଥିଲି। ଚଟାଣରେ ଏ ମୁଣ୍ଡରୁ ସେ ମୁଣ୍ଡ ଗଡ଼ି ଯାଉଥିଲି। ତଥାପି ସେ ମାରି ଚାଲିଥାଏ।

ପୁଣି ବେତ ଫୋପାଡ଼ି ଗୋଇଠା ମାରିଲା, ଶକ୍ତ ଗୋଇଠାଟା ତଳି ପେଟରେ ବାଜିଲା ତ ମରିଗଲା ପରି ଗାଁ ଗାଁ ହେଲି। ମୋ ଜୀବନ ଛାଡ଼ି ଗଲା ପରି ମନେ ହେଲା। ଆଖି ଜାଲୁଜାଲୁ ହେଇଗଲା। ସତରେ ଦିଦି ସେଦିନ ମୁଁ ମରିଯାଇଥାଆନ୍ତି।

ଏତିକି କହୁ କହୁ କାନ୍ଦି ପକାଇଲା ସାହସୀ ଝିଅଟି।

ଛାତି କୋରି ହେଇଗଲା ଶ୍ରୀମାୟାର। ଓଃ କାହିଁକି ପଚାରିଦେଲା ତାକୁ ତା ଦୁଃଖ କଥା। ହୃଦୟ ବିଦାରକ। ଶୁଣିବାକୁ ଧୈର୍ଯ୍ୟ ପାଉ ନାହିଁ। ଆଶ୍ୱାସନା ଦେବା ପାଇଁ ତା ପାଖରେ ଶବ୍ଦ ନାହିଁ।

ଶ୍ରୀମାୟା ଏକ୍‌ଦମ୍ ନିରବ ଓ ଗମ୍ଭୀର। ଆଖି ତାର ବି ଜକେଇ ଆସିଲା। ଏ କାହାଣୀ ତାର ଶୁଣିବାର ନଥିଲା। ସେ ଭୁଲ୍ କରିଛି। ନୀରିହ ଝିଅଟିର ଘାକୁ ଉଖାରି ଦେଇ ଅପରାଧ କରିଛି। ଏବେ କଣ କରିବ ସେ! ଯେତେ କଷ୍ଟ ଲାଗିଲେ ବି ସବୁ ଶୁଣିବାକୁ ବାଧ୍ୟ।

ହଁ ଦିଦି ...କେତେ ମାସର ରାଗ ସେଇଠି ସୁଝାଇଦେଲା। ଶତଚେଷ୍ଟା ପରେ ବି ମୁଁ ହାରି ଗଲି। ସେ ଆଉ ଆଗକୁ କିଛି କହି ପାରିଲା ନାହିଁ।

ଶ୍ରୀମାୟା ନିଶ୍ଚଳ ହେଇଗଲା। ଥରିଉଠୁଛି ତା ସର୍ବାଙ୍ଗ। ତା କ୍ରୋଧ ବଢ଼ିଲେ ବି ନିଜକୁ ସ୍ଥିର କରି ଝିଅଟି କଥାରେ ଧ୍ୟାନ ଦେଲା।

ଦିଦି ତାପରେ ମୁଁ ମଲାଙ୍କ ପରି ଜାକିଜୁକି ହେଇ କାନ୍ଥ କଡ଼ରେ ପଡ଼ି ଗଲି।

ନିର୍ଘୃମ ପିଟି ସାରି ସେ ଧାଁ ସାଁ ହେଉଥିଲା। ଟିକେ ଛିଡ଼ା ହେଲା। ଦମ୍ ମାରିଲା। ତା ଅସଜଡ଼ା ଜାମାପଟାକୁ ଝାଡ଼ି ଝୁଡ଼ି ସଜକଲା। ଆଙ୍ଗୁଳି ମାରି ମୁଣ୍ଡ ବାଳକୁ ସାଉଁଳେଇଲା ବହୁତ ଆରାମରେ। ସେ କବାଟ ଖୋଲିଲା। ବାହାରକୁ ବାହାରିଲା।

ମୁଁ ଭାବୁଛି ଯାଉ ଜଲ୍‌ଦି ଯାଉ ସେ।

ବାହାରି ଯିବା ଆଗରୁ କହିଗଲା ଦୁଇ ପଦ କଥା।

ଶୁଣୁ ବଜ୍ଜାତ ମାଇକିନା, ସେ ଛୁଆ ଫୁଆରୁ ମତେ କିଛି ଯାଏ ଆସ ନାହିଁ, ନଷ୍ଟ ହେଇଗଲା ତ ଗଲା। ଆହୁରି କେତେ ଛୁଆ ହବ। ଶଳା ଛୁଆ ମଲା ବାହାନା ଦେଖେଇ ଯୋଉ ରୋଲ କଲୁ, ଏତେ ଦିନି ମତେ ପାଖ ପଶେଇଲୁନି,ଇଏ ହେଲା

ତା ପରିଣାମ। ଏମିତି ଅବସ୍ଥା କରୁଥିବି ମନେ ରଖିଥା। ଶଳା ବୁଢ଼ାର ଜାଗାଟା ତ ଏଯାଏଁ ମିଳିଲାନି, ଦେହ ସୁଖ ବି ବାହାରୁ ଯୋଗାଡ଼ କରିବି ଯଦି ବାହା ହେଉଥିଲି କାହିଁକି ? ଦରଜାକୁ ଧକ୍କାଟେ ଦେଇ ଦୁମ୍‌ଦୁମ୍ ହୋଇ ବାହାରି ଗଲା।

ଦିଦି ସେ ମୁହୁର୍ତ୍ତରେ ମୋ ଦେହରୁ ଆତ୍ମା ଯେମିତି ଚାଲିଗଲା। ମୁଁ ଥମ୍ କରି ପଡ଼ିଗଲି। ଲାଗିଲା ଏବେ ଛାତି ଫାଟିଯିବ। ଏଡ଼େ ରାକ୍ଷସ ଏଇଟା!

ଲୋକଟା ପ୍ରତି ମୋର ମୂଳରୁ ଏତେଟା ମନ ନଥିଲା। ସେ ଯେଉଁ ଛୁଆ କଥା କହିଦେଲା ସେତିକି ବେଳେ ତା ପାଖରୁ ମୋ ମନ ଛାଡ଼ି ଗଲା।

ମୋ ଭିତରେ ରହି ରହି କୋହ ଉଠୁଥିଲା। ତା ଶେଷ କଥା ପଦକ ମତେ ଖୁବ୍ ବାଧିଲା। ବାରବାର କାନରେ ବାଜୁଥିଲା, ଛୁଆଟା ମରିଗଲା ତ ମରିଗଲା, ଆଉ ଛୁଆ ହେବେ।

ସେ ତ ଥିଲା ଅଜନ୍ମା ଶିଶୁ। ମୋ ଶରୀରର ଅଂଶ। ଅଲୋଡ଼ା ଚିଜଟିଏ ତ ନଥିଲା। ବାପା ହୋଇ ଏପରି ପଦକ କଥା ତା ମଣିଷ ପଣିଆକୁ ଧିକ୍କାର କରୁଥିଲା। ସେ ଯାହା କଲା ହୁଏତ ଜୀବନରେ ଆଉ କିଏ କ୍ଷମା ଦେଇପାରେ! କିନ୍ତୁ ମାଆଟିଏ କଦାପି ଭୁଲିବ ନାହିଁ।

ମୁଁ ସହି ପାରିଲି ନାହିଁ। କାନ୍ଥରେ ମୁଣ୍ଡ ପିଟିଲି। ଭାବିଲି ସେଇ ବେତରେ ତାକୁ କାହିଁକି ପିଟିଲିନି ? ଛାଡ଼ି ଦେଲି କାହିଁକି! ନିଜକୁ ମନ ଇଚ୍ଛା ଗାଳି କଲି।

ଏମିତି ମଣିଷ ମରିଯାଉ ଆଜି। ଭଗବାନ ତାକୁ ମାରି ଦିଅ। ତା ହାତ ଛିଣ୍ଡି ପଡୁ ଯେଉଁଥିରେ ମତେ ଏତେ ମାରିଲା, ତା ଗୋଡ଼ କଟି ଯାଉ ଯୋଉ ଗୋଡ଼ରେ ମୋ ପେଟକୁ ଗୋଇଠା ମାରିଲା। ଏମିତି ବହୁତ ସମ୍ପିଲି। ଛାତି ବିଦାରି କାନ୍ଦିଲି। ଅଭିଶାପ ଦେଲି।

ମୋ ବାପା ପାଇଁ ଏତେ ସବୁ ହେଲା ବୋଲି ତାଙ୍କୁ ବି କ୍ଷମା କରିବିନି ବୋଲି ମନେ ମନେ ଭାବିଲି।

ତାପରେ ମୁଁ ତାଙ୍କୁ ଗାଳି କଲି ଯିଏ ଏଥିପାଇଁ ଦାୟୀ। ଯାହାଙ୍କ ଇଚ୍ଛାରେ ଏ ସବୁ ହେଇଛି ବୋଲି ବାପା କହିଥିଲେ। ସିଧା ଯାଇ ପଚାରିବି। ବାହାରକୁ ଆସିଲି।

ଚତୁର୍ଦିଗ ଅନ୍ଧକାର। ନିରବ, ନିର୍ଜନ ।

ଆକାଶରେ କଳା ବାଦଲ୍ ଟହଲ ମାରୁଛି। କାଉ କୋଇଲିଟିଏର ବି ସ୍ୱର ଶବ୍ଦ ନାହିଁ।

ଯେମିତି ସାରା ପୃଥିବୀ ସମାଧି ନେଇଛି।

ନାରୀ ଯଦି ସୃଷ୍ଟି କରିପାରେ ତେବେ ସଂହାର ବି କରିପାରେ। ଭିତରେ ଭିତରେ ଜ୍ୱାଳାମୁଖୀ କୁହୁଳିବା ଆରମ୍ଭ କରୁଥିଲା। ଜବାବ୍ ଦରକାର। ତାକୁ ଉତ୍ତର ଦରକାର।

ହଁ ଦିଦି ମୋ ଆଖି ଆଗରେ କେବଳ ଗୋଟିଏ ଛବି।

ଦେବ ସେ ଅଲବତ ଉତ୍ତର ଦେବ। ତା ଉତ୍ତର ନପାଇଲେ ମୁଁ ଘରକୁ ଫେରିବି ନାହିଁ। ଏକମୁହାଁ ହୋଇ ବାହାରିଲି। ଯେମିତି ଅବସ୍ଥାରେ ଥିଲି ଠିକ ସେମିତି। ମୋର ହୋସ୍ ନଥିଲା।

ଶୂନଶାନ୍ ସଡ଼କ। ଗଭୀର ନିରବତା। ଯେମିତି ଝଡ଼ ପୂର୍ବର। ପାଦ କେଉଁଠି ପଡୁଥାଏ ଜାଣନା। ଏମିତି ଅନୁଭବ ହେଉଥାଏ ପାଦ ଶବ୍ଦରେ ଥରୁଛି ମାଟି। ସେଇ ଶବ୍ଦ ଚରି ଯାଉଛି କି ଚଉଦିଗରେ!

ଚଉଦିଗ ଘୂରୁଛି କି। ଆଉ ଅଳ୍ପ ବାଟ। ହଠାତ୍ କିଛି ବେଳ ଆଗରୁ ଶୂନ୍ୟ ଥିବା ଆକାଶରେ ଦଳଦଳ ପକ୍ଷୀ। ଚିଁ ଚିଁ କରି ଘୂରିବୁଲିଲେ। ଫଡ଼ଫଡ଼ ଡେଣା ଝାଡ଼ିଲେ, ଶର୍‌ଶର୍ କରି ଗାତରୁ ବାହାରି ଆସିଲେ ସାପ, ବେଙ୍ଗ ଓ ଯାବତୀୟ ସରୀସୃପ। ଗାଈ ଗୋରୁ, ଛେଳି ମେଣ୍ଢା ଭେମା ରଡ଼ି ଛାଡ଼ିବା ଆରମ୍ଭ କରି ଦେଇଥାଆନ୍ତି। ମୁଁ ଭାବି ପାରିଲି ନାହିଁ ଏ ସବୁ କଣ? ସେମାନେ କଣ ମୋ ଦୁଃଖରେ ଦୁଃଖୀ? କୌଣସି ଘଟଣା ଘଟିବା ପୂର୍ବରୁ ଜୀବଜନ୍ତୁଙ୍କର ଷଷ୍ଠ ଇନ୍ଦ୍ରିୟ ଆଗ କାମ କରେ ବୋଲି ପୂଜାରୀ ଥରେ ମତେ ଶିଖାଇ ଥିଲେ। ତା' ମାନେ ଆଜି ବିମ୍ବାର କିଛି ଘଟିବ। ସେ ଶାସ୍ତି ପାଇବ। ଜୀବଜନ୍ତୁ ତାଙ୍କ ପ୍ରତିକ୍ରିୟା ଦେଲେଣି। ମୁଁ ଚଞ୍ଚଳ ଚଞ୍ଚଳ ପାଦ ପକାଇଲି।

ଶେଷରେ ଅସ୍ତବ୍ୟସ୍ତ ହୋଇ ପହଞ୍ଚିଗଲି। ଏ କଣ, ଦରଜା ବନ୍ଦ! ସେ ଶୋଇପଡ଼ିଥିବେ। ଏମିତି କେମିତି ଶୋଇବେ?

ଖୁବ ଜୋର୍‌ରେ ପାଟି କରି ଡାକିଲି। ହେ ପଶୁପତିନାଥ...

ବସୁଧା ଫାଟିଯାଉ କି ଆକାଶ ଛିଣ୍ଡି ପଡୁ, ମୋ ଉତ୍ତର ନପାଇଲେ ଏଇଠି ଆଜି ଜୀବନ ହାରିଦେବି। ମୋ ଅନ୍ତରାତ୍ମାରୁ କୋହ ଉଠୁଥାଏ, ବଡ଼ପାଟି କରି କେତେ

କଣ କହିଗଲି। ଅନେକ ଦିନ ଧରି ହୃଦୟ ଭିତରେ ଯାହା ଜମାଟ ବାନ୍ଧି ଥିଲା, ସବୁ ଉଦ୍‌ଗାରି ଦେଲି। ଦେବଦେବ ମହାଦେବଙ୍କ ଉପରେ ପ୍ରଶ୍ନବାଚୀଟିଏ ଆଙ୍କି ଦେଇ, ଥକି ଯିବା ପର୍ଯ୍ୟନ୍ତ ମନ ଭରି କାନ୍ଦିଲି। ବେଳକୁ ବେଳ ମୋ ଶରୀର ନିସ୍ତେଜ ହୋଇ ଆସିଲା। କାନ୍ଦି କାନ୍ଦି ଆଖି ତ ଫୁଲି ଯାଇଥିଲା ଏବେ କ୍ଳାନ୍ତ ଆଖି ହଳକ ବନ୍ଦ ହୋଇ ଆସିଲା। ମତେ ଲାଗୁଥିଲା ମୋର ଯାହା କହିବାର ଥିଲା ମୁଁ କହି ଦେଲି, ଏଥର ନିଜ ବିଚାରରେ ସେ ନ୍ୟାୟ କରିବେ। ଦୁଃଖ, ଯନ୍ତ୍ରଣା ଓ ଅବଶ ଶରୀର ସହ ସେଇଠି ବସିଥିବା ସ୍ଥାନରେ ହିଁ କେତେବେଳେ ଚେତା ହରାଇ ଟଳି ପଡ଼ିଛି, ତା' ମତେ ଜଣାନାହିଁ। ନିଶ୍ଚୟ ଅନେକ ସମୟ ଅଚେତ ଅବସ୍ଥାରେ ସେଇଠି ବିତିଯାଇଥିଲା।

ଯେବେ ସାମାନ୍ୟ ଚେତା ଫେରିଲା, ଆସ୍ତେ ଆସ୍ତେ ଆଖି ଖୋଲିଲି। ବଦଳି ଯାଇଥିଲା ସମ୍ପୂର୍ଣ୍ଣ ଚିତ୍ର। ହଠାତ୍ ମୁଁ କିଛି ବୁଝିପାରିଲି ନାହିଁ। ଆକାଶରେ ଛାଇରହିଥିଲା ବହଳିଆ ଧୂଳି। ଠିକ୍‌ରେ କିଛି ଦିଶୁନଥିଲା। ପ୍ରଥମେ କିଛି ସମୟ ନିଜକୁ ସ୍ଥିର କଲି। ଆଖି ଉଠାଇ ଉପରକୁ ଚାହିଁଲି। ବିଶ୍ୱାସ କରିପାରିଲି ନାହିଁ। ଏ କେଉଁ ଜାଗା ! କେଉଁଠି ମୁଁ? ଚାରିଆଡ଼େ ଏତେ କୋଳାହଳ, ପ୍ରାଣ ବିକଳରେ ଚିତ୍କାର କରୁଛନ୍ତି ଲୋକ।

ଯାହା ଜଣା ଯାଉଥିଲା ଆଖ ପାଖରେ ଯେମିତି ଥିଲା, ସେୟା ନାହିଁ। ଯେଉଁଠି ମୁଁ ଛିଡ଼ା ହୋଇ ମହାଦେବଙ୍କୁ ପ୍ରଶ୍ନ କରୁଥିଲି ଓ ଉତ୍ତର ମାଗୁଥିଲି ମୁଁ ସେଇଠି, ଆର ପାଖରେ ବିରାଟ ନନ୍ଦୀ ଠାକୁର ମଧ୍ୟ ନିଶ୍ଚଳ ଅବସ୍ଥାରେ ଶୋଇରହିଛନ୍ତି, ଯେମିତି ସବୁବେଳେ ଶୋଇଥାଆନ୍ତି ଠିକ୍ ସେମିତି, କିନ୍ତୁ ମନ୍ଦିର ବାହାରେ ବାଁ ପାଖକୁ ବଡ଼ ବଡ଼ କୋଠାଘର ସବୁ କାହିଁ? ଆଖ ପାଖରେ ମଧ୍ୟ କିଛି ଦିଶୁ ନଥାଏ ! ଚାରିଆଡ଼େ ଖାଲି ଧାଁ ଦୌଡ଼।

କାହାକୁ କିଏ ଦେଖୁ ନାହାନ୍ତି। ଯିଏ ଯୁଆଡ଼େ ପାରିଲେ ଧାଉଁ ଥାଆନ୍ତି। ଜୀବନ ବିକଳରେ ଚିତ୍କାର। ଡାହଣ ପାଖର ବରଗଛ ଛୋଟ ଝୁମ୍ପୁଡ଼ିଠାରୁ ମନ୍ଦିର ପାଖ ଦୋକାନ ବଜାର ସବୁ କୁଆଡ଼େ ଗଲା ! ପାହାଡ଼ ପରି ଗଦା ହୋଇ ପଡ଼ିଥାଏ। ଯେମିତି ସାମାନ୍ୟ ଆଘାତ ଲାଗିଲେ ଛୋଟ ଛୁଆଟିର ବାଲି ଘରଟି ଭୁସୁଡ଼ି ପଡ଼େ ଠିକ୍ ସେମିତି। ସବୁ କିଛି ଝାପ୍‌ସା। ଟିକେ ବଳ ଖଟାଇ ଦେଖିଲି। ଯେତେବାଟ ଆଖି ପାଉଥିଲା ଖାଲି ଉଚ୍ଚ ବାଲି ମାଟିର ଗଦା। ସବୁ କିଛି ଛାରଖାର୍।

ଏ ସବୁ କଣ ଘଟି ଯାଇଛି ! ସେଇଠି ରହି ଜୁଳୁଜୁଳୁ ହୋଇ କେବଳ

ଦେଖିବା ଛଡ଼ା ମୋ ପାଖରେ ଉପାୟ କିଛି ନଥିଲା। ଭାବିପାରୁ ନଥିଲି ସତରେ ଧରା ଫାଟି ଦୁଇ ଖଣ୍ଡ ହୋଇ ପଡ଼ିଛି ନା ଆକାଶଟା ଛିଣ୍ଡି ପଡ଼ିଛି !

ମୋ ବାଟ ଦେଇ ଦୌଡ଼ାଦୌଡ଼ି ହେଉଥିବା ଲୋକଙ୍କ ମଧ୍ୟରୁ କେହି ଜଣେ କହୁଥିଲେ, ଏ ଭୂମିକମ୍ପରେ ଏଠି ତ ଏଇ ଅବସ୍ଥା, ଆଉ କେଉଁଠି କେଉଁଠି ଭୂମିକମ୍ପ ଅନୁଭୂତ ହୋଇଥିବ କେଜାଣି ! ହେ ଭଗବାନ କି ଅବସ୍ଥା ! ଯାହା ଲାଗୁଛି ବଡ଼ ବିପଦ ପଡ଼ିଲା।

ମୁଁ କିଛି ବୁଝି ପାରିଲି ନାହିଁ। ସେହି କ୍ଷଣି ମୋ ମୁଣ୍ଡ ଘୂରାଇ ଗଲା। ଆଖି ହଳକ ପୁଣି ବନ୍ଦ ହୋଇଗଲା । ଆଉଥରେ ଅଚେତ ହୋଇଗଲି।

ଏତେ ସବୁ ସ୍ମୃତି ଉଜାଗର ହେବା ପରେ ଖୁବ୍ କ୍ଳାନ୍ତ ଓ ଉଦାସ। ଚୁପ୍ ହେଇ ଗଲା ଗାର୍ଗୀ। ଏକଦମ୍ ଚୁପ୍।

ହଁ ଶ୍ରୀମାୟାର ମନେ ଅଛି ସେ ବର୍ଷ ନେପାଳର ବିନାଶକାରୀ ଭୂମିକମ୍ପ। ୨୫ ଏପ୍ରିଲ ୨୦୧୫ ମସିହାରେ ଆସିଥିଲା। ଅଚାନକ ଏ ବିନାଶକାରୀ ଦୃଶ୍ୟ ଦେଖିବାକୁ ମିଳିଥିଲା ଟିଭି ସ୍କ୍ରିନ୍‌ରେ। ଏହି ବିଧ୍ୱଂସକ ଦୃଶ୍ୟ ଯାହା ହୃଦୟ ବିଦାରକ। କମ୍ପି ଉଠୁଥିଲା ଧରିଣୀର ଛାତି। ଭୁଶୁଡ଼ି ପଡ଼ିଥିଲା ବିଶାଳକାୟ ଅଟ୍ଟାଳିକା, ଗଛବୃଛ। ଚାରିଆଡ଼େ ହାହାକାର। ଏକ ଶକ୍ତିଶାଳୀ ଭୂକମ୍ପ ଭାବେ ନେପାଳ ଭୂମିକମ୍ପକୁ ବିବେଚନା କରାଗଲା। ଯାହାର ତୀବ୍ରତା ଥିଲା ୬.୩।

ସବୁଠାରୁ ବେଶୀ ଦୁଃଖଦ ଥିଲା ଭୂକମ୍ପ ପରବର୍ତ୍ତୀ କାଳୀନ ଦୃଶ୍ୟ। ଲକ୍ଷାଧିକ ଲୋକ ପ୍ରାଣ ହରାଇଥିଲେ। ଯେଉଁମାନଙ୍କ ଜୀବନ ବଞ୍ଚି ଯାଇଥିଲା, ତାଙ୍କ ଅବସ୍ଥା ଥିଲା ଆହୁରି ସଙ୍କଟାପନ୍ନ ଓ ଦୟନୀୟ। ଲୋକେ ସର୍ବସ୍ୱ ହରାଇ ସାରି ଥିଲେ। ଗରିବ ଓ ଧନୀ ସବୁ ଏକାକାର ହୋଇ ସାରିଥିଲେ। ଭୋକ ଶୋଷରେ ଦିନଦିନ ବିତିଯାଉଥିଲା। କାହାର ଛୁଆ, କାହା ମାଆ, ବାପା, କାହା ସ୍ୱାମୀ ବା ସ୍ତ୍ରୀ କିଏ ନା କିଏ ନିଖୋଜ ଥିଲେ। ଆଶ୍ରୟ ନେବାକୁ କିଛି ବି ନଥିଲା। ରାସ୍ତା ଉପରେ ପଡ଼ି ରହିଥିଲା ଜୀବନ। ଅତି ଅସହାୟ ଓ ବିକଳ ଭାବେ ଛାତି ଫଟା କ୍ରନ୍ଦନ କରି ନିଜ ପରିବାର ସଦସ୍ୟଙ୍କୁ ଖୋଜିବାର ଦୃଶ୍ୟ ଥିଲା ଅସହ୍ୟ।

ଆହୁରି ଦେହ ଥରାଇ ଦେଉଥିଲା କୁଢ଼କୁଢ଼ ଶବ ଗଦାତଳୁ ପ୍ରିୟଜନଙ୍କୁ ଖୋଜିବାର ଦୃଶ୍ୟ, ଯେ କୌଣସି ସମ୍ବେଦନଶୀଳ ମଣିଷ ଆଖିରେ ଲୁହ ଭରିଯିବ। ଧରାଶାୟୀ ଘରର କାନ୍ଥ, ଛାତ ଓ ଧ୍ୱଂସସ୍ତୁପ ତଳୁ ସେମାନଙ୍କୁ ଉଦ୍ଧାର କରିବା ଥିଲା

ଅତ୍ୟନ୍ତ କଷ୍ଟକର। ପଚାସଢ଼ା ମାଂସ ଓ ଆବର୍ଜନାର ଦୁର୍ଗନ୍ଧ ପରିବେଶ ଭିତରେ ରହିବା ବା ଉଦ୍ଧାର କାର୍ଯ୍ୟ ଜାରି ରଖିବା କେତେ ଯନ୍ତ୍ରଣାଦାୟକ ତାହା ଭୋଗିଥିବା ମଣିଷ ହିଁ ସଠିକ୍ ଅନୁଭବ କରି ପାରିବ।

ନେପାଳ ସରକାରଙ୍କ ଆପ୍ରାଣ ପ୍ରଚେଷ୍ଟା ବାଦ୍ ଅନ୍ୟ ଦେଶରୁ ଯବାନ ଓ ଡାକ୍ତରୀଦଳ ସାହାଯ୍ୟ ପାଇଁ ଯାଇଥିଲେ। ତୁରନ୍ତ ପହଞ୍ଚି ନିଜ କାମରେ ଲାଗି ଯାଇଥିଲେ। ଯୁଦ୍ଧ କାଳୀନ ଭିତ୍ତିରେ ଉଦ୍ଧାର କାର୍ଯ୍ୟ ଜାରି ରହିଥିଲା। ସମସ୍ତେ ମିଶି ଆପ୍ରାଣ ଉଦ୍ୟମ କରୁଥିବା ସତ୍ତ୍ୱେ ଅନେକ ଲୋକ ଦିନଦିନ ଧରି ଧ୍ୱଂସସ୍ତୁପ ତଳେ ଦବି ହୋଇ ରହିଥିଲେ। ଜୀବିତ ବା ମୃତ। ଜରୁରୀକାଳୀନ ପରିସ୍ଥିତି ସୃଷ୍ଟି ହେଉଥିଲା। ଜୀବିତ ଥିବା ମଣିଷଙ୍କ ପାଇଁ ନିତ୍ୟାନ୍ତ ଆବଶ୍ୟକ ଯେପରି ଖାଦ୍ୟ, ଜଳ ଓ ଔଷଧ ଯୋଗାଇ ଦେବା ପ୍ରାଥମିକତା ହୋଇପଡ଼ିଥିଲା। ଅଗଣିତ ଶିଶୁ ବାପା, ମାଆ ପରିବାରର ସମସ୍ତ ସଦସ୍ୟଙ୍କୁ ହରାଇ ଅନାଥ ହୋଇ ଯାଇଥିଲେ। ଉଜୁଡ଼ି ଯାଇଥିଲା ସୁନାର ସଂସାର। ସାରା ଜୀବନର ଜମାପୁଞ୍ଜି ଘରଦ୍ୱାର, ରୋଜଗାର ଓ ପରିବାର, ସର୍ବୋପରି ସର୍ବସ୍ୱ ହରାଇ ଜୀଁ ଥିବା ମଣିଷ ନିଃସ୍ୱ ହୋଇ ସାରିଥିଲେ। ସେ ମରଣଠାରୁ ଜୀବନ ଦୁର୍ବିସହ।

ନେପାଳର ଏଇ ଶକ୍ତିଶାଳୀ ଭୂମିକମ୍ପ। ଯେଉଁଥିରେ ସରକାରୀ ଆକଳନ ହିସାବରେ ଆଠ ହଜାରରୁ ଅଧିକ ଲୋକ ମୃତ୍ୟୁ ବରଣ କରିଥିଲେ। ଶତାଧିକ ଆହତ ହୋଇଥିଲେ।

କାଠମାଣ୍ଡୁରେ ପ୍ରତ୍ୟେକଟି ସ୍ଥାନ କ୍ଷତିଗ୍ରସ୍ତ ହୋଇଥିଲା। ଏତେ ବଡ଼ ପ୍ରଳୟ ଓ କ୍ଷୟକ୍ଷତି ସତ୍ତ୍ୱେ ଘଟିଥିଲା ଗୋଟିଏ ଅଦ୍ଭୁତ ଓ ଆଶ୍ଚର୍ଯ୍ୟଜନକ ଘଟଣା। ସମସ୍ତ ଧ୍ୱସ୍ତବିଧ୍ୱସ୍ତ ଭିତରେ କେବଳ ପଶୁପତିନାଥ ମନ୍ଦିର ଥିଲା ଅକ୍ଷତ। କିଛିଟା ପାର୍ଶ୍ୱ ମନ୍ଦିରକୁ ଛାଡ଼ିଦେଲେ ମୁଖ୍ୟ ମନ୍ଦିର ଥିଲା ସମ୍ପୂର୍ଣ୍ଣ ସୁରକ୍ଷିତ। ତାଣ୍ଡବ ବିଭୀଷିକାର ସାମାନ୍ୟ ସ୍ପର୍ଶ ସୁଧା ପଡ଼ି ନଥିଲା ମୂଖ୍ୟ ମନ୍ଦିର ଉପରେ। ଯେଉଁମାନେ କୌଣସି ନା କୌଣସି କାରଣବଶତଃ ମନ୍ଦିର ଭିତରେ ଫସି ରହିଥିଲେ, ସେମାନଙ୍କ ଜୀବନ ବଞ୍ଚି ଯାଇଥିଲା। ଏହାକୁ ଈଶ୍ୱରଙ୍କର ଅଦ୍ଭୁତ ଲୀଳା ହିଁ କୁହା ଯାଇପାରେ।

ସେତେବେଳେ ଟିଭିରେ ଦେଖିଥିବା ସବୁ ଘଟଣା ଶ୍ରୀମାୟାର ମନେ ପଡ଼ିଗଲା।

ଭାଗ-୮

ଶ୍ରୀମାୟାର ଅନୁଭବ ହେଲା, ପ୍ରକୃତରେ ନିରୀହ ମଣିଷଟିଏ ଯେବେ ଅକାରଣରେ କଷ୍ଟ ପାଏ, ହୃଦୟ ବିଦାରି କାନ୍ଦେ, ସେତେବେଳେ ଆକାଶର ଛାତି ଗମ୍ଭୀର ଦିଶେ, ଧରଣୀ ମାଆ ବି ଲୁହ ଝରାଏ। ଗର୍ଭରେ ତାର କମ୍ପନ ହୁଏ। ଦୁଃଖ ପାଏ। ହୁଏତ ଠିକ୍ ସେହି ସମୟରେ ଆମ ଅଜ୍ଞାତରେ ହେଉ ପଛେ, ପୃଥିବୀର କେଉଁଠି ନା କେଉଁଠି କିଛି ଗୋଟିଏ ଘଟିଯାଏ।

ମାଆର ହୃଦୟ କାନ୍ଦିଲେ ସଂସାର ତ୍ରାହି ପାଏନା, ନାରୀ ଅଭିଶାପ ବ୍ୟର୍ଥ ଯାଏନା। ପ୍ରଳୟର ରୂପ ନେଇ ଲେଉଟି ଆସେ। ଯୁଗଯୁଗରୁ ଏହା ହିଁ ଘଟିଛି। ରାମାୟଣ ହେଉ କି ମହାଭାରତ ସବୁଠି ସେଇ ବର୍ଣ୍ଣନା। ଯାହାକୁ ବୁଝି ପାରିବା ହୁଏତ ମଣିଷର ଚିନ୍ତା ଓ ଚେତନା ବାହାରେ।

ଏମିତି କଣ ପାଇଁ ହେଲା ଦିଦି ! ବିମ୍ବା ଦୋଷ କରିଥିଲା ବୋଲି ମୁଁ ରାଗରେ ଏତେ ସବୁ ଗପିଗଲି। ତାର ପରିଣାମ ଯେ ଏମିତି ହେବ ବୋଲି ମୁଁ ଭାବିନଥିଲି। ମୋର ସବୁ ଭୁଲ୍। ଠାକୁରଙ୍କ ଆଗକୁ ଯାଇ କୈଫିୟତ ମାଗିବାର ନଥିଲା ମୋର।

ଦିଦି ସତରେ କଣ ମହାଦେବ ଶୁଣନ୍ତି ? ମଣିଷ କଥାରେ କଣ ସତରେ କିଛି ହେଇ ଯାଏ !

ସେମିତି କିଛି ନାହିଁ ଗାର୍ଗୀ ! ନିଜକୁ ଦୋଷ ଦେବା ଦରକାର ନାହିଁ। ଏ ସବୁ ପ୍ରାକୃତିକ ବିପର୍ଯ୍ୟୟ। ଭୂକମ୍ପ, ସୁନାମୀ, ବାତ୍ୟା, ବନ୍ୟା ସବୁ ପ୍ରକୃତିର ଖେଳ। ଭୂକମ୍ପ ପାଇଁ ବହୁତ ବୈଜ୍ଞାନିକ କାରଣ ଅଛି। ତୁ ମନ ଊଣା କର ନାହିଁ। ତା ମନକୁ ବୁଝାଇବାକୁ ଚେଷ୍ଟା କଲା ଶ୍ରୀମାୟା। ଆଶ୍ୱାସନା ଦେଲା ।

ସବୁ କିଛି ନଷ୍ଟ ହୋଇସାରିଥିଲା ଦିଦି। ଆଶା ସ୍ୱପ୍ନ ଜୀବନ ସବୁ ଉଜୁଡ଼ି ସାରିଥିଲା । ଆଗକୁ କିଛି ଭାବି ପାରୁନଥିଲି। ଉଦ୍ଧାରକାରୀ ଦଳ ମତେ ଗୋଟିଏ ରିଲିଫ୍ କ୍ୟାମ୍ପ୍‌କୁ ଟେକି ନେଇଥିଲେ। ଖୁବ୍ ଜୋର୍‌ରେ ମାଡ଼ ବାଜି ତଳି ପାଦରେ କ୍ଷତ ସୃଷ୍ଟି ହୋଇଥିଲା। ଉଠିବା କି ଚାଲିବା ଅବସ୍ଥାରେ ନଥିଲି। ମୁଁ ପାଗଳୀ ପ୍ରାୟ ହେଇ ସାରିଥିଲି। ବହୁତ କିଛି କ୍ଷୟକ୍ଷତି ହେଇଛି ବୋଲି ସଭିଏଁ କହୁଥିଲେ। ପ୍ରକୃତରେ କେତେ ଘର ଭାଙ୍ଗି ଯାଇଛି, ଆହତମାନେ କେଉଁ କ୍ୟାମ୍ପ୍‌ରେ ଚିକିତ୍ସିତ ହେଉଥିବେ? ତାଙ୍କ ପରିଚୟ କିପରି ମିଳିବ, ଏତେ ପ୍ରଶ୍ନର ଉତ୍ତର ଦେବାକୁ କାହା ପାଖରେ ସମୟ କି ଧୈର୍ଯ୍ୟ ନଥିଲା। ପାଖରେ ଖାଦ୍ୟ ଅଭାବ, ପାଣି ଅଭାବ, ସବୁ ପରେ ବି ଡାକ୍ତରୀ ଦଳ ରାତି ଦିନ ପରିଶ୍ରମ କରି ଆମକୁ ଚିକିତ୍ସା କରୁଥିଲେ।

କ୍ଷତିଗ୍ରସ୍ତ ଲୋକଙ୍କ ମନୋବଳ ଭାଙ୍ଗି ଯାଉଥିଲା। ମୁଁ କ୍ୟାମ୍ପ୍‌ରେ ବସି କେବଳ କାନ୍ଦୁଥିଲି। ଭାରି ଏକା ଲାଗୁଥିଲା। ସବୁବେଳେ କାନ୍ଦିବା ଫଳରେ ମୋ ଦେହ ଆଉ ଭଲ ହେଉ ନଥିଲା।କୌଣସି ଔଷଧ କାମ କରୁନଥିଲା। ମୁଁ କେବଳ ଗୋଟିଏ କଥା ପାଇଁ ଜିଦ୍ କରୁଥିଲି, ମତେ ଏଠାରୁ ଛାଡ଼ି ଦିଅ, ମୋ ବାପାଙ୍କୁ ଖୋଜିବାର ଅଛି। ବାହାରର ପରିସ୍ଥିତିକୁ ଆଖି ଆଗରେ ରଖି ସେମାନେ କାହାକୁ ବି କ୍ୟାମ୍ପ୍‌ରୁ ଛାଡ଼ିବା ପାଇଁ ଅନୁମତି ଦେଉ ନଥିଲେ।

ସବୁବେଳେ ଆଖି ଆଗରେ ଅସହାୟ ମଣିଷଙ୍କ ଦୁଃଖ ଓ ମରଣ ଦେଖି ଦେଖି ମୋ ଛାତି ଭିତରୁ କୋହ ଉଠୁଥିଲା। ମୋର ସମସ୍ତ ବଳ ଓ ସାହସ କମି ଯାଉଥିଲା। ଏତେ ମରଣ ଦେଖି ଜୀବନଟା ମୋ ପାଇଁ ମୂଲ୍ୟବାନ ଲାଗୁଥିଲା। ବିମ୍ବା ଉପରେ ମୋର ଆଉ ରାଗ ନଥିଲା। ଈଶ୍ୱର କରନ୍ତୁ, ସେ ବଞ୍ଚି ଥାଉ, କେବଳ ସେଇ କଥା ଭାବୁଥିଲି।

ଈଶ୍ୱରଙ୍କ ଉପରେ ମୋର ଆଉ କିଛି ଅଭିଯୋଗ ବି ନଥିଲା। ପ୍ରକୃତରେ ଭଗବାନ ମଣିଷ ରୂପେ ପୃଥିବୀ ପୃଷ୍ଠାକୁ ଓହ୍ଲାଇ ଆସନ୍ତି। ଯେଉଁ କ୍ୟାମ୍ପ୍‌ରେ ଆମେ କିଛି ଜଣ ଚିକିତ୍ସିତ ହେଉଥିଲୁ, ସେଇଠି ଏକ ଡାକ୍ତରୀ ଦଳ ନିୟୋଜିତ ଥିଲେ। ତାଙ୍କ ମଧ୍ୟରେ ଜଣେ ଥିଲେ ଈଶ୍ୱର। ଅନ୍ୟ ଡାକ୍ତରମାନେ ନିରବ ଓ ନିଷ୍ଠାର ସହ ନିଜର କର୍ତ୍ତବ୍ୟ କରି ଚାଲିଥିବା ବେଳେ, ସେ ଥିଲେ ସାମାନ୍ୟ ଅଲଗା।

ପ୍ରତ୍ୟେକ ଅସହାୟ ଓ ବେସାହାରା ମଣିଷକୁ ସେ ଅତି ନିଜର ଲୋକ ପରି ସେବା କରୁଥାଆନ୍ତି। ପଦେ ଅଧେ କଥା କହି ପିଠି ଆଉଁଶି ଦେଉଥାଆନ୍ତି। ମତେ

ଲାଗୁଥାଏ ଯେମିତି ସେ ମୋ ମନ କଥା ବି ବୁଝି ପାରିବେ। ସୁବିଧା ଦେଖି ନିଜ ଦୁଃଖ କଥା କହିଲେ, ମତେ ସେ ନିଶ୍ଚୟ ସାହାଯ୍ୟ କାରିବେ। ସେଇ ସୁଯୋଗ ପାଇଁ ମୁଁ ଚାହିଁ ରହିଲି। ଦିନେ ମୋ ପାଳି ପଡ଼ିଲା। ସେଇ ଦେବତୁଲ୍ୟ ଡାକ୍ତର ପାଖକୁ ଆସିଲେ।

ମଉକା ଦେଖି ଡାକ୍ତର ବାବୁଙ୍କ ପାଦ ଧରି ନେହୁରା ହେଲି। ମତେ ଏଠାରୁ ଯିବାକୁ ଦିଅ ବାବୁ। ମୁଁ ବର୍ତ୍ତମାନ ଖୁବ୍ ସୁସ୍ଥ ଅନୁଭବ କରୁଛି। ମୋର ଚିକିତ୍ସା ଲୋଡ଼ା ନାହିଁ। ମୋ ବୁଢ଼ା ବାପା କେଉଁଠି ଥିବେ ଜଣାନାହିଁ। ବିମ୍ଵାର କିଛି ଖବର ନାହିଁ। ମଲେ କି ବଞ୍ଚିଛନ୍ତି ତା ବି ଜାଣେନା। ଏଠୁ ବାହାରି ଗଲେ ଖୋଜିବି। ହାତରେ ସାଲାଇନ୍ ଫୋଡ଼ି ସେ ବାବୁ ଜଣଙ୍କ ମୋ ପାଖରେ ବସିଲେ। କହିଲେ ବ୍ୟସ୍ତ ହୁଅନା। ତୁମେ ଯେଉଁ ଠିକଣା ଦେଇଛ, ସବୁ ଲେଖା ହୋଇ ରହିଛି। ସେଇଠି ଉଦ୍ଧାରକାର୍ଯ୍ୟ ଏବେ ବି ଜାରି ରହିଛି। ସାଧାରଣ ଲୋକଙ୍କର ସେଇ ସବୁ ସ୍ଥାନକୁ ଯିବା ପାଇଁ ସୁବିଧା ନାହିଁ। ଆଦୌ ଚିନ୍ତା କରନା। ସମସ୍ତଙ୍କ ନାମ ଓ ବୟସର ଲିଷ୍ଟ ଅଛି ଯେହେତୁ ସେ ହିସାବରେ ସମସ୍ତଙ୍କ ସନ୍ଧାନ ନିଆ ଯାଇଛି। ଆଉ ତୁମର ଅବସ୍ଥା ବି ଠିକ୍ ନାହିଁ। ଆଉ ଟିକେ ଭଲ ହେଲେ ନିଶ୍ଚୟ ଚାଲିଯିବ।

ମୁଁ ଆହୁରି ଜୋର୍‌ରେ କାନ୍ଦିଲି। ଏଠି ଏମିତି ପଡ଼ି ରହିଲେ ମୁଁ ମରିଯିବି। ମତେ ଯିବାକୁ ଦିଅ ବାବୁ। ଯଦି ବେଶୀ ଡେରି ହେଇଯାଏ ଓ ସେମାନଙ୍କୁ ମୁଁ ଖୋଜିବାରେ ବିଫଳ ହୁଏ ତ' ନିଜକୁ କ୍ଷମା କରି ପାରିବି ନାହିଁ।

ଠିକ୍ ଅଛି, ତୁମେ ଠିକରେ ଔଷଧ ଖାଅ। ସାମାନ୍ୟ ସୁସ୍ଥ ହେଲେ ମୁଁ ନିଜେ ନେଇ ଛାଡ଼ି ଆସିବି। ହେଲା !

କହିଲି ନା ମୋର ସେମିତି କିଛି ହୋଇନାହିଁ। ମତେ କାହିଁକି ବାଧ କରି ଏଠାରେ ରଖିଛନ୍ତି ?

ଦେଖ ଏ ପର୍ଯ୍ୟନ୍ତ ସବୁ ରାସ୍ତା ଖୋଲି ନାହିଁ। ତୁମେ ଏଠାରୁ ବାହାରି ଗଲେ ବି ଲକ୍ଷ୍ୟ ସ୍ଥଳରେ ପହଞ୍ଚି ପାରିବ ନାହିଁ। ଭାରି ହଇରାଣ ହେବ। ବରଂ ଏଇଠି ରୁହ, ଭଲରେ ଖାଅ, ସୁସ୍ଥ ହୁଅ। ବିଶ୍ୱାସ କର ମତେ। ପରିସ୍ଥିତି ସୁଧୁରିଲେ ମୁଁ ନିଜେ ନେଇ ଛାଡ଼ି ଆସିବି। ଏବେ ଶାନ୍ତ ହୁଅ।

ତାଙ୍କ କଥା ପଦକ ମତେ ସାହସ ଦେଲା।

ସତକୁ ସତ ଅଳ୍ପ ଦିନରେ ମୁଁ ଭଲ ହେଲି । ବାବୁ ଜଣଙ୍କ ତାଙ୍କ କଥା ରକ୍ଷା କଲେ । ମତେ ସାହାଯ୍ୟ କଲେ ।

କହିଲେ ନାମ କହିବ । କିଏ କିଏ ତୁମର ହଜିଛନ୍ତି ? ମୁଁ ନେଇ ତୁମକୁ ଅଳ୍ପ ଆଗରେ ଛାଡ଼ି ଦେବି, ସେଇଠାରୁ ଉଦ୍ଧାରକାରୀ ଦଳ ତୁମକୁ ଚିହ୍ନଟରେ ସାହାଯ୍ୟ କରିବେ ।

ବାହାରକୁ ବାହାରି ମୁଁ ସ୍ତବ୍ଧ ହୋଇ ଚାହିଁଲି । ଶୁଣୁଥିଲି ଭୂକମ୍ପରେ କଣ ସବୁ କ୍ଷୟକ୍ଷତି ଘଟିଛି, କିନ୍ତୁ ଆଖିରେ ଦେଖିବା ପରେ ଦେହ ଧରି ରହିବା ଅସମ୍ଭବ ଥିଲା । ଯେତେ ଆଗକୁ ଆଗକୁ ପାଦ ପଡୁଥିଲା ଛାତି ଭିତରେ ଯେମିତି କିଏ ହାତୁଡ଼ିରେ ପିଟୁଥିଲା ପରି ମନେ ହେଉଥିଲା ।

ବାବୁ ପଚାରିଲେ, ତୋ ନାଁ କଣ କହିଲୁନି ! କିଏ କିଏ ତୁମର ହଜିଛନ୍ତି !

ଗାର୍ଗୀ ମୋର ନାମ । ମୋ ସ୍ୱାମୀ ବିମ୍ବାଧର ଆଉ ବାପା ଶିବଶଙ୍କର । ସେମାନଙ୍କୁ ଖୋଜିବାର ଅଛି ବାବୁ ।

ଆଗକୁ ବଢ଼ିଲୁ । ସବୁ କିଛି ମାଟିରେ ମିଶି ଧୂଳିସାତ୍ ହୋଇସାରିଥାଏ । ଏବେ ବି ଭଙ୍ଗା ଘର ମାଟିତଳୁ ମଣିଷକୁ ଟାଣି ବାହାର କରା ଯାଉଥିଲା । ଜୀଅନ୍ତା ହେଉ କି ମୃତ । ସେୟା ଦେଖି ମୋ ଆଖି ବନ୍ଦ ହେଇଯାଏ । ମୁଁ ଭୟରେ କେତେବେଳେ ବାବୁଙ୍କ ବାହୁକୁ ଭିଡ଼ି ଧରି ପକାଏ ଜାଣେନା । ମୁଁ ଚାହୁଁ ନଥିଲି କି ବାବୁ ମତେ ଅଧା ରାସ୍ତାରେ ଛାଡ଼ି ପଳାନ୍ତୁ । ଏକମାତ୍ର ବାବୁଙ୍କ ଛଡ଼ା,ମୋର କାହା ଉପରେ ଆଉ ଭରସା ପାଉ ନଥିଲା ।

ଆମକୁ ଯେଉଁ ରାସ୍ତା ଦେଇ ଯିବାକୁ ହେଲା, ତା ସହଜ ନଥିଲା । ଶେଷରେ ଖାଲଢ଼ିପ ଭଙ୍ଗା ସଡ଼କ ଦେଇ ଯବାନଙ୍କ ସହାୟତାରେ ଆମ ଅଞ୍ଚଳରେ ପହଞ୍ଚି ଗଲୁ ।

ସେ ସ୍ଥାନ ଦେଖି ମୁଁ ଚମକି ପଡ଼ିଲି । ଆମ ସାହିରେ ଗୋଟିଏ ବି ଘର ପୂର୍ଣ୍ଣାଙ୍ଗ ହୋଇ ରହି ନଥିଲା । ସବୁ ଭାଙ୍ଗି ସାରିଛି । ଆସ୍ତେ ଆସ୍ତେ ବାଟ କାଟି ନିଜ ଘର ଚିହ୍ନି ସେଇ ପାଖକୁ ଗଲି । ଘର ବୋଲି ଯାହା ଥିଲା, ନକହିବା ଭଲ । ସେ କ୍ଷୟକ୍ଷତିକୁ ମୁଁ ସାମ୍ନାରେ ଦେଖୁଥିଲି । ସେୟା ଦେଖି ମୁଁ ସେଇ ଭୂଇଁରେ ଲୋଟିପଡ଼ିଲି । କାଁ ଭାଁ ମଣିଷ ଛାଡ଼ି ଦେଲେ ସେଠି କେହି ନଥିଲେ । କିଏ ମେଡ଼ିକାଲ ତ କିଏ ରିଲିଫ୍ କ୍ୟାମ୍ପରେ ଆଶ୍ରୟ ନେଇଥିଲେ ।

ବାବୁ ଖୁବ୍ ନିଜର ଭାବ ଦେଖାଇଲେ। ମୋ ବାହୁଧରି ଭୂଇଁରୁ ଉଠାଇଲେ। କହିଲେ ଉଠ, ଆଗକୁ ଆହୁରି ଭୟଙ୍କର ପରିସ୍ଥିତିର ସାମ୍ନା କରିବାକୁ ପଡ଼ିପାରେ। ହଉ ମୁଁ ତୋ ସହିତ କିଛି ସମୟ ପାଇଁ ରହିବି। ଆଉ ବ୍ୟସ୍ତ ହେବା ଦରକାର ନାହିଁ। ଚାଲ ଏବେ ତୋ ବାପାଙ୍କ ଖବର ନେବା।

ଆମେ ପୁଣି ଚାଲିଲୁ। ମୋ ବାପା ଯେଉଁଠି ରହୁଥିଲେ ସେ ଅଞ୍ଚଳଟା ବିଲକୁଲ୍ ଚିହ୍ନି ହେଉ ନଥିଲା। ଚିହ୍ନଟ କରି ସେ ସ୍ଥାନକୁ ଗଲୁ। ବାପା ରହୁଥିବା ଛୋଟିଆ ଘର ନାଁରେ ଯାହା ଥିଲା ତା କେବଳ କିଛି ଇଟା ମାଟିର ସ୍ତୁପ। ଯାହାକୁ ଟ୍ରାକ୍ଟର ସାହାଯ୍ୟରେ ସମତଳ କରା ଯାଉଥିଲା। ମୋ ବାପାଙ୍କ ମୋହ ଓ ବିମ୍ବାର ଲୋଭ ରୂପକ ସେ ଘର ଖଣ୍ଡକ ବି ଶେଷରେ ମାଟିରେ ମିଶି ସାରିଥିଲା।

ବାବୁ ମୋ ହାତ ଧରି ନେଇଗଲେ, ଗୋଟିଏ ପରେ ଗୋଟିଏ କ୍ୟାମ୍ପ୍। ଆହତମାନଙ୍କ ଭିତରୁ କାହାକୁ ଚିହ୍ନି ହେଉ ନଥାଏ। ବାପା ମିଳିବେ କେଉଁଠୁ! ମୋ ଦେହ ଥରୁଥାଏ। ବାବୁଙ୍କ ନିର୍ଦ୍ଦେଶ ମାନି ଆଗକୁ ବଢ଼ିବା ଛଡ଼ା ମୁଁ ଆଉ କିଛି ଭାବି ପାରୁ ନଥାଏ।

ତା'ପରେ ବାବୁ ମତେ ଦୁଇ ତିନୋଟି ଡାକ୍ତରଖାନା ଭିତରକୁ ନେଇଗଲେ। ସେଇଠି ବି ଖବର ନେଲୁ, କିଛି ଜଣଙ୍କ ପାଖକୁ ଯାଇ ଦେଖିଲୁ, ବାପା କି ବିମ୍ବା କାହାର ଖବର ମିଳିଲା ନାହିଁ।

ସେ ସମୟ ଭିତରେ ବାବୁଙ୍କୁ ମୋ ବିଷୟରେ ପ୍ରାୟ ସବୁ କଥା କହି ସାରିଥାଏ। ସେ ଭାରି ସ୍ଥିର ଆଉ ଭଲ ମଣିଷ। ମୋର ତାଙ୍କ ଉପରେ ଭରସା ଥାଏ। ମୁଁ ତ ଏକ୍‌ଦମ ଅସହାୟ। ପୂରା ଏକା ଆଉ ବହୁତ ଦୁର୍ବଳ। ତେଣୁ ମୁଁ ବାବୁଙ୍କୁ ଛାଡ଼ିବା କଥା ଭାବିଲେ ଭାରି ଅସହାୟ ଲାଗୁଥାଏ।

ବାବୁ ମତେ ଦିନ ବେଳା କ୍ୟାମ୍ପ୍‌ରେ ଛାଡ଼ି ଆହତଙ୍କ ସେବାରେ ଅନ୍ୟ କ୍ୟାମ୍ପକୁ ପଳାନ୍ତି, ତାଙ୍କ ଡିଉଟି ସରିଲେ, ସନ୍ଧ୍ୟାରେ ମତେ ନେଇ ପୁଣି ବାହାରି ପଡ଼ନ୍ତି।

ଶେଷରେ ସେ ମତେ ଗୋଟିଏ ଅଦ୍ଭୁତ କଥାଟିଏ କହିଲେ। ଯାହାକୁ କେବେ ଭାବି ନଥିଲି। କହିଲେ, ଚାଲ ପଶୁପତିନାଥ ମନ୍ଦିର ପାଖକୁ ଯିବା। ମୁଁ ଆଶ୍ଚର୍ଯ୍ୟ ହେଲି। କିନ୍ତୁ ପ୍ରଶ୍ନ କଲି ନାହିଁ। ଥରଥର ପାଦରେ ତାଙ୍କ ପଛରେ ଗଲି।

ମୋ ଛାତି ଧକ୍ ଧକ୍ ହେଉଥାଏ। ପଶୁପତିନାଥ ମନ୍ଦିରର ମୁଖ୍ୟ ଦ୍ୱାର ଅତିକ୍ରମ କରି ପଛକୁ ଗଲୁ। ସେଠାରେ ଯେଉଁ ବାଗମତୀ ନଦୀ ବହୁଛି, ବାବୁ ମତେ ସେ କୂଳକୁ ନେଲେ। ମୁଁ ବୁଝିପାରିଲି ନାହିଁ, ଆଗରେ ତ ଠାକୁର, ସେ ମତେ ପଛ ପଟକୁ କାହିଁକି ଆଣିଲେ। କହିଲେ ଏଇ ପାହାଚ ଉପରେ ବସିଥା ମୁଁ ଆସୁଛି।

ତୁମେ ଜାଣିଛ ତ ଦିଦି ସେଇ ନଦୀ ତୁଠରେ ରୋଜ୍ ମଲା ଲୋକଙ୍କୁ ପୋଡ଼ାହୁଏ। ମୁଁ ପିଲା ବେଳୁ ଦେଖିଆସିଛି।

ଶ୍ରୀମାୟା ଜାଣେ, ପଶୁପତିନାଥ ମନ୍ଦିର ପଶ୍ଚାତ ଭାଗରେ ଛାତି ପ୍ରସାରି ବହି ଯାଇଛି ପବିତ୍ର ବାଗ୍‌ମତୀ ନଦୀ। ଯେଉଁଠି ସ୍ନାନ କଲେ ସକଳ ପାପ ନାଶ ହୁଏ ବୋଲି ମାନ୍ୟତା ଅଛି। ସେ ପବିତ୍ର ନଦୀ ଧାରରେ ଶବ ଦାହ ମଧ୍ୟ କରାଯାଏ। ପ୍ରତିଦିନ କେତେ କୁଆଡୁ ଲୋକ ନିଜ ପ୍ରିୟଜନଙ୍କ ମୃତ ଦେହ ଧରି ପହଞ୍ଚି ଯାଆନ୍ତି।

ଦାହ ସଂସ୍କାର କରି ଅବଶେଷକୁ ସେଇ ବାଗମତୀ ନଦୀ ସ୍ରୋତରେ ଭସାଇ ଦିଅନ୍ତି। ବୁଡ଼ ପକାଇ ସ୍ନାନ କରନ୍ତି। ମୁଣ୍ଡନ ହୁଅନ୍ତି। ସବୁ ସଂସ୍କାର କର୍ମ କରି ପ୍ରିୟଜନଙ୍କୁ ଶେଷ ବିଦାୟ ଦିଅନ୍ତି। ସେଇଠି ସଂସ୍କାର କଲେ ମୋକ୍ଷ ମିଳେ। ଆତ୍ମା ପରମାତ୍ମାରେ ମିଶି ଏକାକାର ହୋଇଯାଏ। ଗୋଟିଏ ପରିସରରେ ଶବ ଓ ଶିବ । ମନ୍ଦିର ଓ ଶ୍ମଶାନ।

ଠିକ୍ ବାରଣାସୀ କାଶିବିଶ୍ୱନାଥ ମନ୍ଦିର ପଶ୍ଚାତ ଗଙ୍ଗାନଦୀ ଘାଟମାନଙ୍କ ପରି।

ୟୁନିଭରସିଟିରେ ପଢ଼ିଲା ବେଳେ ସେ ଗଙ୍ଗା ଆଳତି ସମୟରେ ଅନେକ ଥର ଯାଇଛି।

ଦିଦି, ନଦୀ ତୁଠରେ ବସି ମୁଁ କଣ ସବୁ ଭାବି ଯାଉଥାଏ। ମଣିଷ ଜୀବନ କେଡ଼େ କ୍ଷଣସ୍ଥାୟୀ। ନିମିଷକେ ହଜିଯାଏ। କାଲି ଯେଉଁ ରକ୍ତ ମାଂସର ଦେହଟା ଚଳପ୍ରଚଳ କରୁଥିବ ଆଜି ପାଉଁଶ ହେଇ ନଦୀ ଜଳରେ ବହିଯିବ। କେଉଁ ସମୟରେ ମଣିଷ ଏ ସଂସାରରୁ ହଜିଯିବ କେହି ଜାଣନ୍ତି ନାହିଁ।

ମତେ ବସାଇ ଦେଇ ବାବୁ ଅନେକ ସମୟ ଧରି କେଉଁ ଆଡ଼େ ଚାଲି ଯାଇଥିଲେ। ଫେରିଆସି କହିଲେ ଗାର୍ଗୀ ଏଇଠି କିଛି ପରିଚୟହୀନ ଶବ ସତ୍କାର ହେଇଛି। ଯାହାଙ୍କର କେହି ଦାବିଦାର୍ ନଥିଲେ।

ମୁଁ ହତବାକ୍ ହୋଇ ତାଙ୍କ ମୁହଁକୁ କେବଳ ଚାହିଁଲି ଓ ଜଡ଼ ପାଲଟିଗଲି।

ସେ ମୋ ହାତକୁ ଧରି ଉଠେଇ ନେଲେ। ଏକ ପ୍ରକାର ଟାଣି ଟାଣି ଆଗକୁ ନେଲେ। ମୁଁ ମୂକ ଖେଳନା କଣ୍ଢେଇ ପରି ତାଙ୍କ ସହ ଚାଲିଲି।

ଚାଲୁଚାଲୁ ବାବୁ କହିଲେ, ମାନେ ବୁଝେଇଲେ ମତେ। ଶୁଣୁ ମଣିଷର ଅନିଚ୍ଛା ସତ୍ତ୍ୱେବି ଥରେଥରେ ଜୀବନର ବାସ୍ତବ ଓ ଅନ୍ତିମ ସତ୍ୟକୁ ଗ୍ରହଣ କରିବାକୁ ପଡ଼େ। ସେ ସତ୍ୟକୁ ସାମ୍ନା କରିବାକୁ ମାନସିକ ଭାବେ ଶକ୍ତ ହେବା ଜରୁରୀ। ମୁଁ ଜାଣିସାରିଲିଣି ତୁ ଭାରି ଷ୍ଟ୍ରଙ୍ଗ ଝିଅଟେ। ମୁଁ ଯାହା କହିବି କରିବୁ , ହେଲା। ଡରିବୁନି ଜମା।

ଦେଖୁ ଦେଖୁ ସେଇ ସ୍ଥାନରେ ପହଞ୍ଚି ଗଲୁ।

ଆଖି ଆଗରେ ସବୁ ଝାପ୍ସା। ଶବଗୃହ ଦୁଆର ମୁହଁରେ ବାବୁ ମତେ ଚାହିଁଲେ ଓ କହିଲେ ଧୈର୍ଯ୍ୟ ଧରିବୁ।

ଯେଉଁମାନଙ୍କ ସତ୍କାର ସରିଛି ବୋଲି କହୁଥିଲି, ତାଙ୍କର କିଛି ନିତ୍ୟବ୍ୟବହାର ଜିନିଷ ଯାହା ତାଙ୍କ ମର ଶରୀରରୁ ବାହାର କରି ରଖାଯାଇଛି। ମୋ ସହ ଚାଲ, ଭିତରେ ଦେଖି ଚିହ୍ନଟ କରିବା।

ମୋ ଦେହ ଭୀଷଣ ଭାବେ ଥରିବା ଆରମ୍ଭ କଲା।

ଏମିତି ଅବସ୍ଥା ବି ଦେଖିବାର ଥିଲା ଜୀବନରେ ! ଭୋଗିବାର ଥିଲା। ସହିବାର ଥିଲା।

ଶବସଂଗୃହିତ ଗୃହ କମିଟିବାଲା ଆମକୁ ଲକର୍ ରୁମ୍ ପାଖକୁ ନେଇଗଲେ। ମୁଁ ଆଗରୁ ଜଣାଇଥିବା ରଙ୍ଗ, ଉଚ୍ଚତା ବୟସ ସହ ମିଶୁଥିବା ତାଙ୍କ ନମ୍ବର ଖୋଜି ବାହାର କଲେ। ତିନି ଚାରୋଟି ପୁଟୁଳି ପରେ ଯେଉଁଟିକୁ ଖୋଲିଲେ, ମତେ ଚିହ୍ନା ଚିହ୍ନା ଲାଗିଲା। ଭଲକି ଝାଡ଼ିଝୁଡ଼ି ଦେଖିଲି। ତାକୁ ଦେଖୁଦେଖୁ ମୁଁ ହାମୁଡ଼ି ପଡ଼ିଲି। ଛାତିରେ ଜାକି କଇଁକଇଁ ହୋଇ କାନ୍ଦି ପକାଇଲି।

ନାଲି କପଡ଼ାରେ ବନ୍ଧା ପୁଟୁଳି ଭିତରୁ ବାପାଙ୍କ ନାଁର ଅକ୍ଷର ଖୋଦେଇ ପିତଳ ମୁଦି। ମୋ ଜନ୍ମରୁ ବାପାଙ୍କ ଡାହାଣ ହାତ ମଝି ଆଙ୍ଗୁଠିରେ ତାକୁ ଦେଖି ଆସିଛି। ରୁଦ୍ରାକ୍ଷରେ ବନ୍ଧା ଓଁ ନମଃ ଶିବାୟ ଖୋଦେଇ ତମ୍ବା ଲକେଟ। ବାପାଙ୍କ ବେକରେ ଅହର୍ନିଶ ଝୁଲୁଥାଏ ଓ ତାଙ୍କ ଛିଣ୍ଡା ଫଟା ସବୁଜ କାମିଜ। ଯୋଉଟା ପିନ୍ଧି ସେ ରୋଜ୍ ଦୋକାନରେ ବସନ୍ତି। ବାପା ନଥିଲେ। ତାଙ୍କ ସ୍ଥାନରେ ଥିଲା ଚିରଦିନ ସାଇତି ରଖିବା ପାଇଁ ଏ ସବୁ ସ୍ମୃତି।

ସେମାନେ ବାବୁଙ୍କୁ ଚାହିଁ କହିଲେ ଯେଉଁ ମୃତକର କେହି ପରିବାର ଲୋକ ମିଳି ନଥିଲେ, ତାଙ୍କୁ ସାମୁହିକ ଭାବେ ଦାହ କରାଇ ଦିଆ ଯାଇଛି। ଚିହ୍ନଟ ଓ ପରିଚୟ ପାଇଁ ତାଙ୍କ ଅଙ୍ଗ ବସ୍ତ୍ର ଓ ଅନ୍ୟ ଯାହା ପିନ୍ଧି ଥିବା ସାମଗ୍ରୀକୁ ଅଲଗା ଅଲଗା ସୁରକ୍ଷିତ ରଖା ଯାଇଛି। ଆପଣ ଚାହିଁଲେ ଦସ୍ତଖତ କରି ନେଇ ଯାଆନ୍ତୁ।

ମୋ ବାପା ପାଇଁ ମୁଁ କିଛି କରି ପାରିଲି ନାହିଁ। ତାଙ୍କ ଅସ୍ଥି ବି ବିସର୍ଜନ ପାଇଁ ମତେ ସୁଯୋଗ ମିଳିଲା ନାହିଁ। ଶେଷ ଦର୍ଶନ ବି ଭାଗ୍ୟରେ ନଥିଲା। ଆଉ ଏକାଠି ଅନେକ ଶବମାନଙ୍କ ଗହଣରେ ତାଙ୍କ ଶବ ଦାହ କରାଯାଇଥିଲା। ଏ କଥା ମତେ ବହୁତ ଆଘାତ ଦେଲା। ଭୟ ଓ ଦୁଃଖରେ ମୋ ଦେହ କମ୍ପି ଉଠିଲା।

ଭାଗ-୯

ବାବୁ ଏତେ ଭଲ ଯେ ମୁଁ ବୁଝାଇ ପାରିବି ନାହିଁ। ସେ ନିଜେ ମତେ ଭୂମିରୁ ଉଠାଇ ଛିଡ଼ା କଲେ। ମୋ ବାପାଙ୍କର ସେଇ ପୁଟୁଳିଟିକୁ ଦସ୍ତଖତ କରି ସାଙ୍ଗରେ ଆଣିଲେ। ମତେ ଅଟୋରେ ବସାଇ ପୁଣି ଆଶ୍ରୟସ୍ଥଳୀରେ ଛାଡ଼ିଲେ। ମୁଁ ସେତେବେଳେ ଯେଉଁ କାନ୍ଦିଲି ବାବୁ ବୁଝାଇଲେ ନାହିଁ। କହିଲେ କାନ୍ଦ, କାନ୍ଦିସାରିବା ପରେ ମଣିଷ ଶକ୍ତ ହେଇଯାଏ। ମୁଁ ତୋ ପାଖରେ ରହି ତତେ ବୁଝାଇବି ନାହିଁ। ଜୀବନକୁ ଆପେ ବୁଝିଗଲେ ତତେ ଆଉ କାହାର ଆବଶ୍ୟକତା ପଡ଼ିବ ନାହିଁ। ତୁ ଏଇଠି ଥା। ମୁଁ କାଲି ଆସିବି କହି ଚାଲିଗଲେ।

ବାବୁ ଗଲା ପରେ ଭାବିଲି ମୁଁ ବି ମରିଯିବା ଉଚିତ ଥିଲା। କାହା ପାଇଁ ଆଉ ବଞ୍ଚିଛି । ନା ଘର ଅଛି, ନା ପରିବାର, ସବୁ ତ ଗଲା। କିନ୍ତୁ ବିମ୍ବାର ଖବର ଯେ ପର୍ଯ୍ୟନ୍ତ ମିଳି ନାହିଁ ସେ ଯାଏ ଆଶା ଟିକେ ରହିବ।

ତା' ପରଦିନ ଗୋଟିଏ ଖବର ନେଇ ବାବୁ ଆସିଲେ। ଦୁଇଜଣ ଯୁବକଙ୍କ ବିଷୟରେ ଖବର ପାଇଛନ୍ତି। ଦେଖିବାକୁ ଯିବାକୁ ହେବ।

କହିଲେ ଗାର୍ଗୀ ତୁ ପ୍ରଥମେ ଅଳ୍ପ କିଛି ଖାଇନେ, ଫେରିବା ପାଇଁ କେତେ ସମୟ ଲାଗିବ, ଜଣା ନାହିଁ। ତା'ପରେ ଆମେ ବାହାରି ଯିବା।

ବାବୁ, ଖାଇବାକୁ ମୋର ଇଚ୍ଛା ନାହିଁ। ଆଗ କୁହ ଆମେ ଏବେ ଯେଉଁ ବାହାରି ଯିବା, କାହାକୁ ଚିହ୍ନଟ କରିବା। ଜୀବିତ ନା ମୃତ ଦେହ! ବାପାଙ୍କ ମୃତ୍ୟୁ ମତେ ଖୁବ୍ ଆଘାତ ଦେଇଥିଲା। ସେଇ ଶବ ଚିହ୍ନଟ କଥାଟି ମନେ ପଡ଼ିବା ମାତ୍ରେ ମନ ଅସ୍ଥିର ହେଉଥାଏ। ଏତେ ସବୁ ଦେଖିଦେଖି ମୋ ମନ ଏତେ ଟାଣ ହେଇସାରିଥିଲା ଯେ କିଛି ବି ପଚାରିବାକୁ ଆଉ ଖରାପ ଲାଗିଲା ନାହିଁ।

ମୋ ପାଟିରୁ ଏ ପଦକ କଥା, ଥମ୍ କରି ବାବୁଙ୍କ ପାଦକୁ ଅଟକାଇ ଦେଲା। ବାବୁ ଚାହିଁଲେ ମୋ ଶୁଖିଲା ମୁହଁକୁ। ଜୀବନ ନଥିବା ଆଖି ହଳକୁ। କିଛି ସମୟ ଚୁପ୍ ରହିଲେ, ବହୁତ ଗମ୍ଭୀର। ବାବୁଙ୍କ ଉତ୍ତରକୁ ମୁଁ ଆଉ ଅପେକ୍ଷା କଲି ନାହିଁ। ଉତ୍ତର ଯାହା ବି ହେଉ ମତେ ତ ଯିବାକୁ ହେବ। କିନ୍ତୁ ବାବୁ ଉତ୍ତର ଦେଲେ। ଖୁବ୍ ଶାନ୍ତ ଭାବେ କହିଲେ ଡର ନାହିଁ, ଏଥର ଜୀବିତ।

ମେଡ଼ିକାଲ ଶେଯରେ ପାଦଠାରୁ ବେକ ଯାଏ ଚାଦର ଘୋଡ଼ାଇ ହୋଇ ପାଖାପାଖି ନିର୍ଜୀବ ପରି ପଡ଼ି ରହିଥିବା ଦୁଇ ଯୁବକଙ୍କ ମଧ୍ୟରୁ ପ୍ରକୃତରେ ଜଣେଥିଲା ବିମ୍ବା। ମୁହଁ ସାରା ଖଣ୍ଡିଆ ଖାବରା ଦାଗ। ମେଞ୍ଚା ମେଞ୍ଚା ଦାଢ଼ି। କଳାକାଠ ପରି ଶୁଖିଲା ଅଙ୍ଗ। ଭାରି ବିଭତ୍ସ କଦାକାର ଦିଶୁଥିଲା ମଣିଷଟା। ହାତରେ ସାଲାଇନ୍ ଛୁଞ୍ଚି। ମୁଁ ତାକୁ ଦେଖି ପାଖକୁ ଧାଇଁ ଗଲି। ତାର ଏ ଅବସ୍ଥା ଦେଖି ସବୁ ଅଭିମାନ ପବନରେ ମିଳାଇ ଗଲା। ଲୁହ ବୋଲ ମାନିଲା ନାହିଁ। ତା ଛାତିରେ ମଥା ରଖି କୁଣ୍ଢାଇ ଧରି କାନ୍ଦି ପକାଇଲି। କିଛି ସମୟ ପରେ ମୋର ଚେତା ପଶିଲା। ମତେ ଲାଗିଲା ସେ ବିଲକୁଲ୍ ହଲଚଲ୍ ହେଉ ନାହିଁ। ଜୀବନ ନଥିଲା ପରି ପଡ଼ି ରହିଛି। ମୁଁ ବାବୁଙ୍କୁ ଚାହିଁଲି। ବାବୁ କହିଲେ ଚିନ୍ତା କରନା ସେ ଶୋଇଛି, ଆଉ କିଛି ନାହିଁ।

ସେତେବେଳକୁ ନର୍ସଦିଦି ଯାଇ ତାକୁ ଚିକିତ୍ସା କରୁଥିବା ଡାକ୍ତର ସାରଙ୍କୁ ଡାକି ଆଣିଥିଲେ। ମୁଁ ବିମ୍ବାକୁ ଛାଡ଼ି ଉଠିପଡ଼ିଲି। ଡାକ୍ତର ସାର୍ କହିଲେ ତୁମେ ଯାଙ୍କ ସ୍ତ୍ରୀ ? ଯାହା ହେଉ ତାଙ୍କ ପରିଚୟ ମିଳିଗଲା।

ମୁଁ କେତେ କଥା ଭାବିଦେଲି କିନ୍ତୁ କଣ ପଚାରିବି ବୋଲି ପାଟିରୁ ଶବ୍ଦ ବାହାରିଲା ନାହିଁ। ଖାଲି ହାତ ଦୁଇଟି ଯୋଡ଼ି ଡାକ୍ତର ବାବୁଙ୍କୁ ଚାହିଁଲି। ସେ କହିଲେ ବ୍ୟସ୍ତ ହୁଅନା ସେ ଶୋଇଛି, ନିଦ ଔଷଧ ଦେଇ ତାକୁ ଶୁଆଇ ଦିଆ ଯାଇଛି। ତାର ଶରୀରର ସମ୍ପୂର୍ଣ୍ଣ ଗୋଟିଏ ପାଖରେ ଗଭୀର ଆଘାତ ଲାଗିଛି। ହାଡ଼ ଭାଙ୍ଗିଛି। ପ୍ଲାଷ୍ଟର୍ ହେଇଛି। ଖୋଲିଲା ପରେ ଜଣା ପଡ଼ିବ। ତୁମେ ଠାକୁରଙ୍କୁ ଧନ୍ୟବାଦ ଦିଅ ଯେ ବଞ୍ଚିଗଲା। ଭାରି ଖରାପ କଣ୍ଡିସନ୍ ଓ ଅଚେତ୍ ଅବସ୍ଥାରେ ଉଦ୍ଧାର ହେଇଥିଲା ସେ।

ଡାକ୍ତରସାର୍ ତା ଦେହରୁ ଚାଦରଟା ହଟାଇ ଦେଲେ। ଗୋଟିଏ ପାଖ ସମ୍ପୂର୍ଣ୍ଣ ହାତ ଗୋଡ଼ରେ ଧଳା ବ୍ୟାଣ୍ଡେଜ୍ ପଟି ପରି ପ୍ଲାଷ୍ଟର୍ ହେଇଥାଏ। ତାକୁ ଦେଖି ମୋ ମନ କଣ ହେଇଗଲା। ନର୍ସ ଦିଦି ମୋ ପିଠି ଆଉଁଶି ଦେଲେ। ଡାକ୍ତର ସାର୍ ଟିକେ ବାଟ ଘୁଞ୍ଚି ଗଲେ ବାବୁଙ୍କ ସହ କଥା ହେଲେ। ସେ କଣ କହୁଥିଲେ ମୁଁ ବୁଝିପାରିଲି

ନାହିଁ। ନିଜକୁ ଧିକ୍କାର କରୁଥିଲି, କାହିଁକି ମୁଁ ବିମ୍ବାକୁ ଅଭିଶାପ ଦେଲି ? ମୋ କଥା ଫଳିଗଲା ବୋଧେ। ଏ ସବୁ ମୋ ପାଇଁ ହିଁ ହେଇଛି।

ସେମାନେ ଦୁହେଁ କିଛି ସମୟ କଥା ହେବା ପରେ ଡାକ୍ତରସାର୍ ଚାଲି ଗଲେ। ମୁଁ ଆସ୍ତେ ଯାଇ ବାବୁଙ୍କୁ ପଚାରିଲି ବାବୁ କଣ ହେଇଛି ଯାର ! ବଡ଼ ଡାକ୍ତରସାର୍ କଣ କହୁଥିଲେ ? ସେ କେବେ ଭଲ ହବ ?

ବାବୁ ଖୁବ୍ ଶାନ୍ତ ଓ ସ୍ଥିର ଭାବରେ ଟୁଲଟା ଭିଡ଼ି ଆଣି ମତେ ବସେଇ ଦେଲେ। ତା ଶେଯ ପାଖରେ। ନର୍ସ ଦିଦିଙ୍କ ପାଖରୁ ରିପୋର୍ଟ ଆଣି କଣ ସବୁ ଖେଳେଇ ଖେଳେଇ ପଢ଼ିଲେ। ମୁଁ ପୁଣି ଥରେ ମୋ ପ୍ରଶ୍ନ ଦୋହରାଇଲି। ବାବୁ ମୋ ମୁହଁକୁ ଚାହିଁ ରହିଲେ, କହିଲେ ସେ ଠିକ୍ ଅଛି। ପ୍ରଥମେ ତାର ଚେତା ଫେରୁ। ଆମକୁ ଅପେକ୍ଷା କରିବାକୁ ପଡ଼ିବ।

ବାବୁଙ୍କୁ ମୁଁ ଆଉ ବ୍ୟସ୍ତ କଲି ନାହିଁ। ଚୁପ୍ ରହିଲି।

କିଛି ସମୟ ପରେ ବାବୁ ମତେ ବାହାରକୁ ଡାକି ଆଣିଲେ। ମୁଁ ଦୁଇ ଦିନ ହେଲା ଠିକ୍‌ରେ ଖାଇନଥିଲି। ବାବୁ ପାଖ ଦୋକାନରୁ କାଗଜ ପୁଡ଼ିଆରେ ଜଳଖିଆ କିଣିଆଣି ମୋ ହାତରେ ଧରାଇ ଦେଲେ। କହିଲେ ଏବେ କିଛି ଖାଇଦେ। ବଡ଼ କଥା ହେଲା ତାର ଖବର ମିଳିଗଲା। ତୁ ମନ ଊଣା କରନା। ସେ ଧୀରେ ଧୀରେ ଭଲ ହେବ। ଖା..

ମତେ ସେତେବେଳେ ବହୁତ ଜୋର୍‌ରେ କାନ୍ଦ ଲାଗିଲା। କଣ ପାଇଁ କାନ୍ଦ ଲାଗିଲା ଜାଣେନା, ବିମ୍ବା ବଞ୍ଚିଛି ଖୁସିରେ ନା ବାପା ମଲେ ଦୁଃଖରେ ! ନା କାହା ପାଇଁ ବି ନୁହେଁ, ବାବୁଙ୍କ ଆଦର ପାଇଁ। ମୁଁ ବାବୁଙ୍କ କଥା ମାନିଲି। ହାତରୁ ଜଳଖିଆ ନେଇ ଖାଇଲି। ଆଖିରେ ସେମିତି ଲୁହ ଥାଏ ଓ ମୁଁ ଖାଉଥାଏ। ଦୁର୍ବଳରୁ ମୋ ଦେହ ଥରୁଥିଲା। ବାବୁ ନିଜ ଦେହରୁ ଜାକେଟ୍ ଖୋଲି ମୋ ହାତକୁ ବଢ଼ାଇ ଦେଲେ। କହିଲେ ନେ ଗୋଟାପଣେ ଥରୁଛୁ , କିଛି ତ ଶୀତ ପୋଷାକ ତୋ ପାଖରେ ନାହିଁ, ସାରାରାତି କେମିତି ରହିବୁ? ଏଇଟା ଘୋଡ଼ାଇ ହୋଇ ପଡ଼।

ଖାଇ ସାରିବା ପରେ ତୁ ବିମ୍ବା ପାଖକୁ ଚାଲିଯିବୁ। ମତେ କ୍ୟାମ୍ପ୍ ଫେରିଯିବାକୁ ପଡ଼ିବ। ପେସେଣ୍ଟ ଦେଖିବାର ଅଛି। ମୁଁ କାଲି ସକାଳୁ ଆସିବି। ଏଠାରେ ଆଉ କିଛି ଅସୁବିଧା ନାହିଁ। ସେମାନେ ସବୁ ବୁଝିବେ। ତୁ ଖାଲି ତା ପାଖରେ ବସିଥା। ହେଲା ?

ମୋ ଅସନା ମଇଳା ଜାମା ଉପରେ ତାଙ୍କ ମଖମଲ୍ ଜାକେଟ୍। ଲାଗିଲା ଯେମିତି ସେ ମୋ ପାଖରେ ହିଁ ଅଛନ୍ତି। ଜାକେଟ୍‌ଟି କୁଣ୍ଢାଇ ଧରି ମୁଁ ତାଙ୍କୁ ପଛରୁ ଚାହିଁ ରହିଥିଲି। ସେ ବହୁତ ଦୂରକୁ ଚାଲିଯିବା ଯାଏ ମୋ ଆଖି ଫେରୁ ନଥାଏ। ସାକ୍ଷାତ ଭଗବାନ କି ସେ ! ହଁ ମୋ ପାଇଁ ନିଶ୍ଚୟ ଭଗବାନ।

ଧୀରେଧୀରେ ବିମ୍ବା ସାମନ୍ୟ ଭଲ ହେଇ ଆସିଲା। ଆଖି ଖୋଲି ମତେ ଚାହିଁଲା । ଭାରି ନୀରିହ ଓ ଅସହାୟ ଦୃଷ୍ଟିରେ। ତା ଆଖି କୋଣରୁ ଲୁହ ଝରିଗଲା। ସେ ଅନୁନୟ ଭରା ଲୁହ। ମୋ ଛାତିକୁ ଭେଦ କରିଗଲା। ଗୋଟିଏ ହାତରେ ମୋ ବାହୁକୁ ଭିଡ଼ି ଧରି ଛୁଆଙ୍କ ପରି କଇଁ କଇଁ ହେଇ ଖୁବ୍ କାନ୍ଦିଲା। ପୁରୁଷ ଛାତି ପଥର ପରି। ସେ ଯେମିତି ବି ହେଉ,ତା ଆଖିରେ ଲୁହ ଦେଖି ସ୍ତ୍ରୀ ଲୋକଟିର ଦେହ ସହେନା। ତାକୁ ଧରି ମୁଁ ବି କାନ୍ଦିଲି। କିଛି ଦିନ ମେଡ଼ିକାଲରେ ରହିବା ପରେ ଡାକ୍ତରବାବୁ ତାକୁ ସେଠାରୁ ନେଇ ଯିବାକୁ ପରାମର୍ଶ ଦେଲେ। ଏଠି ରଖି କିଛି ଲାଭ ନାହିଁ। ତାର ଯେତିକି ଭଲ ହେବାର କଥା ହୋଇ ସାରିଲାଣି। ଗଭୀର ଆଘାତରେ ତାର ଗୋଟିଏ ପାଖ ହାତ ଓ ଗୋଡ଼ ଅଚଳ। ଯାହା କଲେ ବି ଏତେ ଶୀଘ୍ର ଭଲ ହେବନି। ଅଯଥା କେତେ ଦିନ ପକାଇ ରଖିବ ବୋଲି କହିଲେ।

ମୁଁ କାବା ହେଲି। ଏତେ ପାଠପଢ଼ା ମଣିଷ ଥାଇ ତାକୁ ଭଲ ନକରି ଫେରାଇ ଦେଉଛନ୍ତି। ବାରମ୍ବାର ନିଜକୁ ଦୋଷୀ ମଣିଲି। ସବୁ ମୋ ଶୋଧିବାର ଫଳ।

ଡାକ୍ତର କହିଲେ ଜୀବନ ରହିଯାଇଛି ସେଇଟା ବଡ଼ କଥା, ଯେଉଁ ଅବସ୍ଥାରେ ଉଦ୍ଧାର ହେଇଥିଲା ସେ ବଞ୍ଚିନଥାନ୍ତା। ଠାକୁରଙ୍କ ପାଖରେ କୃତଜ୍ଞତା ଜଣାଅ ତାକୁ ଏଠାରୁ ନେଇଯାଅ। ସେ ଭଲ ହେବା ପାଇଁ ବହୁତ ସମୟ ଲାଗିବ। ଘରୋଇ ଚିକିତ୍ସା କରିବ। ବାବୁ ମଧ୍ୟ ସେଇ କଥା କହିଲେ।

ଏଥର ମୋ ମୁଣ୍ଡରେ ଚଡ଼କ ପଡ଼ିଲା। ମୁଁ ତାକୁ ନେବି କୁଆଡ଼େ, ମୁଁ ଯିବି କେଉଁଠିକି ? ସବୁ ତ ଧୂଳିସାତ ହୋଇ ସାରିଛି।

ମୁଁ ସବୁ ହରାଇ ସାରିଛି। ବାବୁ ଜାଣିଥିଲେ। ମୋ ଚିନ୍ତା ପୂର୍ବରୁ ସେ ଭାବି ସାରିଥିଲେ। ଆମକୁ ନେଇ ଆଶ୍ରୟ ସ୍ଥଳରେ ରଖାଇ ଦେଲେ।

ବିମ୍ବାର ସବୁ କାମ ମୁଁ କରେ। ଉଠାଇବା, ଖୁଆଇବା, ଗୋଧୋଇବା ଠାରୁ ଝାଡ଼ା ପରିସ୍ରା ଯାଏ ସବୁ। ସେ ହଲି ପାରେନା।

ପରିସ୍ଥିତି ସୁଧୁରି ଆସୁଥିଲା । ଲୋକମାନେ ପୁଣି ଭଙ୍ଗା ନୀଡ଼କୁ ସଜାଡ଼ି ବାହୁଡ଼ି ଯାଉଥିଲେ । ଯେ ଯାହା ଘର କରଣାକୁ ପୁଣି ସାଉଁଟୁ ଥିଲେ । ବିମ୍ଭାକୁ ଏକା ଛାଡ଼ି ମୁଁ କଣ କରିବି ? କୁଆଡ଼େ ଯିବି ଭାବୁଥିଲି । ମାଟିରେ ମିଶିଥିବା ଘର କେମିତି ପୁଣି ବନାଇ ପାରିବି । ଏକାଏକା ! ବାବୁଙ୍କ ଦୟାରେ ଏଠି କେତେଦିନ ରହିହେବ ?

ସତକୁସତ ବାବୁ ଦିନେ ସନ୍ଧ୍ୟାରେ ଖବର ନେଇ ଆସିଲେ । ବିମ୍ଭାକୁ ଇଞ୍ଜେକସନ୍ ଲଗାଇଲେ । ତାକୁ ପରୀକ୍ଷା କଲେ । ତା ଔଷଧ କଥା ବୁଝିସାରି ବାହାରକୁ ବାହାରି ଆସିଲେ । ପଥର ଚଉତରା ଉପରେ ବସିଲେ ।

ସେଦିନ ସେ ସମ୍ପୂର୍ଣ୍ଣ ଅଲଗା ମଣିଷ ପରି ଦେଖା ଯାଉଥାଆନ୍ତି । ଗମ୍ଭୀର, ଉଦାସ ଓ ଖୁବ୍ ବେଶୀ ଅନ୍ୟମନସ୍କ । ମତେ ଟିକେ ଭୟ ଲାଗିଲା । କେଡ଼େ ଧୈର୍ଯ୍ୟବାନ ମଣିଷ ମୁହଁରେ ଚିନ୍ତାର ଛାଇ କଣ ପାଇଁ ।

ମତେ ପାଖକୁ ଡାକିଲେ । ମୁଁ ଆସ୍ତେ ଯାଇ ତାଙ୍କ ପାଦ ପାଖରେ ତଳେ ବସିଲି । ସେ ନିରବ ରହିଲେ କିଛି ସମୟ । ହୁଏତ କିଛି କହିବା ଆଗରୁ ନିଜକୁ ପ୍ରସ୍ତୁତ କରୁଥିଲେ । ମତେ ଆଉ ତର ସହିଲା ନାହିଁ । ମୁଁ ମୋ ଆଡୁ ପଚାରିଲି । ବାବୁ, କୁହ ବାବୁ, କଣ ହେଇଛି ? ବିମ୍ଭା ବିଷୟରେ କଣ କହିବ କି ? ଏତେ ଚୁପ୍ କାହିଁକି, ତାର କଣ ଆହୁରି ଅସୁବିଧା ହେଇଛିକି ? ଭଲ୍ ହବ ତ ସେ !

ଆରେ ନା,ତା କଥା ନୁହେଁ । ସେ ପୂର୍ବପରି ସେମିତି ଅଛି । ଆଉ ଗୋଟିଏ କଥା ଅଛି ଗାର୍ଗୀ ।

ହଁ କୁହ ବାବୁ ।

ମତେ ଫେରିବାକୁ ହେବ । ଆମ ଡାକ୍ତରଟିମ୍ ଡ୍ୟୁଟି ସରିଛି । ଏ ଭୂକମ୍ପରେ ଆହତଙ୍କ ଚିକିତ୍ସା ପାଇଁ ଆମେ ନିୟୋଜିତ ହୋଇଥିଲୁ । ଉଦ୍ଧାର କାର୍ଯ୍ୟ ସରିଛି । ଆମ କାମ ବି ସରିଛି । ଆମ ଦେଶ ଭାରତକୁ ଏଥର ଫେରି ଯିବାକୁ ହେବ ।

ମୁଁ ଆଶ୍ଚର୍ଯ୍ୟ ହେଇ ତାଙ୍କ ମୁହଁକୁ ଚାହିଁଲି ।

ସେ ଥରେ କହିଥିଲେ ତାଙ୍କୁ କିଛି ମାସ ପାଇଁ ଏଠାକୁ ପଠା ଯାଇଛି । ସବୁ ଠିକ୍ ହେଇ ଗଲେ ସେମାନେ ଫେରିଯିବେ । କିନ୍ତୁ ଏତେ ଜଲଦି ବୋଲି ଭାବିନଥିଲି ।

ବାବୁ ଏବେ ଯିବା କଣ ନିହାତି ଜରୁରୀ କି ?

ହଁ ଜରୁରୀ । ଆମକୁ ନିର୍ଦ୍ଦେଶ ।

ଆଚ୍ଛା ନ'ଗଲେ କ'ଣ ଅସୁବିଧା ହେବ କି ବାବୁ? ଏବେ ବି ତ ବହୁତ ଲୋକ ଖରାପ ଅବସ୍ଥାରେ ଅଛନ୍ତି। ଚିକିତ୍ସିତ ହେଉଛନ୍ତି। ତୁମେ କହିଦେଉନ ସେ କଥା। ସବୁ ଡାକ୍ତର ପଳେଇଲେ ରୋଗୀଙ୍କ କଥା କିଏ ବୁଝିବ?

ନେପାଳ ସରକାରଙ୍କ ଡାକ୍ତରମାନେ ଅଛନ୍ତି। ଦୁର୍ଘଟଣାର ସାହାଯ୍ୟ ପାଇଁ ଆମକୁ ସାମୟିକ ଭାବେ ନିୟୋଜିତ କରାଯାଏ। କାମ ସାରି ଆମକୁ ଫେରିବାକୁ ହୁଏ।

ଅନ୍ୟ ଡାକ୍ତରମାନେ ଯାଆନ୍ତୁ ବାବୁ, ତୁମେ କହିଦିଅ ମୁଁ ଆଉ କିଛି ଦିନ ପରେ ଯିବି। ମୋର ପେସେଣ୍ଟ ଭଲ ହେଇ ନାହାନ୍ତି।

ସେ ମୋ ମୁହଁକୁ ଟିକେ ଚାହିଁଲେ।

କହିଲେ ସେମିତି କଣ ହୁଏ? ମତେ ତ ଯିବାକୁ ହେବ।

ମୁଁ ଜାଣିଲି , ମୋ ପ୍ରଶ୍ନଟା ଭୁଲ୍ ହେଇଗଲା। ମୂର୍ଖ ମଣିଷ ମୁଁ। ନିଜ ଅସହାୟତା ହେଉ ବା ବିମ୍ବାର ଚିକିତ୍ସା ପାଇଁ, ବାବୁ ଯାଆନ୍ତୁ ବୋଲି ମୁଁ ଚାହୁଁ ନଥିଲି।

ବାବୁ ଏତେ ଭଲ ମଣିଷ ଯେ ତାଙ୍କ ପରି ମୁଁ ଆଉ କାହାକୁ କେବେ ପାଇବି ବୋଲି ଭାବି ପାରିନି। ସେ ସମସ୍ତଙ୍କୁ ଭଲ ବ୍ୟବହାର କରନ୍ତି ଓ ସାହାଯ୍ୟ କରନ୍ତି। ଆଉ ଏତେ ବଡ଼ ଅବେଳରେ ସେ ଯେମିତି ଛିଡ଼ା ହେଲେ, ସେ ନଥିଲେ ମୁଁ କିଛି କରି ପାରିନଥାନ୍ତି।

ଦିଦି, କହିପାରୁ ନାହିଁ ମତେ ଭିତରେ କେମିତି ଲାଗୁଥିଲା! ଖାଲି ମତେ ଏତିକି ଲାଗିଲା ସେ ଚାଲିଗଲେ ଆଉ ଥରେ ଭୂମିକମ୍ପ ହେଇଯିବ।

ସେ କହିଲେ ତୁ କିନ୍ତୁ ଚିନ୍ତା କରନା। ମୁଁ କଥା ହେଇଛି, ଆମେ ଯେଉଁ ଗେଷ୍ଟ ହାଉସ୍‌ରେ ରହିଥିଲୁ ତା ପଛପାଖ ଆଉଟ୍ ହାଉସ୍‌ରେ ତୁମେ ଦୁହେଁ କିଛି ଦିନ ପାଇଁ ରହି ପାରିବ। ଏ ଆଶ୍ରୟସ୍ଥଳୀରେ ବି ରହିବା ଦରକାର ନାହିଁ। ତତେ ସେଠି କିଛି ଅସୁବିଧା ହେବ ନାହିଁ। ତା ପରେ ତୁମ ଘର ବନାଇବାରେ ସରକାର ସାହାଯ୍ୟ କରିବେ।

ସରକାରୀ ସାହାଯ୍ୟ କି ଗେଷ୍ଟ ହାଉସ୍ କଥାରେ ବି ମନକୁ ବୁଝାଇ ପାରିଲିନି। ମତେ କାନ୍ଦ ଲାଗିଲା। ଏମିତି ଲାଗିଲା ଯେମିତି କୁନି ଛୁଆଟି ଅନିଚ୍ଛା ସତ୍ତ୍ୱେ ପ୍ରଥମ ଥର ଚାଟଶାଳି ଯାଉଛି। ସେଇଠି ତା ହାତ ଛାଡ଼ି ଦେଇ ତା ମାଆ ଘରକୁ ପଳାଉଛି। ଆଉ ସେ ଛୁଆ ଅସହାୟ ଓ କାନ୍ଦ କାନ୍ଦ ହେଇ ପଛରୁ ମାଆକୁ ଚାହିଁ ରହିଁଛି।

ହଉ ତୁ ନିଜର ଧ୍ୟାନ ରଖିବୁ। ଯିବା ଆଗରୁ ଆଉଥରେ ଆସିବି ହେଲା। ମୁଁ ଏଥର ବାହାରିଲି, କିଛି କାମ ବାକି ଅଛି।

ମୁଁ ଆଉ ସମ୍ଭାଳି ପାରିଲି ନାହିଁ। ମୋ ମୁହଁରୁ ହଠାତ୍ ବାହାରି ପଡ଼ିଲା ବାବୁ "ନେଇ ଯାଉନ, ଆମକୁ ବି ନେଇ ଯାଅ। ତୁମର ସବୁ କାମ ମୁଁ କରିଦେବି। କାହା ଉପରେ ବୋଝ ହେବିନି। ମତେ ଏମିତି ଛାଡ଼ି ତୁମେ ଯାଅନି ବାବୁ।"

ମୁଁ ଗୋଟିଏ ଛୋଟ ଛୁଆ ଅଝଟ କଲା ପରି ତାଙ୍କ ପାଦ ପାଖରେ ଲୋଟିପଡ଼ିଲି। କେମିତି ଏ କଥା କହିଗଲି ଜାଣେନା।

ମାତ୍ର ଥରେ ମୋ ମୁହଁକୁ ଚାହିଁ ସେ ଦୂରକୁ ଚାହିଁଲେ। କେତେ ସମୟ ବସି ଅନ୍ୟମନସ୍କ ଭାବେ କଣ ଭାବିଲେ। ମୋ କୋହକୁ ଅଟକାଇବା ପାଇଁ ସେଇ ସମୟ ଭିତରେ ମୁଁ ଭିତରକୁ ଦୌଡ଼ି ପଳାଇଲି। ଝରକା ଫାଙ୍କରୁ ତାଙ୍କୁ ଚାହିଁ ରହିଲି। ଏ ମଣିଷଟିକୁ କାଲିଠାରୁ ମୁଁ ଆଉ କେବେ ଦେଖି ପାରିବି ନାହିଁ!

ନିଜକୁ ସାମାନ୍ୟ ଶାନ୍ତ କଲି, ମୁଁ ଜାଣିଲି ଏମିତି କାହାକୁ ବାଧ୍ୟ କରାଯାଏନି। ମୋର ଭୁଲ୍ ହେଇଛି। ସେ ସାଧାରଣ ମଣିଷ ନୁହେଁ, ଡାକ୍ତର। ଆମେ କୋଉଠି ସେ କୋଉଠି। ଆସିଥିଲେ ସାହାଯ୍ୟ କରିବାକୁ। ସେ ତ ଦିନେ ଯାଇ ଥାଆନ୍ତେ, ଯିବେ। ବାକି ସବୁ ମତେ ଏକା ମୁକାବିଲା କରିବାକୁ ପଡ଼ିବ। ଯେତେ କଷ୍ଟ ହେଉ ପଛେ।

ସବୁ ବୁଝିଲା ପରେ ବି ଲାଗୁଥିଲା ମୋ ଛାତି ଭିତରଟା କେମିତି ଖଣ୍ଡ ଖଣ୍ଡ ହୋଇ ଯାଉଛି। ବାବୁଙ୍କ ଉପରେ ମୋ ଆଖି ଲାଖି ରହିଥିଲା।

ଶ୍ରୀମାୟା ଲକ୍ଷ୍ୟ କରୁଥାଏ, ବାବୁଙ୍କ କଥା ପଡ଼ିଲେ ଗାର୍ଗୀର ଆଖି ଉଜ୍ଜ୍ୱଳ ହୋଇ ଉଠୁଛି। ଉଦ୍‌ବିଗ୍ନ ହୋଇ ଉଠୁଛି। ସେ ଯେମିତି ଅନ୍ୟ କେଉଁ ଦୁନିଆରେ ହଜି ଯାଉଛି।

ତାପରେ କଣ ହେଲା ? ବାବୁ ଚାଲିଗଲେ ? ଗାର୍ଗୀକୁ ପ୍ରକୃତିସ୍ଥ କରାଇଲା ଶ୍ରୀମାୟା।

ଗଲେ। କିନ୍ତୁ କଥା ଦେଇଗଲେ ଯେ, ସେ ଫେରିବେ। ମୋ ଦୁଃଖକୁ ସେ ବୋଧହୁଏ ଅନୁଭବ କରି ପାରିଥିଲେ। ତାଙ୍କ ଦେଶରେ ତାଙ୍କର କେଉଁ ଏକ ବଡ଼ ସମସ୍ୟା ଥାଏ। ଯାହାକୁ ଅଧାରେ ଛାଡ଼ି ସେ ଚାଲିଆସିଥିଲେ। ତାର ସମାଧାନ କରି ସେ ନିଶ୍ଚୟ ପୁଣି ଫେରିବେ।

ଫେରିଲେ ?

ହଁ କିଛି ମାସ ପରେ ସେ ତାଙ୍କ ଦେଶରୁ ଫେରି ଆସିଲେ। ମୁଁ ଆଦୌ ବିଶ୍ୱାସ କରି ନଥିଲି ସେ ସତରେ ଫେରିବେ ବୋଲି। ଏତେ ବଡ଼ ମଣିଷ ଆମ ପରି ଲୋକଙ୍କୁ ସେ କଣ ମନେ ରଖିଥିବେ! ଖୁସିରେ ଅଧୀର ହୋଇଗଲି।

ଆଚ୍ଛା, ଯାହା ହେଉ ସେ ନିଜ କଥା ରକ୍ଷା କଲେ! ତେବେ କାଠମାଣ୍ଡୁ ଛାଡ଼ି ତୁମେ ଏଠାକୁ କେମିତି ଆସିଲ ?

କହୁଛି ଦିଦି।

ବାବୁ ଫେରିଲେ କିନ୍ତୁ କାଠମାଣ୍ଡୁରେ ରହିଲେ ନାହିଁ।

କହିଲେ, ପୋଖରାରେ ମୋର ସୁବିଧା ଅଛି। ମୁଁ ସେଇଠି କ୍ଲିନିକ୍‌ରେ ରୋଗୀ ଦେଖିବି।

ତୁମେ ଦୁହେଁ ଯଦି ଚାହିଁବ, ମୁଁ ସେଇଠି ତୁମ ପାଇଁ କିଛି ବ୍ୟବସ୍ଥା କରିବାକୁ ଚେଷ୍ଟା କରିବି।

ଆମର ତ ସେଇଠି ସବୁ ଉଜୁଡ଼ି ସାରିଥିଲା, ତେଣୁ ମୁଁ ତାଙ୍କ ସହ ଆସିବାକୁ ଠିକ୍ ଭାବିଲି। ଏମିତି ବି ବାବୁଙ୍କ କଥା କାଟିବାକୁ ମୁଁ ସ୍ୱପ୍ନରେ ବି ଭାବି ପାରିବି ନାହିଁ।

ଏ କୁଡ଼ିଆଟି ଏମିତି ଭଙ୍ଗାତୁଟା ହେଇ ପଡ଼ିଥିଲା। ବାବୁ କାହା ସହିତ ବୁଝାବୁଝି କରି ଆମକୁ ରଖାଇ ଦେଲେ।

ସେ ସବୁଦିନ ଆସନ୍ତି। ବିମ୍ପାର ସବୁ କଥା ବୁଝନ୍ତି। ତା' ଔଷଧଠାରୁ ଟନିକ୍ ପର୍ଯ୍ୟନ୍ତ ସବୁ। ମଝିରେ ମଝିରେ ତାକୁ ଚେକ୍‌ଅପ୍ କରିବାକୁ ମଧ୍ୟ ନେଇକି ଯାଆନ୍ତି।

ଆମ ଘରର ଅନେକ ଖର୍ଚ୍ଚ ତୁଲାଇ ଦିଅନ୍ତି।

ଶେଷରେ ମୁଁ କହିଲି, କାହା ଉପରେ ବୋଝ ହେଇ ମୁଁ ଆଉ ଚଳିବି ନାହିଁ ବାବୁ। ତୁମେ ସବୁବେଳେ ସାହାଯ୍ୟ କଲେ ମତେ ଭଲ ଲାଗୁ ନାହିଁ। ମୁଁ ନିଜେ କିଛି କରିବି। ଆଗରୁ ବି ମୁଁ କାମ କରୁଥିଲି ନା। ମୁଁ ପାରିବି।

ବାବୁ କହିଲେ ଏଇ ସ୍ୱାଭିମାନ ଓ ସଚ୍ଚୋଟ ପଣିଆ ହିଁ ତୋ ସ୍ୱତନ୍ତ୍ରତା। ଯାହାକୁ ମୁଁ ବହୁତ ପସନ୍ଦ କରେ। ମୁଁ ବାଧା ଦେବି ନାହିଁ। ଆଚ୍ଛା କେଉଁ କାମ ତୁ ଠିକ୍‌ରେ କରି ପାରିବୁ କହ।

ମୋର ପାଠ କମ୍ । ତେଣୁ ଅନ୍ୟ କିଛି କରିବା ଅପେକ୍ଷା ମୋ ହିସାବରେ ଜଳଖିଆ ଦୋକାନଟିଏ କଲେ, ମୁଁ ଭଲଭାବେ ଚଳାଇ ପାରିବି। ଆଗରୁ ବାପାଙ୍କ ଦୋକାନ ମୁଁ ଚଲାଉଥିଲି। ମୋର ସେଥିରେ ଅଭ୍ୟାସ ଅଛି।

ବାବୁ ରାଜି ହେଲେ। ସେ ଏଇଠି ନୂଆ ଥିଲେ। ବେଶୀ କାହାକୁ ଜାଣନ୍ତି ନାହିଁ। କହିଲେ ଯେତିକି ପାରିବି ମୁଁ କରିବି।

ତା' ପରଦିନ ଆସି କହିଲେ, ଏଇ ପାଖରେ ପୁରୁଣା ଛୋଟ କେବିନ୍‌ଟିଏ ଅଛି। ଦୀର୍ଘ ଦିନ ହେବ ବନ୍ଦ ପଡ଼ିଛି। ତା ମାଲିକ ସହ ମୁଁ କଥା ହେଇଛି। ଦୋକାନ ଅବସ୍ଥା ଏତେ ଭଲ ନାହିଁ। ସେ ଆମକୁ ଦେବ ଅଳ୍ପ ଟଙ୍କାରେ। ଆମେ ମରାମତି କରାଇ ଦେବା, ବର୍ତ୍ତମାନ ପାଇଁ ଚଳିଯିବ। ଯଦି ତୁ ଚାହିଁବୁ ମୁଁ ସେଇଟା କରାଇ ଦେବି। ତୋର ଘର ପାଖ, ଯିବା ଆସିବାକୁ ମଧ୍ୟ ସୁବିଧା ହେବ।

କିଛି ମାସ ଗଲା ପରେ ଭଲ ଜାଗାରେ ହୋଟେଲ୍ ଓ କଫିସପ୍‌ଟିଏ କରିବା କଥା ମୁଁ ବୁଝିବି। କିନ୍ତୁ ତୁ କାଠମାଣ୍ଡୁରେ ଯେମିତି ଛୋଟ ଦୋକାନରେ ଜଳଖିଆ ବନାଉ ଥିଲୁ ସେଇଟା ଚଳିବ ନାହିଁ। ତତେ ଟିକେ ଆଗକୁ ଭାବିବାକୁ ପଡ଼ିବ।

ତୁ ପ୍ରଥମେ ଶିଖ୍। ପର୍ଯ୍ୟଟକଙ୍କ ସହ କିପରି କଥାବାର୍ତ୍ତା କରାଯାଏ। ତାଙ୍କ ରୁଚି ମୁତାବକ ବିଭିନ୍ନ ଖାଦ୍ୟ ପ୍ରସ୍ତୁତ ପ୍ରଣାଳୀ। ମୁଁ ବି କିଛି ଭାରତୀୟ ସୁସ୍ୱାଦୁ ଖାଦ୍ୟ ରାନ୍ଧି ଜାଣିଛି। ତତେ ଶିଖାଇ ଦେବି। ଅନ୍ୟ ସ୍ଥାନର ଖାଦ୍ୟ ପ୍ରଣାଳୀ ଧୀରେଧୀରେ ଶିଖିବୁ। ଏସବୁ ତତେ କାମ ଦବ।

ମତେ ବହୁତ ସାହାଯ୍ୟ କରିଛନ୍ତି। କିଛି କିଛି ବହି ଆଣି ଦିଅନ୍ତି। କୁହନ୍ତି ପଢ଼ା ତ ଛାଡ଼ି ଦେଲୁ, ଆଗକୁ ପଢ଼ି ଥିଲେ ତତେ ଏବେ କେତେ କାମ ଦେଇଥାଆନ୍ତା। ଏବେ ଯେତିକି ପାରିବୁ ସମୟ କାଢ଼ି ପଢ଼। କିଛି ନଜାଣି ପାରିଲେ ମତେ ପଚାର। ସେ ସବୁ କଥା ଜାଣନ୍ତି ଦିଦି।

ବହୁତ କଥା ଶିଖାଇଛନ୍ତି। ବାହାର ପର୍ଯ୍ୟଟକ ମିଳିଗଲେ କେମିତି କଥା ହେବା ଶୈଳୀ। ଭଦ୍ର ଓ ମାର୍ଜିତ ଭାବେ ତାଙ୍କୁ କେମିତି ସ୍ୱାଗତ କରିବା। ତାଙ୍କ ରୁଚି ମୁତାବକ କଣ ଖାଦ୍ୟ ହେଇ ପାରିବ ସବୁ ଶିଖାଇଛନ୍ତି। ଜାଣିଛ ଦିଦି,ଏ ଯେଉଁ କଚୋଡ଼ି ଓ ଚଟଣି ତୁମକୁ ବହୁତ ଭଲ ଲଗିଛି, ତା ବି ବାବୁ ହିଁ ଶିଖାଇ ଥିଲେ। ଶିକ୍ଷିତ ଲୋକଙ୍କ ପାଖରେ କେମିତି ବସିବା ଓ କଥା ହେବାଠାରୁ ଚାଲିବା ପର୍ଯ୍ୟନ୍ତ ସବୁ।

ଗାର୍ଗୀ ଖୁବ୍ ଉତ୍ସାହିତ ହେଇ ଏ ସବୁ କହୁଥାଏ।

ତା'ର ଆନନ୍ଦ ଦେଖି ଶ୍ରୀମାୟା ଖୁସି ହେଲା।

ବାବୁଙ୍କ ବିଷୟରେ ଅହେତୁକ ପ୍ରଶଂସା କଲା ବେଳେ ତା'ର ଗଦ୍‌ଗଦ୍ ଭାବକୁ ସେ ଲକ୍ଷ୍ୟ କଲା ।

ଯାହା ହେଉ ଦୁଃଖ ପରେ ସୁଖ ଆସେ। ତୁ ଏବେ ଟିକେ ଶାନ୍ତିରେ ଅଛୁ। ଶ୍ରୀମାୟା ଉଠି ଛିଡ଼ା ହେଲା। ସେ ଏଥର ଫେରିବ! ଚାରିଆଡ଼େ ପୁଣି ଥରେ ଆଖି ବୁଲାଇ ନେଲା।

ଏ ଜାଗାଟା ପ୍ରକୃତରେ ବହୁତ ଆରାମଦାୟକ। ଗଛଗୁଡ଼ିକ ସୁବ୍ୟବସ୍ଥିତ ଢଙ୍ଗରେ ଲଗେଇଛୁ। ଛାଇଛାଇକା, କୂଅମୂଳ। ଶୀତଳ ପବନ। ବଢ଼ିଆ ଆଇଡ଼ିଆ ତୋର। ରାତିରେ ବି ବସିବାକୁ ଭଲ ଲାଗୁଥିବ ନା।

ସବୁ ବୁଦ୍ଧି ମୋର ନୁହଁ, ବାବୁ ଏମିତି କରିବା ପାଇଁ ବତାଇ ଥିଲେ। ମୁଁ କଲି। ଏ ଚଉତରା, ଆଉ କୂଅ ମୂଳର ପଲସ୍ତରାଟା ସେ ଦୋକାନ ମରାମତି ହେଲାବେଳେ ବନା ହେଇଛି।

ହଁ ରାତିରେ ବି ବସିବାକୁ ଭଲ ଲାଗେ। ବାବୁ ତ ଏଇଠି ବସନ୍ତି। ଯେମିତି ତୁମକୁ ଏଠି ଭଲ ଲାଗିଲା ବସିବାକୁ ତାଙ୍କୁ ବି ଏମିତି ପସନ୍ଦ। ସେ ଭାରି ସାଧାରଣ ମଣିଷ। ଏତେ ବଡ଼ ଡାକ୍ତର ବୋଲି ସାମାନ୍ୟ ଗର୍ବ ନାହିଁ। ପୂରା ଆମ ପରି। ଗରିବଙ୍କ ସହ ଗରିବ ଦୁଃଖୀଙ୍କ ସହ ଦୁଃଖୀ ହେଇଯାଆନ୍ତି। ବାଛବିଚାର କରନ୍ତି ନାହିଁ।

ଶ୍ରୀମାୟା ଚାହିଁ ଥାଏ ତା ମୁହଁକୁ।

ହଁ ଦିଦି ଯେଉଁଦିନ ରାତିରେ ପେସେଣ୍ଟ ଦେଖି ଫେରନ୍ତି ବା ଆମ ପାଇଁ କିଛି ଆଣିବାର ଥାଏ ତ ଏଇ ବାଟେ ଆସନ୍ତି। ଏଇ କୂଅମୂଳେ ନିଜେ ପାଣି କାଢ଼ି ଧୁଆଧୁଇ ହୁଅନ୍ତି। କେବେକେବେ ଜାମାପଟା ଖୋଲି ବାଲ୍ଟି ବାଲ୍ଟି ପାଣି କାଢ଼ି ଦେହରେ ଦୁରଦୁର୍ ଢାଳି ହେଇ ପଡ଼ନ୍ତି। ଥୁରୁଥୁରୁ ଶୀତରେ ଶୀତେଇ ଉଠିବେ, କହିବେ ଜଲ୍‌ଦି ମୋ ବ୍ୟାଗରୁ ମୋ କପଡ଼ା ବାହାର କରି ଦେଲୁ। ମରିଗଲି ଶୀତରେ।

ମୁଁ ହସି ହସି ବେଦମ୍ ହୁଏ।

କହିବେ ଏମିତି ଚାହିଁଛୁ କଣ, ହସୁଛୁ କାହିଁକି, ଜଲ୍‌ଦି ଦଉନୁ।

ଏତେ ଥଣ୍ଡା ଲାଗୁଥିଲା ଯଦି ଗାଧେଇଲ କିଆଁ?

ଥଣ୍ଡା !ହା ହା ଛାଡ଼, ତୁ ବୁଝି ପାରିବୁନି। ମତେ ଆରାମ ଦରକାର ଥିଲା। ଦେଲୁ ଆଗ।

କୁହନ୍ତି ଏଇ ଚଉତରା ଉପରେ ଚଟେଇ ପାରିଦେ। ଚିତ୍ ହେଇ ଶୋଇଯିବେ। ଆକାଶକୁ ଚାହିଁ କହିବେ ବାଃ କି ସୁନ୍ଦର ଜହ୍ନ ଆଲୁଅ। ଆ ଦେଖିବୁ, ବଉଦ ଓ ଜହ୍ନର ଲୁଚକାଳି ଖେଳ। ଛାଇ ଆଲୁଅର ଖେଳ। ପ୍ରକୃତରେ ଜୀବନଟା ବି ଗୋଟାଏ ଛାଇ ଆଲୁଅର ଖେଳ। ହାର୍ ଜିତ୍‌ର ଖେଳ। କେତେବେଳେ ହଠାତ୍ କ'ଣ ଘଟିଯାଏ କେହି ଜାଣେନା। ଅନେକ କଥା ଆମ ହାତରେ ନଥାଏ। ଆଉ କିଛି ବାଜିକୁ ଜାଣି ଜାଣି ହାରିଯିବାକୁ ହୁଏ, ନିଜକୁ ହରାଇ ଦେବାକୁ ହୁଏ। ଏସବୁ କହିବା ବେଳେ ସେ ଖୁବ୍ ଅନ୍ୟମନସ୍କ ହୋଇ ପଡ଼ନ୍ତି। ଥରେଥରେ ଲାଗେ, ତାଙ୍କ ଆଖିରେ କିଛି ଖୋଜିବାପଣ।

ମୁଁ କୁହେ,ବାବୁ ଏତେ ବଡ଼ ବଡ଼ କଥା ମୁଁ ବୁଝି ପାରୁନି। ମତେ ଟିକେ ସହଜ କରି ବୁଝାଇ ଦେଉନ।

କେବେକେବେ ଅନେକ କଥା ନ'ବୁଝିବା ଭଲ। ତୁ ଖୁବ୍ ସରଳ, ସବୁବେଳେ ସେମିତି ଥା।

ହେଲେ ବାବୁ, ତୁମେ କେତେ କଥା କହିଲ..

ଛାଡ଼ ସେ କଥା। ଖାଲି ଅନୁଭବ କର, କି ମଧୁର ପବନ। ଦେହ ଶୀତେଇ ଗଲେ ବି ଉଠିକି ଯିବାକୁ ଇଚ୍ଛା ହେବ ନାହିଁ। ଆହାଃ କି ଶାନ୍ତି। ସେ ପୁଣି ହଜି ଯାଆନ୍ତି।

ମୁଁ ଭିତରକୁ ଯାଇ ବିମ୍ବାକୁ ଖାଇବାକୁ ବା ଔଷଧ ଦେଇ ଆସିବା ବେଳକୁ ଜହ୍ନ ଦେଖିଦେଖି ସେ ଶୋଇ ଯାଇଥିବେ। ଥକିଯାଆନ୍ତି ନା, ମୁଁ ବି ଉଠାଏନି ଆଉ।

ଗାର୍ଗୀ ବହୁତ ଖୁସି ହେଇ କହୁଥାଏ ସବୁକଥା।

ଆଛା ତେବେ ତୋ ବାବୁଙ୍କ ଆଇଡିଆ ଏ ସବୁ। ଆରେ ବାବାରେ ଖାଇବା ଆଇଟମ୍‌ଠାରୁ ବଗିଚା ସଜା, କଥା ହେବା ଶୈଳୀଠାରୁ ପଥି ପର୍ଯ୍ୟନ୍ତ ସବୁଥିରେ ତ ପାରଙ୍ଗମ ତୋ ବାବୁ। ପଚାରିଲୁନି ଏତେ ବିଦ୍ୟା ଶିଖିଲେ କେଉଁଠୁ।

ଶ୍ରୀମାୟ ହସିହସି ସାମାନ୍ୟ ପରିହାସ ପୂର୍ବକ ପ୍ରଶ୍ନ କଲା।

ପଚାରିଛି ଦିଦି, କହିବେ ପରା ତୁ ଜାଣି କଣ କରିବୁ। ଯାହା ଦରକାର କହ ମୁଁ କରିଦେବି।

ତାଙ୍କୁ ମୁଁ ବେଶୀ କିଛି ପଚାରେନା। ସେ ଯାହା କହିବେ ସେଇଟା ଠିକ୍। ତାଙ୍କ ଖୁସିରେ ମୁଁ ଖୁସି। ତାଙ୍କ ଶାନ୍ତି ପାଇଁ ମୁଁ କିଛି ବି କରି ପାରେ।

ଗଭୀର ଭାବେ ଶ୍ରୀମାୟା ଚାହିଁଲା। ଗାର୍ଗୀ କିନ୍ତୁ ଏକଧାରରେ କହିଚାଲିଛି। କେଉଁ କେଉଁ ଦିନ ପେସେଣ୍ଟ ଅଧିକ ଥିଲେ ଥକ୍କା ହେଇ ଆସିଥିବେ, ଚଟେଇ ଉପରେ ଶୋଇ ଅନେକ ରାତି ଯାଏ ଆକାଶକୁ ସେମିତି ଚାହିଁଥିବେ। ତାଙ୍କ ମନକୁ ଆସିଲେ ପାଖରେ ବସାଇ ନିଜ ଆଡୁ କୁହନ୍ତି। ତାଙ୍କ ଅତୀତ, ତାଙ୍କ ଜୀବନ କାହାଣୀ। ମୁଁ ଅଳ୍ପ ବୁଝେ, ଅଧିକ ଅବୁଝା ରହେ। ଏତେ ପାଠୁଆ କଥା ମୋ ମୁଣ୍ଡରେ ପଶେନା। ହେଲେ ମୋ ଆଡୁ କିଛି ବି ପଚାରେନା। କାହିଁକି ବ୍ୟସ୍ତ କରିବି ତାଙ୍କୁ! ବାବୁ ଜଣେ ମହାନ୍ ମଣିଷ। ତାଙ୍କ ନଜରରେ ସମ୍ମାନ ଥାଏ,ଶ୍ରଦ୍ଧା ଥାଏ, ଭଲ ପାଇବା ଥାଏ। ଏପରି ମଣିଷଟିଏ ପାଇବା ମୋ ପାଇଁ ବଡ଼କଥା। ଆଉ ଅଧିକ ପଚାରି ମୋର ବା କି ଲାଭ ! ମୁଁ ଜାଣେ ମୋ ଜାଣିବା ନ'ଜାଣିବା ପାଇଁ ସେ କହୁନାହାନ୍ତି, ନିଜକୁ ହାଲୁକା କରିବା ପାଇଁ ଗପୁଛନ୍ତି।

ଆଚ୍ଛା ତୋ ବାବୁ ତେବେ ବହୁ ଗୁଣର ଅଧିକାରୀ !

ଆଉ କୁହନି ଦିଦି, ରୂପରେ ହେଉ କି ଗୁଣରେ, ମୋ ଜୀବନରେ ଏପରି ପୁରୁଷ ଜଣେ ହେଲେ ଦେଖି ନାହିଁ। ଏତେ ବୁଝିବା ଶକ୍ତି! କେତେ ଭାଗ୍ୟବାନ ନହେଲେ ତାଙ୍କ ପାଖରେ ଯାଇ ବସି ପାରିବ କହିଲ ଦିଦି। ମୁଁ ତାଙ୍କୁ ବହୁତ ସମ୍ମାନ କରେ। ଭଲ ପାଏ।

ଶ୍ରୀମାୟା ଦେଖୁଛି ବାବୁଙ୍କ କଥା କହୁ କହୁ କେତେ ଛଳଛଳ ହେଇ ପଡୁଛି ଗର୍ଗୀ। ଖୁବ୍ ଆବେଗ ତା କଥାରେ। ସେ ଯେପରି ମଗ୍ନ ହୋଇ ପଡୁଛି। କଥାର ଧାରାକୁ ବାଧା ଦେଇ ଶ୍ରୀମାୟା ବାହାରିଲା।

ହଉ ବହୁତ ବେଳ ହେଇଗଲାଣି, ମୁଁ ଏବେ ଯାଉଛି। ଆଉ ଥରେ ମୁଁ ଆସିବି ନିଶ୍ଚୟ।

ନମସ୍କାର କଲା ଗାର୍ଗୀ, ସେ ବିଦାୟ ନେଲା।

ଭାଗ-୧୦

ଦିନ ଗଡ଼ି ଆସି ସନ୍ଧ୍ୟା ହେଲାଣି। ମୋ ବଖରାର ଆଲୁଅ ଲାଗି ନାହିଁ ? କୋଉଠି ଥିଲୁ ଏଯାଏଁ ? କଣ ଟିକେ ଖାଇବାକୁ ଦେଇ ବଟିକା ଦିଇଟା ଗିଳେଇ ଦେଲୁ, ତାପରେ ପଳେଇଛୁ ଯେ ତୋର ଆଉ ଦେଖା ନାହିଁ। ଯଦି କିଛି ଦର୍କାର ପଡ଼ିଥାଆନ୍ତା ? ମୂତଫୁତ ମାଡ଼ି ଥାଆନ୍ତା କି ଶୋଷ ଲାଗି ଥାଆନ୍ତା, ତୁ ତ ଏଠି ନଥିଲୁ, ମୁଁ କଣ କରି ଥାଆନ୍ତି ?

ଗାର୍ଗୀ ଏବେ ଏବେ ବିମ୍ବା କଥାରେ ବେଶୀ କିଛି କୁହେନା। ତା ମୁଣ୍ଡକୁ ଯାହା ଆସିବ ସେ ତ ଗପିବ। ଇଏ ନିରବରେ ନିଜ କର୍ମ କରିଯାଏ। ଯଦି ବି କିଛି କହିବ ତ ସେ କହିବ ସଫେଇ ଦେଏନା, ଉତ୍ତର ଦେଉଛୁ ?

ଶେଯପଟା ଝଡ଼ାଝଡ଼ି କରି ଝାଡୁଧରି ଗାର୍ଗୀ ନଇଁ ପଡ଼ିଲା ବିମ୍ବା ଖଟିଆ ତଳ ଝାଡୁ ମାରିବ। ଠିକ୍ ଏତିକି ବେଳେ ସେ ଅଣ୍ଟାକୁ ଏକପାଖିଆ ବଙ୍କେଇ ଗାର୍ଗୀ ମୁହଁ ପାଖକୁ ଓହଳି ପଡ଼ିଲା। ମୁହଁକୁ ମୁହଁ ଲଗାଇ ଫିସ୍‌ଫିସ୍ କରି କହିଲା, ଏଇଇଇଇ ଶଳା କିଏ ଆସିଥିଲା ବେ ବାହାରେ ବସି ସେତେବେଳୁ ଗପୁଥିଲୁ !

ଦୁମ୍ କରି ଚମକି ପଡ଼ିଲା ଗାର୍ଗୀ। ମାଛି ଅନ୍ଧାରରେ ବିମ୍ବାର ମୁହଁଟା ବିକଟାଳିଆ ଦିଶିଲା। ଦାଢ଼ିଆ ଭୂତ ପରି। ତା ଗୁଟ୍‌ଖା ଖିଆ ନାଲିଆ ଦାନ୍ତଗୁଡ଼ିକ ଭାରି କୁତ୍ସିତ ଲାଗିଲା। ତା ସ୍ୱରଟା ଅଦ୍ଭୁତ ଲାଗିଲା ଯେମିତି ପାତାଳରୁ ପ୍ରତିଧ୍ୱନିତ ହେଉଛି। ପୂରା ପରିବେଶଟି ଭୌତିକ ପରି ମନେହେଲା। ସେ ଛାତିରେ ମେଞ୍ଚେ ଛେପ ପକାଇ ଘୁଞ୍ଚି ଗଲା।

ଯେଉଁ ସ୍ୱାମୀ ସହ ଦିନେକାଳେ ସୁଆଗ ରଚିଥିଲା ତାକୁ ଦେଖି ଆଜି କଥାକଥାକେ ଡରି ଯାଉଛି। ଏ ଡର ନା ଘୃଣା ! ଏତେ ସବୁ କଥା ଭାବିବା ତା କ୍ଷମତା ବାହାରେ, ହେଲେ ଏହା ସତ ଯେ ବିମ୍ବାର ବ୍ୟବହାର ତାକୁ ଅତିଷ୍ଠ କରେ।

ସେସବୁ ବାଦ୍ ବଡ଼ କଥା ହେଲା ଦିଦିଙ୍କ ସହ ସେ ଯେଉଁ ଦିନତମାମ୍ ବସି ଗପ କରିଛି, ବିମ୍ବା ସବୁ ଶୁଣି ଦେଇ ନାହିଁ ତ ! କାରଣ ଜୀବନର ଅନେକ ଏକାନ୍ତ ଗୋପନୀୟ ଫର୍ଦ୍ଦ ଖୋଲିଛି ଦିଦିଙ୍କ ସାମ୍ନାରେ। ଯାହା ବିମ୍ବା ପାଇଁ ଅପ୍ରିୟ ସତ୍ୟ। ଯଦି ଶୁଣି ଦେଇଥିବ ତ ଗଲା ଆଜି।

ବିମ୍ବା ଏବେ ବେଶୀ ଶୁଣି ପାରେ। ପତ୍ର ହଲିଲେ ଜାଣିଦେବ। ଫିସ୍ ଫିସ୍ କଥା ହେଲେ ବି କେମିତି କେଜାଣି ଧରି ପକାଇବ। ସବୁକଥାକୁ କାନେଇ ଥାଏ କି କଣ ! ବହୁତ ଦୂରରୁ ବାସ୍ନା ବାରି ବି କହିଦେବ କିଏ ଆସିଛି। ବାବୁ ଫାଟକ ପାଖରେ ଥିବେ ସେ ଆଗ ଚିହ୍ନିଦେବ ଆସିଲେ ବୋଲି।

ବାବୁ କହିଛନ୍ତି ସେମିତି ହୁଏ। ମଣିଷର ଗୋଟିଏ ଅଙ୍ଗ ଅଚଳ ହୋଇଗଲେ ବାକି ଇନ୍ଦ୍ରିୟଗୁଡ଼ିକ ପ୍ରବଳ ମାତ୍ରାରେ ସକ୍ରିୟ ହୋଇଯାଆନ୍ତି। ଯେହେତୁ ବିମ୍ବାର ଏମିତି ହୋଇଛି ତା' ଅନ୍ୟ ଇନ୍ଦ୍ରିୟ ପ୍ରଖର କାମ କରୁଛି। ଯେହେତୁ ସେ ଗୋଟିଏ ଜାଗାରେ ପଡ଼ି ରହିଛି ତା ଅସହାୟତା ବୁଝିବୁ, ତାର ମାନସିକ ଅବସ୍ଥା ବି ବୁଝିବୁ। ସେ ଅଧିକ ଚିଡ଼ଚିଡ଼ ହେବ ତ ନିରବ ରହିବୁ।

କଣ ହେଲା ! କିଏ ଆସିଥିଲା କଣ ଗପୁଥିଲୁ କହିଲୁନି। ଶଳା ବଟିକା ଖାଇବା ପରେ ମତେ ପ୍ରବଳ ନିଦ ଲାଗେ ନା, ମୁଁ ଶଳା ଶୋଇଛି ଯେ ଶୋଇଛି, ଚେତାଚଇତନ ନାହିଁ।

କେତେବେଳେ ଗଲା କିଲୋ ସେ ମାଇକିନା ? ତୋ ପାଖରେ କଣ କାମ ଥିଲା ନା କଣ ?

ଗାର୍ଗୀ ପୁଣି ଚମକି ପଡ଼ିଲା। ବିମ୍ବାର ନିଦ ଆସିବା ପୂର୍ବରୁ ସେ ସ୍ୱର ଶୁଣି ବାରି ପାରିଛି ଜଣେ ସ୍ତ୍ରୀଲୋକ ବୋଲି। ଏବେ କହିବାକୁ ହେବ।

ହଁ ସେ ଜେଣ ଗ୍ରାହକ। ଦୋକାନରେ ପଇସା ଦେବାକୁ ଭୁଲି ଯାଇଥିଲେ ତ ଘରକୁ ଆସି ଦେଇଗଲେ।

ଆଁ ଆଁ..ତୋର ତ କଣ ଭାରି ଡିମାଣ୍ଡ ବଢ଼ି ଗଲାଣି, ଗରାଖ ଘରକୁ ଆସୁଛନ୍ତି ପଇସା ଦେବାକୁ, ଏଇ ପଦକ କହି ବିଦ୍ରୁପ କଲା ପରି ହସିଲା ଖିଁ ଖିଁ ହେଇ।

ଗାର୍ଗୀକୁ କଥାଟା କେମିତି ଅଶ୍ଲୀଳ ଶୁଣାଗଲା। ସେ ମୁହଁ ବୁଲାଇ ନେଲା ଘୃଣାରେ।

ଆବେ ସିଏ ଯଦି ଦବାକୁ ଭୁଲିଗଲା ତୁ ନବାକୁ କେମିତି ଭୁଲି ଯାଉଥିଲୁ? ସେଇଠି ମାଗିକି ରଖିଲୁନି, ଘରଯାଏଁ ଆସିଲା। ହଁ କାଇଁ ମନେ ରହିବ, ତୋର ତ ଅଲଗା ବାଟରୁ ଆଉଛି, ଚାହା ଜଳଖିଆ ଦୋକାନ ତ ନାମକୁ ମାତ୍ର। ଆଁ... କଁ କହୁଛୁ। ଭ୍ରୂଲତା ନଚାଇ ମୁହଁକୁ ବଙ୍କେଇ ତାଚ୍ଛଲ୍ୟ କରେ ଓ କୁଟିଳ ହସ ହସେ ଯେବେ, ଲାଗେ ସାହି ନାଟପାର୍ଟିର ଖଳନାୟକ ଇଏ। ତାର ଏଇ ପ୍ରକାର କଥା ଦେହସାରା ବିନ୍ଧି ହେଇଯାଏ। ସତ କଥା ହେଲା ଲେଉଟିକି କିଛି ସିନା କହି ହୁଏନା, କିନ୍ତୁ ମଣିଷ ଉପରୁ ମନ ଛାଡ଼ି ଯାଏ।

ଯେତେବେଳେ ଉଦ୍ଧାର ପାଇଥିଲା କେତେ ନେହୁରା ହେଇ କଥା ହେଉଥିଲା, ଏବେ ଏବେ ଅସଲ ରୂପ ପୁଣି ବାହାର କଲାଣି।

ତାକୁ ଉତ୍ତର ଦେବାର ନଥିଲା। କିଛି ନକହି ବାହାନା କରି ଦେଇଥିଲେ ଭଲ ହେଇଥାଆନ୍ତା। ଛାଡ଼.. ସେ ତ ରୋଜ୍ କହୁଛି, କହୁ। ଭଲହେଲା ଶୋଇ ପଡ଼ିଥିଲା, କିଛି ଶୁଣିନାହିଁ। ନହେଲେ ଆଜି ରକ୍ଷି ନଥାନ୍ତା।

ସେ ଖଟିଆ ତଳ ସଫାକରି ବିମ୍ବାର ଲୁଙ୍ଗି, କାମିଜ ବଦଳାଇବାକୁ ପାଖକୁ ଆସିଲା। ଏଥର ଖୁବ୍ ସୁଧାର ମୂର୍ତ୍ତିଟି ପରି ନିରବରେ ପୋଷାକ ବଦଳାଇବାରେ ସହଯୋଗ କଲା। ନିଜେ ନିଜେ ଗୋଡ଼ ଘୁଞ୍ଚାଇଲା, ହାତ ଟେକି ଦେଲା, ପିଠା ଅଣେଇଲା ଯେମିତି ସୁବିଧାରେ ପାଲଟି ହେବ।

ଗାର୍ଗୀ ଭାବୁଛି ପ୍ରକୃତରେ ଇଏ କିଛି ମାତ୍ରାରେ ନିଜକୁ ସମ୍ଭାଳି ପାରିବ, ନିଜ ଯତ୍ନ ନିଜେ ନେଇପାରିବ। ଯାହା ହେଲେ ଯୁବକଟିଏ। ବଳ ଅଛି। ମୁଁ ନଥିଲା ବେଳେ ସେ ତ ପୁଣି କିଛି କିଛି କରେ, ସେଇ ଖଟିଆରେ ବସି ଗୋଟିଏ ହାତ ଗୋଡ଼ ସାହାଯ୍ୟରେ ଆଉ କେବେକେବେ ଆଶାବାଡ଼ି ଧରି ବାହାରକୁ ଯାଇ ଶୌଚ ବି ହୁଏ।

ହେଲେ ମତେ ଦେଖିଲା ମାନେ ସେ ଗୋଡ଼ ଲମ୍ବାଏ। କାହିଁକି?

ବାବୁଙ୍କ କହିଲା ଭଳି ହେଇପାରେ ଦୀର୍ଘଦିନ ଘରେ ପଡ଼ିପଡ଼ି ଏକାକୀ ଲାଗୁଛି। ସେ ଖୋଜୁଛି ତା ପାଖେ ପାଖେ କିଏ ରହୁ ବୋଲି, ତେଣୁ ନାନା ଆଳ ଦେଖାଇ ଡାକ ଛାଡୁଛି।

ଓଃ ବଡ଼ ଆରାମ ଲାଗିଲା। ପରିଷ୍କାର ଜାମାପଟାର ମହତ୍ତ୍ୱ ଅଲଗା ବେ। ଝାଳନାଳ ଲୁଗାପଟା ଦିନଯାକ ପିନ୍ଧିକି ରହିଲେ ଭାରି ବିରକ୍ତିଆ ଲାଗେ।

ଏଇ ଗାର୍ଗୀ କହିବି ଗୋଟେ କଥା ?

ଏତେ ଆଦରରେ ବିମ୍ବା କେବେ କେବେ ଡାକେ । ଯେତେବେଳେ ତା'ର କିଛି କାମ ଥାଏ ।

କହିବି ?

ଜାଣେ, ସେ କହିବ ମାନେ କିଛି ମାଗିବ ।

ଶୁଣୁଚୁଟି ?

ହୁଁ,ଶୁଣୁଚି ।

କମଳା ଥିଲା ପରା ! କାଲି ସାଆରେ ଆଣିଥିଲେ ନା !

ହଁ । ଦେବି କି ?

ହୁଁ ।

ଓଃ ଆଶ୍ୱସ୍ତ ହେଲା ଗାର୍ଗୀ । ଯା'ହେଉ ସମାନ୍ୟ କମଳାଟିଏ ମାଗିଛି, ଖାଇବା ଜିନିଷ । ନହେଲେ କହିବ ବିଡ଼ି ଆଣିବୁ ଯା, ଦୋକାନରୁ ଫେରିବା ବେଳେ ପୁଡ଼ିଆଟେ ଆଣିକି ଆସିବୁ । ନହେଲେ ଗୁଟ୍‌ଖା ଟିକେ । ଏ କଥା ଡାକ୍ତର ସାଆରଙ୍କୁ କହିବା ଦରକାର ନାହିଁ ମୁଁ କଣ ଖାଉଛି । ପାଟିଟା ଆମ୍ବିଳା ଗନ୍ଧେଇଲାଣି ବୋଲି ମାଗିବା କଥା ।

ସେ ବି ଜାଣେ, ବାବୁ ଏସବୁ ମନାକରିଛନ୍ତି ଖାଇବାକୁ । ଯେଉଁ ଅଖାଦ୍ୟ ତାକୁ ମନା ସେଇଟା ମାଗିବ । ନଦେଲେ ତାଣ୍ଡବ କରିବ । ବହୁତ ବ୍ୟସ୍ତ କଲେ ନହେଲେ ଅତିରିକ୍ତ ନେହୁରା ହେଲେ ଆଣିକି ଧରେଇ ଦିଏ । ନେ ଖା ଯା କରୁଚୁ କର ।

କମଳା କଥା ଶୁଣୁଶୁଣୁ ସେ ଆର ବଖରାକୁ ଧାଇଁଗଲା । ଗିନାଟି ଧରି ଫେରି ଆସିଲା । କୋଳ କୋଳ ଛଡ଼ାଇ ତା ହାତକୁ ବଢ଼ାଉଥାଏ । ସେ ସୁନା ପିଲାଟି ପରି ରସ ଚୁଷିଚୁଷି ମଞ୍ଜି ବାହାର କରୁଥାଏ ବିମ୍ବା । ମହା ଆନନ୍ଦରେ କମଳା କେଇ କୋଳ ଖାଇଲା । ଖୁସି ହେଲା ।

କେତେ ଆଣିଥିଲେ କି ? କିଲେ ? ଖାଲି କମଳା ନା ଆଉ କଣ ଆଣିଥିଲେ ? କେତେ ରାତିରେ ଗଲେ ?

ଆଉ ଯାହା ଆଣିଥିଲେ ସକାଳେ ସବୁ ଖାଇବାକୁ ଦେଇଥିଲି ପରା। କମଳା କେଜିଟିଏ କି ବେଶୀ ହବ ବୋଧେ। ଶେଷ ପ୍ରଶ୍ନର ଉତ୍ତର ଗାର୍ଗୀ ଆଉ ଦେଲା ନାହିଁ।

ବାବୁ କେତେବେଳେ ଆସିଥିଲେ କେତେବେଳେ ଗଲେ ଇଏ ଜାଣି କଁଟା କରିବ? ଯାକୁ ସବୁ ଜାଣିବା ଦରକାର। ଖାଇବା ଲୋକ ଖାଇ ପିଇ ଭଲରେ ରହିବ ନା ବାର କଥା ପଚାରି ବୁଝିବ! ବୁଝିଲେ କଣ ଅଧିକ କରି ପାରିବ କେଜାଣି !

କଣ ଭାବୁଛୁ କିଲୋ ?

କିଛି ନାହିଁ। ଆଉ କଣ ପଚାରିବାର ଅଛି କି? ନହେଲେ ମୁଁ ଯିବି କାମ ଅଛି।

ରହଅଅଅ, ଏମିତି ତରତର କାହିଁକି ହଉଚୁ। କଥାଟା କହି ନାହିଁ ପା

କହିଲୁ ପା, କମଳା ଖାଇଲୁ ବି।

ଧେତ୍ ..ଓଲି ସେଇ କଥା ନୁହେଁ। ସେ ଦି'ଚାରି କୋଳା ଖାଇବାଟା କି ଖାଇବା, ଚୁଷିଚୁଷି ଏତିକି ଟିକେ ରସ ପିଇବାରେ କି ମଜା। ସେ ସବୁ ଛୋଟ ଛୁଆଙ୍କ ପାଇଁ ଠିକ୍। ଆଉ ଗୋଟିଏ କଥା କହୁଥିଲି। ତୁ ଜାଣିଚୁ ବି। ଆଗରୁ କହି ନଥିଲି। ତୁ ସିଧା ମନା କରି ଦେଇଥିଲୁ।

ଶୁଣୁ ମୋର ଆଜି ଭାରି ମନ ହଉଛି। ଆଜି ମାନିଯା। ଦେଖେ ଯବାନ ମଣିଷଟା ଯୁବା ବୟସରେ ଖଟିଆ ଧରିଛି। ଇଏ ଗୋଟେ କି ଜୀବନ? ଯାଠାରୁ ମରଣ ବରଂ ଭଲ ହେଇ ଥାଆନ୍ତା।

କଣ କହୁଛୁ? ଆଜି ଟିକେ ଚେଷ୍ଟା କର। ଛାଡ଼୍ ତୋ ଦେଇ ତ ହବନି ଜାଣିଚି। ତୁ ଯୋଗାଡ଼ କରି ପାରିବୁନି। କିନ୍ତୁ ତୁ ଚାହିଁଲେ ହବ। ସାଆରେ ଆଜି ଆସିବେ ଟି? ଗୋଟିଏ ଭଲ ଟାଇମ୍ ଦେଖି କହିଦବୁ। ତୋ କଥା ସେ ମାନିବେ। ଶୁଣୁ ଏଇ ଥରକ କରିଦେ ଆଉ କେବେ କହିବିନି।

ଗାର୍ଗୀ ତା ମୁହଁକୁ ଗାଢ଼େଇ ଚାହିଁଲା। ହଜାର ଥର ମନା କଲେ ପରେ ବି ଲୋକଟା ବେହିଆ ପରି ମାଗି ଚାଲିଛି। ଯାହା ହେଇଗଲେ ବି ପ୍ରକୃତି ବଦଳିଲା ନାହିଁ।

କଣ କିଲୋ ଏମିତି ଅନେଇଚୁ! କିଛି କହୁନୁ। କଣ ଗୋଟେ ଭାବୁଥିବୁ ମୋଅରି ନାଁଆରେ ଆଉ! ହଉ ତୁ ଯାହା ଭାବୁଛୁ ଭାବେ ମୋ କାମଟା କରିଦେ।

ଦେଖେ ମୁଁ ଏମିତି ଅଚଳ ହେଇ ନଥିଲେ କାହାକୁ ଏତେ ତେଲ ମାରୁନଥାନ୍ତି। ମଣିଷଟା ଅପଙ୍ଗ ହେଲାନି ଯେ ଜୀବନଟା ନର୍କ ହେଇଗଲା। ଶଳା ଘରେ ପଡ଼ିଲା ଦିନରୁ ପାଟିରେ ଠୋପେ ହେଲେ ମଦ ବାଜିଲାନି। ସେ ଓଷଦ ଗୁଡ଼ା ପିଇପିଇ ପାଟି ପୂରା ଅରୁଚି ଲାଗିଲାଣି। ଆଉ ତ କିଛି ସୁଖ ମିଳୁନି ଏତିକିରେ ଯାହା ଟିକେ ଆଶା ଅଛି। ଶୁଣୁ ତାଙ୍କୁ କହିବୁ ଗୋଟେ ଭଲ କମ୍ପାନୀର ଟିକେ ବଡ଼ଟେ ଆଣିବେ, ଟିକେ ଟିକେ ପିଇବି ଆଉ..ଅଧିକା ପିଇଲେ ସିନା ଅସୁବିଧା। ଯାଃ ଶଳା ମୋର ଏଇନା କେତେ ଦିନି ପଲେଇବ। ଏତିକି କାମ ମୋର କରି ପାରିବୁ ନା ନାହିଁ କହ।

ଯାର ଆତ୍ମସ୍ୱାଭିମାନ ବୋଲି ଟିକିଏ ହେଲେ ନାହିଁ। କୋଉ ହିସାବରେ ସେ ଏ କଥା କହୁଛି। କାହାକୁ ମାଗିବ, କ'ଣ ମାଗିବ, କଣ କହୁଛି ସେ ନିଜେ ଜାଣିପାରୁନି। ମଦ ପିଇବ ବୋଲି ମନ କରୁଛି ଶୁଣିଲା ମାନେ ବାବୁ ଭୀଷଣ ଭାବେ ବିରକ୍ତ ହେବେ। ପିଇ ପିଇ କଣ ସବୁ ଅସୁବିଧା ହେଇଛି ବୁଝାଇ ଥିଲେ ଦିନେ। ଇଏ ତ ସବୁ ଭୁଲି ଯାଉଛି।

ଏମିତି ବି ବାବୁ ଯାହା କରିଛନ୍ତି କେହି କରିବେନି। ତାଙ୍କ ଅନୁକମ୍ପା ତଳେ ଦବି ହେଇଗଲାଣି। ଏତେ ଟିକେ ବି କିଛି ମାଗିବା ପାଇଁ ବ୍ରହ୍ମ କହୁନି। ପୁଣି ଯା ପାଇଁ ମଦ ମାଗିବ? କେତେ ତଳକୁ ଖସିଗଲେ ମଣିଷ ଏମିତି କହେ? ଇଏ କିଛି ବୁଝୁନି। କହିଲେ ରାଗିବ। ତାକୁ ତା' ବାଟରେ ବୁଝାଇବାକୁ ପଡ଼ିବ।

ସେ ହେଉଛନ୍ତି ଜଣେ ଡାକ୍ତର। ସେ ଟନିକ୍ କି ଫଳମୂଳ ସିନା ଆଣିଦେଉଛନ୍ତି, ନିଜ ହାତରେ ନିଜ ରୋଗୀକୁ କ'ଣ ମଦ ଆଣିକି ଦେବେ? କିଏ ଦିଅନ୍ତି?

ଶୁଣୁ ସେ ବାହାସ୍ଫୋଟିଆ କଥା ଆଉ କହନା। ଖାଲି ଓଷଦ କି ଫଳମୂଳ ଆଣୁ ନାହାନ୍ତି ବହୁତ କିଛି ଆଣୁଛନ୍ତି। ତୁ ଭୋଗ କରୁଚୁ, ମୁଁ ନୁହେଁ। ଏ ଯୋଉ ନେଳିଆ ଜାମାଟା ପିନ୍ଧିଛୁ କିଏ ଦେଇଛି? ସାମାନ୍ୟ ଚିଡ଼ି ଉଠିଲା ବିମ୍ବା।

ସତ କଥା,ଏଇଟା ବାବୁ ଆଣିଥିଲେ। ଗତଥର ତାଙ୍କର କେଉଁ କାମରେ କାଠମାଣ୍ଡୁ ଯାଇଥିଲେ, ସେଇଠୁ ଆଣିଥିଲେ।

ଖାଲି ତ ତା ପାଇଁ ଆଣିନଥିଲେ, ବିମ୍ବା ପାଇଁ ବି ଦୁଇଟା ହାତ ଗଲା କାମିଜ୍ ଆଣିଥିଲେ , ଯେଉଁଟା ସେ ସୁବିଧାରେ ପିନ୍ଧି ପାରିବ। ବିମ୍ବା ପାଇଁ ବି ଆଣିଥିଲେ ବୋଲି ଗାର୍ଗୀ ଭାବିଲା ସିନା, କିନ୍ତୁ ତାକୁ ମୁହଁ ଖୋଲି ମନେ ପକାଇ ଦେଲା ନାହିଁ।

କଣ ହେଲା, ପୁଣି ଚୁପ୍ ରହି ମନେ ମନେ କଣ ଭାବିଲୁ ?

କିଛି ଭାବୁନି । ହଁ ମାନୁଛି ବାବୁ ଆଣିଥିଲେ । ଖାଲି ମୋ ପାଇଁ ଜାମା ନୁହେଁ, ଘରର ଅଧାରୁ ଅଧିକ ଜିନିଷ ସିଏ ତ ଆଣିଛନ୍ତି । ବିମ୍ବା କଥା ସିଧା ନ କହି, ସମଗ୍ର ଘର କଥା କହିଦେଲା ।

ଯେତେବେଳେ ଆମର ସବୁ ଉଜୁଡ଼ି ଯାଇଥିଲା, ପିନ୍ଧା ଜାମାପଟା ଆସିବ କେଉଁଠୁ ? ରିଲିଫ୍‌ରୁ ମିଳିଥିବା ଯାହା କିଛି ଜିନିଷପତ୍ର କି ଲୁଗାପଟା କେଇଖଣ୍ଡ ତ ଆମେ ବ୍ୟବହାର କରୁଥିଲେ । ତୋର କଣ ମନେ ନାହିଁ ?

ମୋର ସବୁ ମନେ ଅଛି । ଭାବୁଥିବୁ କାଳେ ମୁଁ ଭୁଲିଗଲି । ଆମେ ଏଠିକି ନୂଆ ଆସିଲା ବେଳେ କିଛି ତ ନଥିଲା । ସାବୁନ୍, ପାନିଆ, ଦର୍ପଣଠୁ ଆରମ୍ଭ କରି ଯେତିକି ଘରକରଣା ଜିନିଷ ସବୁ ସାଆରେ ହିଁ ଆଣିଥିଲେ । ଦି'ଟା ପେଟି ଭର୍ତ୍ତି କରି । ଦୋକାନର ସବୁ ସାମାନ ସିଏ କରିଛନ୍ତି । ଗ୍ୟାସ ଚୁଲି ପର୍ଯ୍ୟନ୍ତ ।

ଆଉ ମନେ ନାହିଁ କି ଖାଲି ଆମ ପାଇଁ ନୁହେଁ, ଭୂକମ୍ପ ପୀଡ଼ିତ ଅନେକ ଲୋକଙ୍କୁ ସେ ଜାମାପଟା ଆଉ ନିତ୍ୟାବଶ୍ୟକ ଜିନିଷପତ୍ର ଆଣି ବାଣ୍ଟିଛନ୍ତି । ନିଜ ପକେଟରୁ ପଇସା ଖର୍ଚ୍ଚ କରି । ବାବୁ ସମସ୍ତଙ୍କ ପାଇଁ କିଛି କିଛି କରିଛନ୍ତି ।

ଶୁଣ୍ ଆମ ପାଇଁ ଖର୍ଚ୍ଚ କରିଛନ୍ତି କହ, ବାହାର ଲୋକଙ୍କ ପାଇଁ କଣ କରିଛନ୍ତି ମୁଁ ଜାଣିନି, ମୁଁ ତ ଘରେ ପଡ଼ିଛି । ଦେଖି ଯାଇ ନାହିଁ । ପୁଣି ବିରକ୍ତ ହେଲା ବିମ୍ବା ।

ଦେଖି ନଗଲେ ବୋଲି ସେ କଣ କରି ନାହାନ୍ତି !

କିଏ ମନା କଲା କି ? ମୋ ପାଇଁ ନିତି ପିନ୍ଧା ଦିଖଣ୍ଡ ଆଣିଥିଲେ ତୋ ପାଇଁ ଚାରିଖଣ୍ଡ ଭଲ ଦାମିକା ଆଣିଥିବେ । ଏ ଯୋଉ ପିନ୍ଧିକି ଯାଉଛୁ ।

ହଁ ଦୋକାନ ଯାଉଛି ବୋଲି ଟିକେ ଭଲ ଜାମା ପିନ୍ଧି ଯାଉଛି । ଯେତେ ସବୁ ବାହାରେ କାମ କରିବା ଝିଅମାନେ ଭଲ ଖଣ୍ଡେ ପିନ୍ଧିକି ଆସନ୍ତି । ଘରେ କିଛି ଥାଉ କି ନଥାଉ । ତୁ ଜାଣିନୁ କି ?

ଖାଲି ଦୋକାନ ଯାଉଛୁ ବୋଲି ନୁହେଁ ସିଏ ଦେଖିବେ ବୋଲି ତତେ ଭଲ ପିନ୍ଧିବାକୁ ଦେଇଛନ୍ତି ।

କଣ କହୁଛୁ ଭାବିକି କୁହୁଛୁ ତ !

ଗାର୍ଗୀର ସ୍ୱରରେ ଉତ୍ତେଜନା।

ଠିକ୍ ଭାବିଛି। ମୁହଁ ଖୋଲିବାକୁ ବାଧ କାରନା ମୋତେ। ମୁଁ ସବୁ ଜାଣିଚି।

କି କଥା ଜାଣିଛୁ ?

ସବୁ କଥା ଜାଣିଚି ମାନେ ସବୁଉଉଉଉ କଥା। ତୁ ତାଙ୍କ ପାଇଁ କରୁଛୁ ସିଏ ତୋ ପାଇଁ କରୁଛନ୍ତି ଆଉ। ମୁଁ ତ କିଛି କରୁନି,କରି ପାରିବିନି, ମୋ ପାଇଁ କଁଟେ କହିଲେ କିଏ କାହିଁକି ଆଣିକି ଦବ!

ମୁଁ ତାଙ୍କ ପାଇଁ କଣ କଲି ? ମୋର ଅଛି କଣ ଦେବା ପାଇଁ ? ତାଙ୍କର ବା ଅଭାବ କଣ ?

ତୋର ସବୁ ଅଛି। ତାଙ୍କର ବି ଅଭାବ ଅଛି।

କ୍ରୋଧ ଜରଜର ହେଇ ଗାର୍ଗୀ ଚାହିଁଛି। କଥାର ଦିଗ ବଦଳୁଛି।

ଯାହା ସବୁ ମାଇକିନାଙ୍କ ପାଖରେ ଥାଏ ତୋର ଅଛି। ସବୁ ଅଣ୍ଡିରାଙ୍କୁ ଯାହା ଅଭାବ ତାଙ୍କର ବି ସେଇ ଅଭାବ। ଏତେ ସହଜ କଥାଟା ବୁଝିବାରେ କଣ ଅଛି!

ପ୍ରକୃତରେ ତୋ ମୁଣ୍ଡ ଖରାପ ହେଇଗଲାଣି। ଅସଭ୍ୟ ଅଭଦ୍ର ପରି ଗପୁଛୁ। ଖଟିଆ ଉପରେ ପଡ଼ି ପଡ଼ି ପାଗଳ ହେଇଗଲୁଣି।

ମୁଁ ପାଗଳ ? ମୋ ମୁଣ୍ଡ ଖରାପ ?

ଚିହିଁକି ଉଠିଲା ବିମ୍ବା।

ତୋ ମୁହଁ ବଢ଼ି ଗଲାଣି। ଆଗ ପରି ହେଇଥିଲେ ତତେ ବୁଝେଇ ଦେଇ ଥାଆନ୍ତି ମୋ ମୁଣ୍ଡ କେତେ ଖରାପ!

ଗାର୍ଗୀର ପୁରୁଣା କଥା ମନେ ପଡ଼ିଗଲା। ପିଟିପିଟି ନୋଳା ଫଟେଇବା କଥା। ଛାତି ଭିତରଟା ମନ୍ଥି ହେଇଗଲା।

ମୁଁ ଜାଣିଚି ମୁଁ ଅପଙ୍ଗ, ଚାହିଁଲେ ବି ଉଠି ପାରିବିନି, ତୁମମାନଙ୍କ ଦୟାରେ ବଞ୍ଚିଛି ନା। ତା ମାନେ ନୁହେଁ ଯେ ମୁଁ କିଛି ବୁଝି ପାରୁନି, ମୁଁ ପାଗଳ।

ଶଳା କିଏ କାହା ପାଇଁ ଏତେ କରେ, ସାଆରେ କରୁଛନ୍ତି, କଣ ମାହାଳିଆକୁ କରୁଛନ୍ତି ?

ହଁ ମୁଁ ଏଇ ଖଟିଆ ଉପରେ ପଡ଼ିକି ରହିଛି। କିନ୍ତୁ ସବୁ ଜାଣୁଛି। ତୁ ଅନେକ ଥର ତାଙ୍କ ସହ ଦୋକାନରୁ ଫେରିଛୁ। ପଚାରିଲେ ଉତ୍ତର ଦବୁନି। ଚୁପ୍‌ଚାପ୍ ପଳେଇବୁ। ମୋ କଥା ଟିକିଏ ବୁଝି ଦେଇ ଘଣ୍ଟା ଘଣ୍ଟା ସମୟ ସେଇ ଗହଳିଆ ଆମ୍ବ ଗଛ ମୂଳେ ବସିବୁ। ଜହ୍ନ ଆଲୁଅରେ କେତେ ରାତି ଯାଏ ଗପ ଚାଲେ ତମର? ତୁ ସାଆରଙ୍କ ପାଇଁ ଥାଳିରେ ଖାଇବା ବାଢ଼ି ସେଇଠି ନେଇ ଦଉ ପରା। ସେ ଚଟେଇ ଉପରେ ବସି ଖାଆନ୍ତି, ତୁ ପାଖରେ ପାଣି ଗ୍ଲାସ୍ ଧରି ଜଗି ବସୁ।

ତମ ଭିତରେ କଣ ଖାଲି ଗପ ହଉଥିବ, ଆଉ କିଛି ହଉନଥିବ!

ଶଳା ମୁହଁ ଖୋଲାନା କହୁଥିଲି, ଖୋଲେଇ ଦେଲା।

ଛିଃ ବିମ୍ବା, ତୋ ଭିତରେ ଏତେ ବିଷ! ଈଶ୍ୱର ପରି ବାବୁଙ୍କ ବିଷୟରେ ଏୟା କହୁଲୁ। ମୋ ଉପରେ ଏତେ ଅବିଶ୍ୱାସ! ମୁଁ ତୋର ଏତେ ସେବା କରୁଛି, ତୁ ସବୁ ଭୁଲି ଯାଇ ମତେ ବାବୁଙ୍କ ସହ ଯୋଡୁଛୁ! ବାବୁ କୋଉଠି ଆମେ କୋଉଠି! ତତେ ଆଉ କେହି ମିଳିଲେନି ଠାକୁର ପରି ଲୋକକୁ ତୁ ବଦ୍‌ନାମ୍ କଲୁ। ହେଃ ଭଗବାନ ବାବୁ ଶୁଣିଲେ କଣ ଭାବିବେ!

ବଦ୍‌ନାମ୍ କଣ କଲି! ସେ ଯେତେ ବଡ଼ ଲୋକ ହେଲେ ବି ପୁରୁଷ ପିଲା। ପୃଥିବୀର ସବୁ ଅଣ୍ଡିରା ଲୋକ ସମାନ। ଗରିବ ଧନୀରେ କଣ ଅଛି! ପାଠ ଅପାଠରେ କଣ ଅଛି! ଶଳା ସେ ତ ଛନଛନିଆ ସୁନ୍ଦର ଟୋକା ଡାକ୍ତର, ତୁ ବି ହେଇଛୁ ଯେମିତି ଖଣ୍ଡେ। କିଏ ଦିହ ସମାଳି ରହିପାରିବ!

ଶଳା ମତେ ପାଠ ପଢ଼ଉଛି ସିଏ କୋଉଠି ଆମେ କୋଉଠି! ଯୋଉଠି ହେଲେ କଣ ହେଲା ବେ, ସବୁ ପୁଅପିଲାଙ୍କର ଆବଶ୍ୟକତା ସେଇ ସମାନ।

ସତ କହିଲୁ ଯୋଉ ଅନ୍ଧାରିଆ ରାତିରେ ବଗିଚାରେ ତାଙ୍କ ପାଖରେ ବସି ହିଁ ହିଁ ହଉ କୋଉଥି ପାଇଁ। ତୋ ଦେହରେ ତାଙ୍କର ହାତ କେବେ ବି ବାଜିନି। ତୁ କେବେ ବି ତାଙ୍କ ଉପରକୁ ଝୁଙ୍କି ପଡ଼ିନୁ। ତମେମାନେ ସବୁ ଏଡ଼େ ନିଜକୁ ସଂଯତ କଲାବାଲା ମଣିଷ।

ଛିଃ ..ତୁ ଶେଷକୁ ଏୟା ଭାବିଲୁ?

ଭାବିବି କଣ, ଆଖି ବନ୍ଦ କଲେ ମତେ ସେୟା ଦିଶେ। ତୁ କେମିତି ଢିଲା ଜାମା ପିନ୍ଧି ତାଙ୍କ ଆଗରେ ନଇଁ ପଡ଼ି ଖାଇବା ଥାଳି ଉଠେଇ ନେଉ ଥିବୁ। ସେ ଚାହିଁ

ରହିଥିବେ। କେଜାଣି କେତେବେଳେ ଛାତି ଉପରକୁ ଭିଡ଼ି ନଉ ନଥିବେ କି ତୁ ଜାଣିଜାଣି ତାଙ୍କ ଉପରେ ଲୋଟି ପଡୁ ନଥିବୁ ତାର କଣ ଠିକଣା ଅଛି !

ଔଷଧ ଖାଇଦେଲା ପରେ ମୁଁ ତ ମଲାଙ୍କ ପରି ଶୋଇ ଯାଏ , ଯଦି କେତେବେଳେ ନିଦ ଭାଙ୍ଗି ଯାଏ ଏକୁଟିଆ ପଡ଼ି ରହି କେତେ ଛଟପଟ ହୁଏ ତୁ କେବେ ଭାବିଛୁ ? ଏଇ ଝରକା ଫାଙ୍କରୁ ଶୁଣେ, ତୁ ହିଁ ହିଁ ହେଇ ଗଡ଼ି ଯାଉଛୁ, ଫିସ୍‌ଫିସ୍ କଥା ଶୁଭେ ମତେ। ମୁଁ କିଛି କହିଛି କେବେ ? ଶଳା ତମେ ମଜା କରିବ, ମୁଁ ଟିକେ ମଦ ମାଗିଲେ ମତେ ପ୍ରବଚନ ଦବ !

କହିବୁଟି ଦେଖି ତୁ ଏଇ ଯୋଉ ଯୌବନ କାଳେ ମୋ ପାଖ ମାଡୁନୁ, ତାର କାରଣ କଣ ? ବାବୁବାବୁ ବୋଲି ପାଣି ପିଉନୁ ପରା ! ମୋ ଭାବନା କଣ ଏତେ ଭୁଲ୍, ତମେମାନେ ସତରେ କଣ ଦୂରେଇ କି ରହୁଥିବ ! ରହି ପାରୁଥିବ !

ଥମ୍ ହେଇଗଲା ଗାର୍ଗୀ। ତା' ସର୍ବାଙ୍ଗ ଥରି ଉଠାଲା। ଅହେତୁକ କମ୍ପନରେ ଭାଷାଶୂନ୍ୟ ହେଇଗଲା ସେ।

କଣ ଭାବୁଛୁ ? ଭାବୁଥିବୁ କେଡ଼େ ଖରାପ ଲୋକଟା, ଯାର ଖାଲି ଶୋଇବା ଚିନ୍ତା ! ନିଜେ ଯେମିତି ସମସ୍ତଙ୍କୁ ସେୟା ଭାବୁଛି।

ହଁ ମୁଁ ତ କହୁଛି ମୁଁ ଖରାପ ଲୋକ। ମତେ ଖାଲି ଶୋଇବା ଦରକାର। ଆଉ ତମେ ସବୁ ଯେମିତି ସତିଆ ମୁଁ ସେମିତି ନୁହଁ ।

ଗାର୍ଗୀ ପଦଟିଏ ବି କିଛି କହିଲା ନାହିଁ। ତା ମୁହଁକୁ ବି ଥରେ ଚାହିଁଲା ନାହିଁ। ଖୁବ୍ ଘୃଣାରେ ଦୁଆରଟା ଠେଲି ଦୁମଦୁମ୍ ହେଇ ବାହାରି ଗଲା ।

ବିମ୍ବାର ଅହଂକୁ ବାଧିଲା। ତା ପୁରୁଷପଣିଆକୁ ବେଖାତିର୍ କରି ସେ କେମିତି ଦୁମ୍‌ଦୁମ୍ ହୋଇ ଚାଲିଗଲା ! ତାର ପାଟି ଆହୁରି ଶୁଭୁଥିଲା, ହଁ ମୁଁ ମୂର୍ଖ, କଥା କହିବା ଶିଖିନି। ଅଶିକ୍ଷିତ ନା। ମୁଁ ଅଭଦ୍ର ତମେ ସମସ୍ତେ ଭଦ୍ର। ମୁଁ ମୁହଁ ଖୋଲି କହିଦିଏ ବୋଲି ମୁଁ ଖରାପ। ଶଳା କାହାର ନାହିଁ ବେ, ସମସ୍ତଙ୍କ ଭିତରେ ସେଇ ଭୋକଟା ଅଛି। କଣ ଅଲଗା ପୃଥିବୀରୁ ଆଇଲେ କି ସବୁ !

ମତେ ପାଠ ପଢ଼ଉଛୁ, ଅଭଦ୍ର କହୁଛୁ ? ତୋ ନିଜ ଛାତିରେ ହାତ ରଖି କହିଲୁ ଟିକେ ସେ ଲୋକ ପାଇଁ ତୋ ଭିତରେ କିଛି ଟିକେ ହେଲେ ନାହିଁ ବୋଲି। ଶଳା ସବୁ ଚୁପ୍‌ଶଇତାନ୍ ? ମୁଁ ସତ କହେ, ଛାତିରେ ହାତ ବାଡ଼େଇକି କହେ।

ମୁହଁରେ କହେ ମୋ ଦେହର ଭୋକ କେତେ। ତୁମମାନଙ୍କ ପରି ପିଠିପଟେ କିଛି କରେନି। ଶଳେ ଚୋର ସବୁ।

କିଛି କ୍ଷଣ ଦମ୍ ମାରିଲା ବୋଧେ ବିମ୍ବା। ପୁଣି ପାଟି କଲା। ମୁଁ ଜାଣିଛି ମୁଁ ଖରାପ। ତତେ ଖରାପ ଭାଷା କହେ। ବାଡ଼େଇଛି। ତୋ ବାପାର ସମ୍ପତ୍ତି ଉପରେ ଆଖି ପକେଇଥିଲି। ଭଗବାନ ତାର ଦଣ୍ଡ ମତେ ଦେଇଦେଲେ। ମୁଁ ଭଲ ଲୋକ ନୁହେଁ। ରାଗିଗଲେ ନିଜକୁ ସମ୍ଭାଳି ପାରେନା। ମୋର ଭୁଲ୍ ହେଇ ଯାଏ। କିନ୍ତୁ ତତେ କେବେ ମୁଁ ଛାଡ଼ି ପାରିନି। ଭଲ ପାଇ ଆସେନା ମତେ। କିନ୍ତୁ ତତେ ଖରାପ ପାଇନି। କାହିଁକି ବୁଝି ପାରୁ ନାହୁଁ କେବେ! ହେ ଭଗବାନ ମାରିଦେଲନି କାହିଁକି ମତେ ?

ଭୀଷଣ ଭାବେ ଛଟ୍‌ପଟ୍ ହେଉଥିଲା ବିମ୍ବା। ହୁଏତ ଅସହାୟ ଓ ନିରୁପାୟ ହୋଇ ପଡୁଥିଲା। ତା କଣ୍ଠରୁଦ୍ଧ ହେଇ କେମିତି କରୁଣ ଶୁଭୁଥିଲା। ବୋଧହୁଏ ଶେଷରେ କାନ୍ଦି ପକାଇଲା।

କାନରେ କଷିକରି ହାତ ଦେଲେ ବି ଢୋ ଢୋ ହୋଇ ସବୁ ଶୁଭୁଛି। ଗାର୍ଗୀର ଛାତି ଭିତରେ କୋରି ହୋଇ ଯାଉଛି।

ଗାର୍ଗୀ ଉପରକୁ ହାତ ଟେକି ପୁଣି ଭଗବାନଙ୍କୁ ପ୍ରଶ୍ନ କଲା। ହେ ଭଗବାନ ଏତେ ଲୋକଙ୍କୁ ମାରିଦେଲ ମତେ କାହିଁକି ମାରି ନଦେଇ ବଞ୍ଚେଇ ରଖିଲ! ଏ କି ଜୀବନ। ଶାନ୍ତିରେ କ୍ଷଣେ ବଞ୍ଚିବାକୁ ଦେଲାନି ଏ ମଣିଷ। ମୁଁ ସବୁ କାମ କରୁଛି, କେତେ ଖଟୁଛି,କେତେବେଳେ ଟିକେ ହସିଲେ କି ବସିଲେ ଯା ଦେହ ସହୁନି। କଣ ଆଉ କରିବି! କୁଆଡ଼େ ପଳେଇବି ?

ସେଇ ଭୂକମ୍ପରେ ମରିଗଲିନି କାହିଁକି କେଜାଣି!।

ଏତେ ଦହଗଞ୍ଜ ହବାକୁ ପଡ଼ି ନଥାନ୍ତା। ମୁଣ୍ଡ କୋଡ଼ି କାନ୍ଦୁଥାଏ ଗାର୍ଗୀ।

ମୋ ଜୀବନକୁ ନର୍କ କରିଦେଲାଣି ଏ ବିମ୍ବା। ପୁଣି ଜୀବନ ସାରା ଯାର ସେବା କରିବି, ପାଇବି କଣ ? ମୋ ଭାଗ୍ୟରେ କଣ ଏୟା ଥିଲା। କଣ ଅଭାବ ଅଛି ମୋର। ହଁ ମୁଁ ସୁନ୍ଦର, ସବୁ କାମ କରିପାରେ। ନିଜ ଗୋଡ଼ରେ ଛିଡ଼ା ହେବାର କ୍ଷମତା ବି ଅଛି।

କାନ୍ଦୁକାନ୍ଦୁ କିଛି କ୍ଷଣ ନିରବ ହେଇଗଲା। ଶେଷ ଧାଡ଼ି ସବୁ ନିଜ କାନକୁ ବି ଅଜବ ଲାଗିଲା। କଣ ଥିଲା ତା ଭିତରେ! ନିଜର ଅହଂଭାବ, ବିମ୍ବା ପାଇଁ ଘୃଣା ନା କାହା ଲାଗି ମୋହ। କାହା ଲାଗି.. ବାବୁ..!!

ସତରେ କଣ ସେ ଛାତିରେ ହାତ ରଖି କହି ପାରିବ କି ବାବୁଙ୍କ ପାଇଁ ତାର ଦୁର୍ବଳତା ନାହିଁ! ଦିନେ ବାବୁ ନ ଆସିଲେ ସେ ସ୍ଥିର ହୋଇ ରହି ପାରେ? ଅଗଣାରେ ବସି ବାଟ ଚାହିଁ ନଥାଏ? ବାବୁଙ୍କର ଟିକେ କଣ ହୋଇଗଲେ ତାର ଦେହ କଣ ହେଇଯାଏ। ସେ ତ ନିଜେ କହିଛି, ତାଙ୍କ ପରି ମଣିଷ ଭାଗ୍ୟରେ ଥିଲେ ମିଳେ।

ବାବୁ ବଡ଼ ଲୋକ। ପାଠ ପଢ଼ା ଲୋକ। ତାଙ୍କ ଜାଗାଟା ବହୁତ ଉଚ୍ଚରେ। ତାଙ୍କ ବିଷୟରେ ନିଜକୁ ନେଇ ଭାବିବା ପାଇଁ ସାହସ ହେବ କେମିତି!

ତା ନହେଇଥିଲେ ତାର କଣ ସତରେ ଇଚ୍ଛାଟିଏ କେବେ ଜାତ ହେଇନଥାନ୍ତା!

ବିମ୍ବା ରାଗୁଛି। ଯାହା ଯାହା କହିଗଲା ସବୁ କଣ ମିଛ!

ତାର କଣ ଦେହ ନାହିଁ! ଏ କଞ୍ଚା ବୟସରେ ତାର କଣ ଇଚ୍ଛା ନାହିଁ, ସଉକ ବୋଲି କିଛି ନାହିଁ।

ଭଲ ପାଇବା ଅନ୍ତରରୁ ଜାତ ହୁଏ। ସେଇଠି କଣ ବଡ଼ ସାନ, ଧନୀ ଗରିବର ପ୍ରଭେଦ ଥାଏ କି? କାହା ଜୋର୍‌ଜବରଦସ୍ତିରେ ନା କାହା ନିକଟକୁ ଯାଇ ହୁଏ ନା କାହାଠାରୁ ନିଜକୁ ଦୂରେଇ ହୁଏ। ସବୁଠାରୁ ବଡ଼ କଥା ବାବୁଙ୍କ ନଜରରେ ତା ପାଇଁ ଯେଉଁ ସମ୍ମାନ, ସେଇଟା ବିମ୍ବା ଆଖିରେ କେବେ ଦେଖି ନାହିଁ। ନାରୀଟିଏ ପ୍ରେମଠାରୁ ଯତ୍ନ ନେଉଥିବା ଓ ସମ୍ମାନ ଦେଉଥିବା ମଣିଷ ପ୍ରତି ଅଧିକ ଆକୃଷ୍ଟ ହୁଏ। ଇଏ ତ ସତ୍ୟ। ସେଇଟା କଣ ତାର ଭୁଲ୍।

ଖୁବ୍ ଅସ୍ଥିର, ଖୁବ୍ ଆଣନିଃଶ୍ୱାସୀ ହେଇ ପଡ଼ିଛି ଗାର୍ଗୀ। କାନ୍ଦୁଛି ଯେ ଖାଲି କାନ୍ଦୁଛି।

ଭାଗ-୧୧

ହୋଟେଲ୍‌କୁ ଫେରି ଶ୍ରୀମାୟା ସେମିତି ଶେଯ ଉପରେ ଚିତ୍ ହୋଇ ପଡ଼ି ରହିଛି।

ଡିନର୍ ପାଇଁ ଅର୍ଡ଼ର ଦେବାକୁ ତାର ଇଚ୍ଛା ନାହିଁ। କିଛି ଭଲ ଲାଗୁନାହିଁ। ଗାର୍ଗୀର କଥା ମନେ ପକାଉଛି। ଜୀବନରେ କେତେ କଷ୍ଟ ପାଇଛି ସେ। କେତେ ଦୁଃଖ କାହାଣୀ !

ସବୁ ପରେ ବି ଗୋଟିଏ କଥା ମନକୁ ଛୁଉଁଛି। ଗାର୍ଗୀ ଗରିବ ହେଇପାରେ, ତା ସ୍ୱାମୀ ତାକୁ ଗାଳି କରୁଥାଇପାରେ ! ଯାବତୀୟ ଦୁଃଖ ଯନ୍ତ୍ରଣା। ହେଲେ ବି ସେ ବଞ୍ଚିଛି। ସଂଘର୍ଷ ନଥିଲେ ଜୀବନର ମାନେ କିଛି ନାହିଁ। ଜୀଁ ରହିବା ପାଇଁ ମଣିଷର କାରଣଟିଏ ଲୋଡ଼ା। ଯାହାକୁ ପାଥେୟ କରି ସଂଘର୍ଷମୟ ଜୀବନକୁ ଟିକେ ସହଜ କରିବ। ଟିକେ ଖୁସି ହେବ !

ଯାହା ବି ହେଲେ ଗାର୍ଗୀ ଜୀବନରେ କିଛି ତ ଅଛି, ଯାହାକୁ ଭରସା କରି ସେ ବଞ୍ଚି ରହିଛି। ଶାନ୍ତି ପାଉଛି, ଖୁସି ହେଉଛି। ଅପଙ୍ଗ ହେଲେ ବି ବିମ୍ବା ତାର ସ୍ୱାମୀ, ସେ ଅଛି। ସେ ଅଛି ମାନେ ତା ପାଇଁ କିଛି ଦାୟିତ୍ୱ ବି ଅଛି। ସନ୍ଧ୍ୟା ହେଲେ ଘରକୁ ଫେରି ଯିବା ପାଇଁ କାରଣଟିଏ ଅଛି। ଲକ୍ଷ୍ୟଟିଏ ଅଛି। ଆଉ ସେ ଅନାମଧେୟ ଯୁବ ଡାକ୍ତର ! ଯାହାକୁ ବାବୁ ବୋଲି କହି ଖୁସିରେ ମଗ୍ନ ହୋଇ ଉଠୁଛି, ଯାହା ଥାଳିରେ ଖାଦ୍ୟ ପରଷି ଦେଲେ ତାକୁ ଆତ୍ମତୃପ୍ତି ମିଳୁଛି, ଯାହାର ସେବା କରିବାର ସୁଯୋଗକୁ ନିଜର ସୌଭାଗ୍ୟ ମନେ କରୁଛି, ଯାହାର ସାମାନ୍ୟ ଖୁସି ପାଇଁ ସବୁ କିଛି ସମର୍ପି ଦେବାକୁ ସଦା ପ୍ରସ୍ତୁତ। ସେ ସବୁ ତା ଜୀବନର ରସ। ବଞ୍ଚି ରହିବା ପାଇଁ ଇନ୍ଧନ।

ଶ୍ରୀମାୟାର ଜୀବନ କେତେ ନିରସ। ସବୁ ଥାଇ ବି କେଉଁଠି ଏକ ଶୂନ୍ୟସ୍ଥାନ।

ସବୁ ପରେ ବି ଯେମିତି କିଛି ନାହିଁ, ସେ ମନ ଭରି କେବେ ଖୁସି ହୋଇ ପାରିନାହିଁ। କାହା ପାଇଁ କିଛି କରିବା ପରେ ଯେଉଁ ଆତ୍ମସନ୍ତୋଷ ମିଳେ, ତାର ସ୍ୱାଦ ସେ କେବେ ଚାଖି ନାହିଁ। ଶାନ୍ତି ପାଇଁ ଅନେକ ସ୍ଥାନ ପରିଭ୍ରମଣ କରିଛି ସତ, କିନ୍ତୁ ସତରେ କଣ ଶାନ୍ତି ପାଇଛି !

ଛାଡ଼, କିଛି ତ ଅଭାବ ରହିଯାଏ। ମଣିଷ କଣ କେବେ ସମ୍ପୂର୍ଣ୍ଣ ହୋଇ ପାରେ! କଦାପି ନୁହେଁ।

ଶ୍ରୀମାୟା ନିଜକୁ ହଜାରେ ବୁଝାଇବାକୁ ଚେଷ୍ଟା କଲେ ମଧ ସମ୍ପୂର୍ଣ୍ଣ ବୁଝାଇ ପାରୁନାହିଁ। ତାର ସେଇ କଥା ପୁଣି ମନେ ପଡ଼ିଲା। ଗାର୍ଗୀ ଯେବେ ଯେବେ ତା ବାବୁଙ୍କ କଥା କହୁଥିଲା କେତେ ଖୁସି ହୋଇ ଯାଉଥିଲା। ଖାଲି ଖୁସି ନୁହେଁ, ତା ଆଖିର ଚମକ ଅନେକ କିଛି କହୁଥିଲେ ବି ଲାଗୁଥିଲା ତାର ଓଠ ବହୁତ କିଛି ଚାହିଁ ବି କହି ପାରୁନାହିଁ। ମନରେ ତାର ଅନେକ କଥା, ପରିପ୍ରକାଶ କରିବା ପାଇଁ ହୁଏତ ଶବ୍ଦ ଅଭାବ। କିଛି ଦ୍ୱନ୍ଦ୍ୱ କିଛି ଅକୁହା କଥାକୁ ଅପରିଚିତ ମଣିଷ ପାଖରେ ଖୋଲି କହିବାକୁ ଉଚିତ ମନେ କାରିନାହିଁ ତେଣୁ ଲୁଚାଇ ଦେଇଥିବ। ଧେତ୍..ତା ପରି ସାଧାରଣ ସରଳ ଝିଅଟିଏ କଣ କିଛି ଲୁଚାଇ ପାରେ! ସେ ତ ପ୍ରଗଲ୍ଭା! ନିଜ ମନକୁ ତା ଜୀବନ ଗାଥା କହୁଥିଲା। ତାକୁ କେହି ବାଧ୍ୟ କାରି ନଥିଲେ। ତେବେ ଲୁଚାଇବା ପରି ଥିଲା କଣ! ମଣିଷର ମନ ପଢ଼ିବା ଏତେ ସହଜ ତ ନୁହେଁ। ଉପରେ ଦେଖା ଯାଉଥିବା ତଥ୍ୟ ଯେ ଏକ୍‌ଦମ୍ ସତ, ତା ଭାବିବା ଭୁଲ୍।

ହେଇପାରେ ଏହା ତା ମନର ଭ୍ରମ। ଜଣେ ସରଳ ବିଶ୍ୱାସୀ, ଦୁଃଖୀ ଓ ଅସହାୟ ଝିଅଟି ବାବଦରେ ଏପରି ଭାବିବା, ଆଦୌ ଶୋଭା ପାଉନାହିଁ। କିନ୍ତୁ କାହିଁକି ସେ ବାଧ୍ୟ ହେଉଛି ଭାବିବାକୁ! ବାବୁଙ୍କ କଥା ପଡ଼ିଲେ ହଠାତ୍ ବଦଳି ଯାଉଥିବା ହାବଭାବ, ଅତି ମାତ୍ରାରେ ଉତ୍ସାହିତ ଓ ସେ ବାବୁ ପ୍ରତି ଅହେତୁକ ଆକର୍ଷଣର ଭାବ, ଯାହା ନଚାହିଁ ବି ତା ଆଖିରୁ ବାଦ୍ ପଡ଼ି ନାହିଁ !

ହୁଏତ ତା ସନ୍ଦେହର କାଣର କେବଳ ଏତିକି ନୁହେଁ।

ଡାକ୍ତର ବାବୁ! ସେ ବାବୁ ଜଣକ ପ୍ରକୃତରେ କିଏ! ସବୁ କଥା ଭିତରେ ସେଇ କଥାଟିରେ କିଛି ଯେମିତି ଗୁହ୍ୟ ରହିଗଲା। କେଉଁ ଡାକ୍ତର ନିଜ ଦେଶ ଛାଡ଼ି ଅନ୍ୟ ଦେଶର ଛୋଟିଆ ସହରରେ ରହି ରୋଗୀ ସେବା କରିବ! ଆଉ କାହିଁକି? କଣ ପାଇଁ ସେ ସବୁକିଛି ଛାଡ଼ି ପଳାଇ ଆସିବ! କଣ ଥିଲା ତା ଜୀବନରେ ସମସ୍ୟା?

କାହିଁକି ସେ ଯାଇଥିଲା ନିଜ ଦେଶକୁ ଆଉ କାହିଁକି ପୁଣି ଗାର୍ଗୀ ପାଖକୁ ଫେରି ଆସିଲା ? ଜଣେ କଣ କେବଳ କାହାକୁ ସାହାଯ୍ୟର ମନୋବୃତ୍ତିନେଇ ସବୁ ଛାଡ଼ି ଆସି ପାରେ !

ଗାର୍ଗୀ ଯାହା ଜାଣିଛି ତାର ସତ୍ୟତା କେତେ। ସେ କହିବା ମୁତାବକ ଡାକ୍ତରଙ୍କ ବିଷୟରେ ଅନେକାଂଶରେ ସେ ଅଜ୍ଞ। ଜାଣିବାକୁ ଚାହିଁ ବି ନାହିଁ। ଡାକ୍ତର ବାବୁଙ୍କ ଶାନ୍ତି, ତା' ପାଇଁ ବଡ଼। ତାଙ୍କୁ ବ୍ୟସ୍ତ କରେନି। ତାର ଜିଜ୍ଞାସା ନାହିଁ। ତେଣୁ ସେ କେବେ ପଚାରେ ନାହିଁ।

ଏ ସବୁ ତ ସେ କେବଳ ଗାର୍ଗୀ ମୁହଁରୁ ଶୁଣିଲା ! ହୁଏତ ସେ ସବୁ ଜାଣିଛି, କିନ୍ତୁ କହିଲା ନାହିଁ। କିଛି ଲୁଚାଇ ଦେଲା କି ଆଉ !

ଲୁଚାଇବ ! କିନ୍ତୁ କାହିଁକି ? ମଣିଷର ମନ ଭାରି ରହସ୍ୟମୟ। ଜାଣିବା ମୁସ୍କିଲ।

କିନ୍ତୁ ସେ କାହିଁକି ଏତେ କାହା ବିଷୟରେ ଭାବୁଛି ! ଏତେ ଖୋଜ ଖବର ନେଇ କି ଲାଭ ! ସେ ଯେ ଦୁଇ ଦିନର ଅତିଥି। ଫେରିଗଲା ପରେ ଗାର୍ଗୀ ନାମରେ ଜଣେ ଝିଅକୁ ନେପାଳରେ ଭେଟିଥିଲା ବୋଲି କେତେ ଦିନ ଯାଏ ତାର ମନେ ରହିବ, ତା ବି ସନ୍ଦେହ ! କାହା ଆଗରେ ଭ୍ରମଣ କାହାଣୀ ବଖାଣିଲା ବେଳେ ହୁଏତ ଏ ଘଟଣାକୁ ଗପ ପରି ପରିବେଷଣ କରିପାରେ ! ସତ୍ୟ, ଯାହା ଗଳ୍ପର ରୂପ ନେଇ ଚିତ୍ର ଆଙ୍କିବ।

ଏପରି ଅବାନ୍ତର କଥା ଭାବିଭାବି ତା ଆଖିକୁ କେତେବେଳେ ନିଦ ଆସି ଯାଇଛି।

ସକାଳ ହେଲାଣି, କିନ୍ତୁ ଉଠିବାକୁ ଇଚ୍ଛା ହେଉନି। କେମିତି ଶୂନ୍ୟ ଶୂନ୍ୟ ଲାଗୁଛି। ଏବେ ବି କିଛି ଭଲ ଲାଗୁନାହିଁ।

ୱେଟର୍ ଆସି ଚାହା ଦେଇ ଚାଲିଗଲାଣି। କପ୍ ଧରି ବାଲକୋନିରେ ଯାଇ ବସିଲା ଶ୍ରୀମାୟା। ଅଜାଣତରେ ତା ଆଖି ଚାଲି ଯାଉଛି ଉତ୍ତର ଦିଗକୁ। ଏଇ ଦୂରରୁ ଦିଶୁଛି ଗାର୍ଗୀର କୁଡ଼ିଆ। ଗହଳ ଆମ୍ବଗଛ ଉହାଡ଼ରୁ ତା ବଗିଚା, ତା ଦଦରା କାଠ ଦୁଆର ଅଳ୍ପ ଅଳ୍ପ ଦିଶୁଛି। ଟିକେ ଭଲ ଲାଗିଲା ଶ୍ରୀମାୟାକୁ। ଏମିତି ଲକ୍ଷ୍ୟ କରି ସେ ଚାହିଁ ରହିଲା। କାଲି ବସିଥିବା ଚଉତରା, ଫୁଲ ଗଛ। ସବୁଜ ଗଛପତ୍ର ପବନରେ

ଦୋହଲୁଛି ତ କିଛି ଦିଶୁଛି, କିଛି ଲୁଚି ଯାଉଛି। ଗାର୍ଗୀ କଣ କରୁଥିବ ଏବେ? ଯଦି ସେ କୁଡ଼ିଆ ବାହାରକୁ ଆସେ, କଣ ଦେଖା ଯିବ ତା ମୁହଁ! ଏତେ ଦୂରରୁ କେମିତି ଦିଶୁଥିବ ସିଏ।

ତା ଭାବନାକୁ ସତ କରି କିଏ ଜଣେ ଦେଖାଗଲା ବଗିଚା ଭିତରେ। କିଏ? ଗାର୍ଗୀ! ସବୁଜ ରଙ୍ଗର ସାଲ୍ୱାର ବୋଧେ। ଆରେ ସେ କଣ କାମ କରୁଛି। ଭାରି ବ୍ୟସ୍ତ ଜଣା ପଡୁଛି।

ଶ୍ରୀମାୟା ଟିକେ ଉତ୍ସୁକ ହେଇପଡ଼ିଲା। ଆଉ କଣ ଦିଶୁଛି ଏତିକି ଦୂରରୁ?

ଖୁବ୍ ଗଭୀର ଭାବେ ଉଣ୍ଡିବାକୁ ଚେଷ୍ଟା କଲା। ଏଇ ଦୂରରୁ ଭଲ ଭାବରେ ତ କିଛି ଜଣା ଯାଉନାହିଁ। ପୁଣି ଗହଳ ଆମ୍ବ ଗଛ ବାଧା ଦେଉଛି।

କିନ୍ତୁ ଅନୁମାନ କରୁଛି କି ଗାର୍ଗୀ ଖୁବ୍ ବ୍ୟସ୍ତ ହୋଇ ଏପାଖ ସେପାଖ ହେଉଛି। ତା ପାଖରେ ଆଉ ଜଣେ କିଏ!

ଖୁବ୍ ଚେଷ୍ଟା କରି ଆଗ ପଛ ହୋଇ ଦେଖିବାକୁ ଲାଗିଲା।

କିଛି ସମୟ ବିତିଯିବା ପରେ ସେଠି ଆଉ କେହି ଦିଶିଲେ ନାହିଁ। ଅନ୍ୱେଷଣର ଆଖି ଦୁଇଟି ଖୁବ୍ ଚଳଚଞ୍ଚଳ ହେଇ ପଡ଼ିଲା। ଶ୍ରୀମାୟା ଖାଲି ଉପର ତଳ ହେଇ ବହୁତ ଦେଖିବାକୁ ଚେଷ୍ଟା କରି ବିଫଳ ହେଲା। ଭିତରକୁ ଆସିଲା। ବିଛଣା ଉପରେ ବସି ଭାବୁଛି କିଛି ତ ଘଟଣା ଘଟିଥିବ। କାଲି ଗାର୍ଗୀ ଖୁବ୍ ଖୁସି ଥିଲା। ଯଦିଓ ତାର ଅନେକ ଦୁଃଖ ଓ ଦରଦକୁ ନିଗାଡ଼ି ଦେଇଛି। ଆଜି ଏତେ ସକାଳୁ କଣ ତ କିଛି ହେଇଥିବ, ସେ ଏତେ ବ୍ୟତିବ୍ୟସ୍ତ ହେଲାପରି ଲାଗୁଛି କାହିଁକି ?

କିଛି ସମୟ ପରେ ଶ୍ରୀମାୟା ପୁଣି ବାଲକୋନିକୁ ଉଠିଯାଇ ଦେଖିବାକୁ ଚେଷ୍ଟା କଲା। ଏଥର ବି ବିଫଳ। ସେ ଆଦୌ ସ୍ଥିର ହେଇ ବସି ପାରୁନି। ତା ମୁଣ୍ଡରେ ଯେମିତି ଗାର୍ଗୀ ସବାର ହୋଇ ବସିଛି। ଯିବ କି ଟିକେ। ଅଧିକ ବାଟ ତ ନୁହେଁ ନିଜେ ଯାଇ ଦେଖି ଆସିବ କଥା କ'ଣ।

ଧେତ୍..ଏତେ ସକାଳୁ କାହା ଘରକୁ ଯାଆନ୍ତି? ନିତିଦିନିଆ କଥା କ'ଣ ହେଇଥିବ ତା ଘରେ। କିଏ ଆସିଥିବ ବୋଧେ। ବ୍ୟସ୍ତ ତ ଲାଗୁଥିଲା ଗାର୍ଗୀ, କିନ୍ତୁ ଏତେ ଦୁରରୁ ତା ମୁହଁର ଭାବକୁ ଦେଖି ହେଲା ନାହିଁ। ହୁଏତ ତା ଘରକରଣା କଥା କଣ ହେଇଥିବ। ତାକୁ ନେଇ ଶ୍ରୀମାୟା କଣ କଣ ଭାବି ଯାଉଛି!

ଏତେ ନକାରତ୍ମକ ଭାବିବା ଉଚିତ୍ ନୁହେଁ କି କାହା ଜୀବନରେ ଏତେ ଖୋଳତାଡ଼ କରିବା ଉଚିତ୍ ନୁହେଁ। ଅଚିହ୍ନା ଲୋକଙ୍କ ପାଇଁ ଏପରି ଭାବପ୍ରବଣତା ଦେଖାଇ ଅନେକ ସମୟରେ ଦୁଃଖ ପାଇଛି, ଅପଦସ୍ଥ ବି ହେଇଛି।

ସେ ଆରାମ କଲା। ହେଲେ ବି ଶାନ୍ତି ମିଳିଲା ନାହିଁ। ସେ ଯିବ। କିନ୍ତୁ ଏତେ ସକାଳୁ ଗଲେ କଥାଟା ଠିକ୍ ହେବନି। ଆସିବାର ଉଦ୍ଦେଶ୍ୟ କ'ଣ ବୋଲି ପଚାରିଲେ ତା ପାଖରେ କି ଉତ୍ତର ଥିବ? ଗାର୍ଗୀ ହୁଏ ତ ମୁହଁ ଖୋଲି କିଛି ପଚାରି ନପାରେ, କିନ୍ତୁ ମନେମନେ ଭାବିବ ଯଦି! କ'ଣ କହିବ? ମୁଁ ହୋଟେଲ୍ ବାଲକୋନିରୁ ତୋ ଘରକୁ ଚାହିଁ ଥିଲି, ବ୍ୟସ୍ତ ଜଣା ପଡୁଥିଲୁ ବୋଲି ଭଲ ମନ୍ଦ ପଚାରିବାକୁ ଚାଲି ଆସିଲି! କେତେ ଖରାପ କଥା! କାହା ଘରକୁ କିଏ ପଛରୁ ଏପରି ଲକ୍ଷ୍ୟ କରିବା ଓ ତା ବ୍ୟକ୍ତିଗତ ଜୀବନ ଉପରେ ଏମିତି ନଜର ରଖିବା ନିହାତି ଅଭଦ୍ରାମି। କାହାକୁ କ'ଣ ଏ ସବୁ ଭଲ ଲାଗେ?

ସେ ପଡ଼ି ରହିଲା। ଦେହ ବି ଟିକେ ଭଲ ଲାଗୁନାହିଁ, ଯିବ କିନ୍ତୁ ବିଳମ୍ବରେ।

ସମୟ ଅପରାହ୍ଣ। ଗାର୍ଗୀର ଫାଟକ ଖୋଲା। ଭିତରେ କେହି ହେଲେ ଦିଶୁ ନାହାନ୍ତି। ଆଗକୁ ବଢ଼ିଲା ଶ୍ରୀମାୟା। ଗାର୍ଗୀ ଗାର୍ଗୀ ବୋଲି ଦୁଇ ଥର ହାଲୁକା ସ୍ୱରରେ ଡାକିଲା। ତୁରନ୍ତ ଭିତରୁ ବାହାରି ଆସିଲା ଗାର୍ଗୀ।

ଦିଦି..ତୁମେ!

ହଁ ମୁଁ ବଜାରକୁ ଯାଇଥିଲି। ତୋ ସର୍ଟ୍‌କର୍ଟ୍ ବାଟରେ ଫେରିବି ଭାବି ଏପଟେ ପଶିଲି ତ ଭାବିଲି ତତେ ଟିକେ ଦେଖା କରି ଯିବି।

ଗାର୍ଗୀ ଦେଖିଲା ଶ୍ରୀମାୟା ବଜାର ଯାଇଥିଲା ଅଥଚ ତା ହାତରେ କିଛି ନାହିଁ। ବ୍ୟାଗ୍‌ଟିଏ ବି ନାହିଁ।

ଶ୍ରୀମାୟା ଅନୁଭବ କଲା ସେ ମିଛ କହିଲା ଯଦି ଠିକ୍‌ରେ ସନ୍ତୁଳନ ରକ୍ଷା କରି ପାରିଲା ନାହିଁ। ସେ ତ କହି ସାରିଛି, ମିଛ ହେଲେ ବି କିଛି ଗୁରୁତର ଅପରାଧ ନୁହେଁ। ଗାର୍ଗୀ ଧରିଦେବ ଯଦି ବି ଧରୁ, କିଛି ଅସୁବିଧା ନାହିଁ।

ଦୁହେଁ ନିରବ ରହିଲେ। ପରସ୍ପରକୁ ଚାହିଁଲେ।

କଣ ହୋଇଛି ଗାର୍ଗୀ? ଆଖି ତୋର ଫୁଲି ଯାଇଛି! କାନ୍ଦୁଥିଲୁ କି?

କଥା ପଦକରେ ଗାର୍ଗୀ ଆଖିରୁ ଅନେକ ବେଳୁ ଜମାଟ ବାନ୍ଧି ଥିବା ଲୁହ ଧାରଧାର ହେଇ ନିଗିଡ଼ି ପଡ଼ିଲା।

ଠିକ୍ ଧରିଥିଲା ଶ୍ରୀମାୟା, କିଛି ତ ଘଟିଛି।

ଆରେ କାନ୍ଦିଲୁ କଣ ପାଇଁ, କ'ଣ ହୋଇଛି କହ କହି ପାଖକୁ ଚାଲିଗଲା।

ଦିଦି ମୁଁ ମନେମନେ ବହୁତ ଖୋଜୁଥିଲି। କାହାକୁ କହିବି, ବହୁତ ବ୍ୟସ୍ତ ଲାଗୁଥିଲା।

କଣ ହେଇଛି କହ? ତୋ ବର ଠିକ୍ ଅଛି ତ?

ଦିଦି କାଲି ରାତିରେ ତାର ଭୀଷଣ ବାନ୍ତି ହେଲା। ତାକୁ ବାତ ମାରିଲା। ଶେଷରେ ସେ ଅଚେତ ହୋଇଗଲା। ମୁଁ ବୁଦ୍ଧି ପାଇଲି ନାହିଁ।

ଆରେ ଏତେ କଥା? କେମିତି ଅଛି ଏବେ?

ଏବେ ଠିକ୍ ଅଛି।

ଆଉ ତେବେ କାନ୍ଦୁଛୁ କାହିଁକି?

ସେଥିପାଇଁ ନୁହେଁ। ବାବୁଙ୍କ ପାଇଁ।

ତାଙ୍କର ପୁଣି କଣ ହେଲା!

ସେ ହଠାତ୍ ଚାଲିଗଲେ।

ମାନେ? ପ୍ରଥମରୁ କହ କ'ଣ କହୁଛୁ। ମୁଁ କିଛି ବୁଝି ପାରୁ ନାହିଁ।

ଗତ ରାତିରେ କେମିତି ବିମ୍ବା ସହ ତାର କଥାବାର୍ତ୍ତା। ତା ପରେ ସାମାନ୍ୟ ଯୁକ୍ତିତର୍କ ପରେ ତା ଦେହ ଅସୁସ୍ଥ ହୋଇ ପଡ଼ିଲା। ସେଇ କଥା ସେ ଶ୍ରୀମାୟା ସାମ୍ନାରେ ବଖାଣିଲା।

ଦିଦି ଅନେକ ରାତି ହେଇ ସାରିଥିଲା। ବିମ୍ବାର ଦେହ ଖରାପ ହୋଇ ପଡ଼ିବାରୁ, ସେଇ ରାତି ଅଧରେ ଡାକ୍ତର ବାବୁଙ୍କୁ ଡାକାଇ ପଠାଇଲି। ଆମ ପାଖ ଘର ଚାଚା ତୁରନ୍ତ ସାଇକେଲ୍ ମାରି ଯାଇଥିଲେ। ବାବୁ ମଧ୍ୟ ଆସି ପହଞ୍ଚି ଗଲେ।

ଆଚ୍ଛା ଦିନବେଳା ବିମ୍ବା ତ ଏକଦମ୍ ଭଲ ଥିଲା। ଏତେ ବଡ଼ ପାଟିରେ ଡାକ ଛାଡୁ ଥିଲା। ହଠାତ୍ ଏମିତି କଣ ହେଲା?

ହଁ ଦିଦି,ବିମ୍ବାର ହଠାତ୍ କଣ ହେଇଗଲା ମୁଁ ଜାଣେ ନାହିଁ। ବୋଧହୁଏ ଆମର ଯେଉଁ କଥାବାର୍ତ୍ତା ହେଲା, ସେ କଥାକୁ ସେ ବେଶୀ ଭାବି ଦେଇଛି, ତେଣୁ ତା ଦେହ ବିଗିଡ଼ି ଗଲା।

ଆଚ୍ଛା ଏମିତି କ'ଣ କଥା ହେଉ ହେଉ କାହା ଦେହ ବିଗିଡ଼ି ଯାଏ ? ନିହାତି ଯାଡ୍ଡୁ ସାଡ୍ଡୁ କଣ ଖାଇ ଦେଇଥିବ। ସେଥିପାଇଁ ବାନ୍ତି ବି କରିଛି।

ବାବୁ ମଧ୍ୟ ଠିକ୍ ଏଇ କଥା ପଚାରିଥିଲେ। ସତ କହୁଛି ଦିଦି ମୁଁ ତାକୁ ସବୁବେଳେ ସଜ ଖାଦ୍ୟ ଖାଇବାକୁ ଦିଏ। ଖାଇବାରେ କିଛି ଅସୁବୁଧା ନାହିଁ। କେବଳ କଥା କଟାକଟି ବେଳେ ସେ ଟିକେ ଭାବପ୍ରବଣ ହୋଇ ଯାଇଥିଲା, ଯାହା ମୁଁ ବାବୁଙ୍କୁ କହି ପାରିଲି ନାହିଁ। ଆଉ ଏଥିରେ କେବଳ ତା'ର ଭୁଲ୍। ମୋର କିଛି ଭୁଲ୍ ନାହିଁ। ବିମ୍ବାର ମୋ ଉପରେ ଭାରି ସନ୍ଦେହ। ମୋ ଉପରେ ଆଦୌ ବିଶ୍ୱାସ କରେନି। ତୁମକୁ କହିଥିଲି ନା !

ହଁ କହିଥିଲୁ। କିନ୍ତୁ ଏବେ କାହାକୁ ନେଇ ତୋ ଉପରେ ସନ୍ଦେହ କରୁଛି ସେ ? ଆଉ ବାବୁଙ୍କୁ କାହିଁକି ଏ କଥା କହି ପାରିଲୁ ନାହିଁ ? ବାବୁ ତ ସବୁ ଜାଣନ୍ତି ତୁମ ଘର କଥା। କେବଳ ଏତିକି କଥାରେ ସେ ଏମିତି ବିବ୍ରତ ହୋଇ ଦେହ ଖରାପ କରି ଦେଲା ?

ନିରବ ରହିଲା ଗାର୍ଗୀ। ତଳୁକୁ ଚାହିଁଲା।

ଶ୍ରୀମାୟା ଲକ୍ଷ୍ୟ କଲା ଗାର୍ଗୀ ସବୁ କଥା ଖୋଲିକରି କହୁନାହିଁ। କିଛି ତ ଲୁଚାଇ ଦେଉଛି। ଗାର୍ଗୀ ସେ ପ୍ରଶ୍ନର ଉତ୍ତର ନଦେଇ, କଥାର ଦିଗ ବଦଳାଇ ଦେଲା।

ଦିଦି ବଡ଼ କଥା ହେଲା ଏତେ ରାତିରେ ବି ବାବୁ ଧାଇଁ ଆସିଲେ। ତାର ହାତପାପୁଲି ତଳି ପାଦ ଘଷାଘଷି କଲେ। ମୁହଁକୁ ବାରମ୍ବାର ପାଣି ଛାଟିଲେ। ଆମେ ତାକୁ ବହୁତ କଷ୍ଟରେ ଟେକି ଆଣି ଏଇ ଅଗଣାରେ କିଛି ସମୟ ପାଇଁ ଖୋଲା ପବନରେ ଶୁଆଇଲୁ। ଧୀରେଧୀରେ ସେ ସାମାନ୍ୟ ଅବସ୍ଥାକୁ ଆସୁଥାଏ। ଟିକେ ଆରାମ ଲାଗିଲା। ପୁଣି ଭିତରକୁ ନେଇ ବାବୁ ଔଷଧ ଆଉ ସାଲାଇନ୍ ଲଗାଇଲେ। ସେ ଶୋଇ ରହିଲା।

ବାହାରକୁ ଡାକି ବାବୁ ମତେ ପଚାରିଲେ, ହଠାତ୍ କଣ ପାଇଁ ଏମିତି ହେଲା କହ ? ସେ ତ ଠିକ୍ ଥିଲା। କିଛି ଗୋଟିଏ କଥା ବାଧିଛି କି ତାକୁ ? କିଛି ଝଗଡ଼ା ହେଇଛି କି ? କହିଥିଲି ତା ମାନସିକ ଅବସ୍ଥା ଏବେ ଭଲ ନାହିଁ। ଯେବେ ସେ ଶାରିରୀକ ଭାବେ ସୁସ୍ଥ ହେବ, ତାର ମନ ବି ଠିକ୍ ହେଇଯିବ।

କ'ଣ ହେଇଛି କହ ଗାର୍ଗୀ। ଏତେ ମାତ୍ରାରେ ଉଚ୍ଚ ରକ୍ତଚାପ ! ଆଶ୍ଚର୍ଯ୍ୟ ଲାଗୁଛି। ଭଲ ହେଲା ମୁଁ ଚାଲି ଆସିଲି। ନହେଲେ ଆଜି...

ଦିଦି ମୁଁ ସେତେବେଳେ କ'ଣ କହିଥାଆନ୍ତି ବାବୁଙ୍କୁ ? ମୋର ସାହସ ହେଲା ନାହିଁ। ଇଚ୍ଛା ବି ହେଲା ନାହିଁ। ଥକି ଯାଇଥିଲି।

ହଉ ଛାଡ଼ ସେ କଥା, ଏୟା କହି, ଆର ବଖରାରେ ଯାଇ ବିଶ୍ରାମ ନେବାକୁ ବାବୁ ମତେ ପଠାଇ ଦେଲେ। ନିଜେ ଯାଇ ବିମ୍ବା ପାଖରେ ବସିଲେ। ତାର ସାଲାଇନ୍ ଚାଲିଥିଲା। କେତେ ସମୟ ପରେ ତାର ସମ୍ପୂର୍ଣ୍ଣ ଚେତା ଫେରିଥିବ, ସେ ସମୟରେ ତ ମୁଁ ପାଖରେ ନଥିଲି। ମୁଁ ଜାଣେନା ବିମ୍ବା ବାବୁଙ୍କୁ କଣ କହିଛି, କେଉଁ କଥା ବାବୁ ତା ପାଖରୁ ଶୁଣି ଥିଲେ, ଜାଣେନା ! ବାବୁ କିନ୍ତୁ ଭାରି ଚିନ୍ତିତ ଲାଗୁଥିଲେ।

ସକାଳୁ ମୁଁ ଉଠି ସାରିବା ପରେ ମତେ ଅଗଣାକୁ ଡାକି ପଚାରିଲେ, ତୁ କଣ କହୁଛୁ ଗାର୍ଗୀ ? ମୁଁ ଯାହା ଶୁଣିଲି ତା ବାବଦରେ ତୋ ମତ କଣ ? ନିରବ ରହିଲି ମୁଁ। ଜାଣେନା ସେ କଣ ଶୁଣି ଥିଲେ। କିନ୍ତୁ ମୁଁ ପଚାରିଲି ନାହିଁ କ'ଣ ଶୁଣିଲ ?

ମୁଁ ତାଙ୍କ ଆଖିରୁ ନଜର ହଟାଇ ମୋ କାମରେ ଲାଗିଗଲି।

ବାବୁ ପୁଣି ମୋ ପଛେ ପଛେ ଆସି କହିଲେ ମୋ କଥାର ଉତ୍ତର ଦେଉ ନାହୁଁ। ତୋର ବୋଧହୁଏ ବହୁତ କାମ। ତୁ କାମ କର କହି ବାବୁ ଅନ୍ୟ ଆଡ଼େ ମୁହଁ ବୁଲାଇ ଛିଡ଼ା ହେଲେ।

ତୁମେ ସବୁ ଜାଣିଛ। ଅଧିକ କ'ଣ କହିବି ? ମୁଁ ବି ସେଇ ଭୂମିକମ୍ପରେ ମରି ଯାଇଥିଲେ ଭଲ ହେଇ ଥାଆନ୍ତା ! ମତେ କାହିଁକି ବଞ୍ଚାଇଲ ? ନା ଏପଟକୁ ହେଇ ପାରୁଛି ନା ସେ ପଟକୁ। ମଝିରେ ଝୁଲୁଛି ମୁଁ।

ବାବୁ ବୁଲି ପଡ଼ି ଏକଲୟରେ ମୋ ମୁହଁକୁ ଚାହିଁ ରହିଲେ। ତାଙ୍କ ଆଖିରେ ମୋ ଆଖି ମିଶିଗଲା, ମୁଁ ଅଧିକ ସମୟ ତାଙ୍କ ଆଖିକୁ ଚାହିଁ ପାରିଲି ନାହିଁ। ତଳକୁ ଚାହିଁଲି। ସେ ଆଉ ଦ୍ୱିତୀୟ ଥର ମୋ ମୁହଁକୁ ଚାହିଁଲେ ନାହିଁ। ପଦଟିଏ ବି ପଚାରିଲେ ନାହିଁ। ମୁଁ କୋହ ଓ ଅଭିମାନରେ ପଛକୁ ମୁହଁ କରିଦେଲି।

କ୍ଷଣଟିଏ ପରେ ଦେଖେ ତ ବାବୁ ବାହାରକୁ ଚାଲିଯାଉଛନ୍ତି। ସେ ଯିବାର ଦେଖି ମୋ ଦେହ ସହିଲା ନାହିଁ ଦିଦି।

ଆହାଃ ମୁଁ କଣ କହିଗଲି। ତାଙ୍କୁ ମୁହଁ ଫେରାଇ ଦେଲି !

ମୁଁ ପଛରେ ଧାଇଁ ଗଲା ଭିତରେ ବାବୁ ସ୍କୁଟର ଷ୍ଟାର୍ଟ କରି ସାରିଥିଲେ। ସାଏଁ କରି ପଳେଇଲେ।

ଏତିକି ମାତ୍ର କଥା ଦିଦି। ମୁଁ ଏବେ କଣ କରିବି !

ଏତେ ଚିନ୍ତିତ ବାବୁଙ୍କୁ ମୁଁ କେବେ ଦେଖିନି। କ'ଣ କହିଛି ବିମ୍ବା ! ତାକୁ ପଚାରିବାକୁ ମୋର ସାହସ ନାହିଁ। ବାବୁ ଚାଲିଗଲା ପରେ ମୋ ଭିତରୁ କିଛି ଗୋଟିଏ ମରି ଗଲା ପରି ଲାଗୁଛି। ଶୂନ୍ୟ ଶୂନ୍ୟ। ସେତେବେଳୁ ମୁଁ ଆଉ ସ୍ଥିର ହୋଇ ରହିପାରୁ ନାହିଁ।

ଦିଦି ମୁଁ ଏବେ କ'ଣ କରିବି ! ତାଙ୍କ ମନରେ ଦୁଃଖ ଦେଲି। ମୋ ନିରବତା ତାଙ୍କୁ ବାଧିଥିବ। ମୋର ଶେଷ ପଦକ କଥା ତାଙ୍କ ମନକୁ ଭାଙ୍ଗି ଦେଇଥିବ ! କିଛି ନକହି ସେ ଚାଲିଗଲେ।

ଶ୍ରୀମାୟା ଆଶ୍ଚର୍ଯ୍ୟ ହେଲା ! ଦେଖିଲା ଏମିତି ଅବସ୍ଥାରେ ବି ଗାର୍ଗୀର ବିମ୍ବା ଅପେକ୍ଷା ବାବୁଙ୍କ ପାଇଁ ବେଶୀ ଚିନ୍ତା। ତଥାପି ସେ ପରିସ୍ଥିତିକୁ ସହଜ କରିବା ପାଇଁ ଗାର୍ଗୀକୁ ଆଶ୍ୱାସନା ଦେଲା।

ଆଚ୍ଛା ଏଥିପାଇଁ ଏତେ ବ୍ୟସ୍ତ ହେବାରେ କଣ ଅଛି ? ତୋ ବାବୁ କାଲି ଆସିଲେ ତୁ ବୁଝେଇଦବୁ, ହେବନାହିଁ !

କାଲି ଯଦି ସେ ଆଉ ନ ଆସନ୍ତି ! ଆଉ କେବେ ବି ନ ଆସନ୍ତି !

ଶ୍ରୀମାୟା ଥମ୍ କରି ନିରବି ଗଲା। ନ'ଆସନ୍ତି !! ଏ କଣ କହୁଛି ଅବୋଧ ଝିଅଟା।

ଗାର୍ଗୀ ଅତିଶୟ ଦୁଃଖୀ ଓ ଅନ୍ୟମନସ୍କ। ଶ୍ରୀମାୟା ଖୁବ୍ ନିରବ। ନିଜ ନିଜ ହୃଦୟର ଆନ୍ଦୋଳନକୁ ଆଉ କେହି କାହା ନିକଟରେ ପ୍ରକାଶ କରୁ ନାହାଁନ୍ତି। କିଛି କ୍ଷଣ ବିତିଗଲା। ଦୁହିଁଙ୍କ ଦେହକୁ ଥରାଇ ନେଇ, ହାଲ୍କା ଶୀତଳ ପବନ ଧାରେ ବହିଗଲା। ଛୋଟ ପଦକ କଥାରେ କି ଶକ୍ତି ଥିଲା କେଜାଣି, ପରିବେଶକୁ ଖୁବ୍ ସ୍ତବଧ୍ ଓ ଗୁରୁଗମ୍ଭୀର କରିଦେଇ ଥିଲା। କିଛି ସମୟ ବିରତି ପରେ ଗାର୍ଗୀ କହିଲା, ଦିଦି ମୁଁ ଯିବି।

କୁଆଡ଼େ ?

ବାବୁଙ୍କ ପାଖକୁ।

ଏବେ ?

ହଁ ଦିଦି। ମୁଁ ରହିପାରୁ ନାହିଁ। ମୁଁ ନିଶ୍ଚୟ ଯିବି।

ବାବୁ ସେଇଠି ଥିବେ। ମୁଁ ଥରେ ମାତ୍ର ଦେଖି ଫେରି ଆସିବି। ଗାର୍ଗୀ କଣ୍ଠରେ ଦୃଢ଼ତା ଦେଖି ଶ୍ରୀମାୟା ଚୁପ୍ ରହିଲା।

ଶ୍ରୀମାୟା ଦେଖିଲା ବେଳକୁ ବେଳ ସେ ଖୁବ୍ ବେଶୀ ଅସ୍ଥିର ହୋଇ ପଡୁଛି। ଯାହା ପରିସ୍ଥିତି ତାକୁ ଆଉ ଅଟକାଇ ହେବ ନାହିଁ।

ଠିକ୍ ଅଛି, ସନ୍ଧ୍ୟା ହେଇଗଲାଣି। ଚାଲ୍ ମୁଁ ତୋ ସହିତ ଯିବି।

ଭଲ ହେଲା ଦିଦି। କହୁଥିଲି ସିନା କିନ୍ତୁ ମୋର ସାହସ ପାଉନଥିଲା ବାବୁଙ୍କ ପାଖକୁ ଏକା ଯିବା ପାଇଁ। ତୁମେ ମୋ ସହ ଚାଲ।

ତୁମେ ଦିଦି ଟିକିଏ ଅପେକ୍ଷା କରିବ କି ? ସେଇ ଚଉତରା ଉପରେ ବସିଥାଅ, ମୁଁ ଟିକେ ବିମ୍ବାକୁ ଦେଖି ଆସୁଛି।

ହଁ ଯା, ତାର କଣ ଦରକାର ବୁଝିଦେଇ ଆ। ମୁଁ ଅପେକ୍ଷା କରୁଛି।

ଭିତରକୁ ଚାଲିଗଲା ଗାର୍ଗୀ।

ବଗିଚା ଭିତରକୁ ଯାଉଛି ଶ୍ରୀମାୟା। ସେ ଚଉତରା ଉପରେ କିଛି ସମୟ ବସି ଗାର୍ଗୀକୁ ଅପେକ୍ଷା କରିବ। ଏ କ'ଣ! ହାଲ୍କା ହାଲ୍କା ପବନରେ ଗୋଟିଏ ଅଦ୍ଭୁତ ବାସ୍ନା। ଆଗକୁ ବଢୁଛି ଶ୍ରୀମାୟା। ଯେତେ ଆଗକୁ ବଢୁଛି ସେତେ ଅଧିକ। ଆହାଃ.. କି ବାସ୍ନା ଇଏ। ବିଭୋର। ମଗ୍ନ। ଏଇ ତ ସେଇ ବାସ୍ନା! ସେଇ ଖୁବ୍ ପରିଚିତ ବାସ୍ନା। ଯାହା ପାଇଁ ପାଗଳ ହୋଇଛି ସେ। ଦୀର୍ଘ ବର୍ଷ ପରେ ଯାହାର ମହକ ପୁଣି ନେପାଳ ଭ୍ରମଣରେ ତାକୁ ଦୁଇ ଥର ଆକ୍ରାନ୍ତ କରିଛି।

ଏଇ ବାସ୍ନା ତା ଜୀବନର ସେଇ ଅନ୍ତରଙ୍ଗ ମୁହୂର୍ତ୍ତ ସହ ନିବିଡ଼ ଭାବେ ଜଡ଼ିତ !

ଓଫ୍..ବନ୍ଦ ଆଖିରେ ସବୁ ଅତୀତ ନାଚି ଉଠୁଛି ତା ସାମ୍ନାରେ।

କେମିତି ଭୁଲିବ ସେ! ସେଇ ଅନ୍ତରଙ୍ଗ ଆଲିଙ୍ଗନ! ତା'ର ବଳିଷ୍ଠ ବାହୁ, ପ୍ରଶସ୍ତ ଛାତି। କି ଉପଭୋଗ୍ୟ ଥିଲା ସେଇ ପୁରୁଷର ସାନିଧ୍ୟ! ଜୀବନର ଆଦ୍ୟ, ମଧୁର ସେଇ ଅଭୁଲା ଅନୁଭବ!

ଦିଦି ଯିବା ? ଏ କଣ ଦିଦି !

ତୁମେ ଠିକ୍ ଅଛ ତ ଦିଦି । ଆମେ ଯିବା ପରା !

ଆଖି ଖୋଲିଲା ଶ୍ରୀମାୟା । ଏ ଜାକେଟ୍‌ଟା କାହାର ଗାର୍ଗୀ ?

ହେଃ ଭଗବାନ ଏଇଟା କେମିତି ରହି ଯାଇଛି ! ବାବୁଙ୍କ ଜାକେଟ୍ ! କାଲି ରାତିରେ ଆମେ ବିମ୍ବାକୁ ଉଠାଇ ଆଣି ଅଗଣାରେ ଖଟିଆ ପକାଇ ଶୁଆଇବା ବେଳେ ତାଙ୍କ ଝାଳ ବାହାରି ପଡ଼ିଲା ବୋଲି ଦେହରୁ କାଢ଼ି ଚଉଚରା ଉପରେ ରଖିଥିଲେ । ନେବାକୁ ଭୁଲି ଯାଇଛନ୍ତି ।

ଶ୍ରୀମାୟା ଶରୀରରେ ଅହେତୁକ କମ୍ପନ । ବାରବାର ତା ଆଖି ବନ୍ଦ ହୋଇ ଯାଉଛି । ଆଘ୍ରାଣ କରୁଛି । ଜୀବନର ଅଭିନ୍ନ ଅନୁଭବଟି ସ୍ନାୟୁରେ ସ୍ନାୟୁରେ ଭେଦି ଯାଉଛି । ହଜିଯିବ ସେ । ଭିଜି ଯିବ । କୁଆଡ଼େ ନଜର ନାହିଁ । କେହି ନାହାନ୍ତି ତା ପାଖରେ । ସେ ଓ ସେଇ ବାସ୍ନା ଛଡ଼ା ବ୍ରହ୍ମାଣ୍ଡରେ ଆଉ କେହି ନାହାନ୍ତି । ଜାକେଟ୍‌ଟିକୁ ନିଜ ଛାତିରେ ଜଡ଼ାଇ ଧରୁଛି ।

ଦିଦି ତୁମକୁ ଏ ଜାକେଟ୍ ବହୁତ ଭଲ ଲାଗିଲା କି ? ହଁ ଭଲ ଲାଗିବ, କେତେ ମଖ୍‌ମଲ୍ ଆଉ ପତଳା ହାଲ୍‌କା ହେଇଛି ଦେଖୁନ । ବାବୁଙ୍କର ଏମିତି କେତେ ଗୁଡ଼ାଏ ଜାକେଟ୍ ଅଛି । ପ୍ରାୟ ସବୁବେଳେ ତାଙ୍କ ଦେହରେ ଥାଏ । କହୁ ନଥିଲି କାଠମାଣ୍ଡୁର ଭୂମିକମ୍ପ ସମୟରେ ଆମେ ଯେବେ ବୁଲିବୁଲି ବାପା ଓ ବିମ୍ବାକୁ ଖୋଜୁଥିଲୁ, ମୋର ଖାଇବା ପିନ୍ଧିବାରେ ହୋସ୍ ନଥିଲା, ସେତେବେଳେ ଅନେକ ଥର ତାଙ୍କ ଦେହରୁ କାଢ଼ି ମୋତେ ଘୋଡ଼ାଇ ଦେଇଥିବେ ।

ଶ୍ରୀମାୟା ସମ୍ପୂର୍ଣ୍ଣ ବିଭୋର, ମଗ୍ନ । ତାକୁ କିଛି ଶୁଣା ଯାଉ ନାହିଁ । ସେ କେବଳ ସେଇ ମହକକୁ ଆଘ୍ରାଣ କରୁଛି । ମର୍ମେ ମର୍ମେ ଭେଦ କରି ଯାଉଛି ।

ଦିଦି ତୁମର ଦରକାର କି ଏମିତି ଏକ ଜାକେଟ୍ । ସେତେବେଳୁ ଜାବୁଡ଼ି ଧରିଛ ।

ହଉ, ଆମ ମାର୍କେଟରେ ମିଳିଯିବ । କିନ୍ତୁ ଫୁଟ୍‌ପାଥରେ ମିଳିବନି । ସୋରୁମ୍‌ରୁ ଆଣିହେବ । ଟିକେ ଅଧିକ ଟଙ୍କା ଲାଗିବ । ବାବୁଙ୍କ ପାଖରୁ ଫେରିବା ବାଟରେ ଆମେ କିଣି ଆଣି ପାରିବା । ଏଥର ଚାଲ ଦିଦି ଡେରି ହେଉଛି ।

ପ୍ରକୃତିସ୍ଥ ହେଲା ଶ୍ରୀମାୟା । ଗାର୍ଗୀ ମତେ ବହୁତ ଶୀତ ଲାଗୁଛି ! ।

ହଁ ଦିଦି ତୁମେ ଯେ ଥରୁଛ !

ହଁ ଟିକେ ବ୍ୟସ୍ତ ଲାଗିଲେ ମୋ ଦେହ ଥରେ ।

ଦିଦି ମୋ କଥା ଚିନ୍ତା କରି ତୁମେ ବ୍ୟସ୍ତ ହେଇଗଲ ନା ! ଦିଦି ତୁମେ କେତେ ଭଲ !

ଏଇ ଜାକେଟ୍‌ଟା ମୁଁ ପିନ୍ଧି ପକାଇବି କି ? ଶୀତ ପୋଷକ କିଛି ଆଣି ନାହିଁ ।

ପ୍ରକୃତରେ ବେଶୀ ଶୀତ ଲାଗୁନଥିଲା, ଆପାତତଃ ସେଇ ମହକକୁ ନିଜ ପାଖରୁ ଦୂରାଇବାକୁ ଚାହୁଁନଥିଲା ଶ୍ରୀମାୟା । ସେ ଗାର୍ଗୀକୁ ଚାହିଁଲା ।

ଠିକ୍ ଅଛି ଦିଦି ତୁମକୁ ଯଦି ଥଣ୍ଡା ଲାଗୁଛି ତେବେ ପିନ୍ଧି ପକାଅ । ଏମିତିରେ ଆମେ ତ ସେଇଠିକି ଯିବା । ଆସିଲା ବେଳେ ବାବୁଙ୍କୁ ଫେରାଇ ଦେବା ।

ଅଟୋରିକ୍ସାରେ ବସିଛନ୍ତି ଦୁହେଁ । ଗାଡ଼ି ଗଡୁଛି । ଗାର୍ଗୀ ନିରବ, କଣ କହିବ ବାବୁଙ୍କୁ ? ବିମ୍ବା କ'ଣ କହିଛି ତାଙ୍କୁ ! ସେ କାହିଁକି ଏମିତି ଚାଲିଗଲେ । କେମିତି ବୁଝାଇବ ତାଙ୍କୁ !

ଶ୍ରୀମାୟା ଏକଦମ୍ ଗମ୍ଭୀର । କିଏ ସେଇ ଯୁବଡାକ୍ତର । କ'ଣ ତାର ରହସ୍ୟ । କ'ଣ ତାର ଠିକଣା ! କାହିଁକି ସେ ତା ଘରକୁ ଯାଇଥିଲା ? କି ସମସ୍ୟା ଥିଲା ତାର ? ଏଇଠି କାହିଁକି ରହିଛି ସେ !

ଗାର୍ଗୀ ଆଖିରେ ଲୁହ । ଦିଦି ବାବୁ କ'ଣ ଆଉ ମାନିବେ ! ସେ କ'ଣ ଆଉ ମୋ ଘରକୁ ଆସିବେ ?

କାହିଁକି ଆସିବେନି ?

ବିମ୍ବା ତାଙ୍କୁ କ'ଣ କହିଥିବ ! ସେ ଏତେ ଚିନ୍ତିତ ଥିଲେ । ମୋର ତାଙ୍କ ଛଡ଼ା ଆଉ କେହି ନାହାଁନ୍ତି ଦିଦି । ତାଙ୍କ ବିନା ମୁଁ କେମିତି ବଞ୍ଚିବି ?

ତୋର ସ୍ୱାମୀ ଅଛି । ତାକୁ ନେଇ ତୁ ବଞ୍ଚି ପାରିବୁ । ଏମିତି ବାୟାଣୀ ପରି ବାବୁ ବାବୁ କଣ ହେଉଛୁ ।

ନିଜ ଅଜ୍ଞାତରେ ସାମାନ୍ୟ ବିରକ୍ତ ହେଲା କି ଶ୍ରୀମାୟା !

ଦିଦି ବାବୁ ପରି କେହି ନୁହେଁ । ବାବୁ ମୋର ସାହା ଭରସା । ଏ ବିମ୍ବା ପାଇଁ ସେ ଚାଲି ଆସିଲେ । ଲୁହ ରହୁ ନାହିଁ ଗାର୍ଗୀର ।

କାହିଁକି ଭାବୁଛୁ ସେ ଆଉ ତୋ ଘରକୁ ଯିବେନି? ବାବୁ ଛୋଟ ଛୁଆ ନୁହେଁ। ତାଙ୍କ ପେସେଣ୍ଟକୁ ଛାଡ଼ି ଦେବେ! ଆଉ ସେ ଯଦି ନ ଆସିବେ ତୋର ସେଥିରେ ଭୁଲ୍ କ'ଣ! ତାଙ୍କ ଭୁଲ୍। ସେ ଡାକ୍ତର, ସେ ଜାଣନ୍ତି ନା ନାହିଁ?

ଅସହ୍ୟ ହେଉଛି ଶ୍ରୀମାୟା। ଯେମିତି ସେ ଡାକ୍ତରଙ୍କୁ ଗାର୍ଗୀଠାରୁ ଅଧିକ ଜାଣେ। ଏଥର ଗାର୍ଗୀ ପ୍ରତି ତାର ସହାନୁଭୂତି ଅପେକ୍ଷା ଅସହିଷ୍ଣୁ ଭାବ ଜାଗ୍ରତ ହେଉଛି।

ଦିଦି ତାଙ୍କର ଜମାରୁ ଭୁଲ୍ ନାହିଁ। ମୁହଁ ତଳକୁ ପୋତି ଦେଲା ଗାର୍ଗୀ। ଦୁଇ ପାପୁଲିରେ ମୁହଁକୁ ଚାପି ଧରିଲା। ସେ କୋହକୁ ଅଟକାଇ ପାରିଲାନାହିଁ।

ତାଙ୍କର ମାନେ କାହାର ଭୁଲ୍ ନାହିଁ? କାହା କଥା କହୁଛୁ ତୁ!

ବାବୁଙ୍କର। ତାଙ୍କର କେବେ ଭୁଲ୍ ନାହିଁ। ବିମ୍ବା ତାଙ୍କୁ କ'ଣ କହିଥିବ କେଜାଣି! ଯାହା ବି ଭୁଲ୍ ହେଇଛି ମୋ ଆଡୁ। ଯାହା ବି ହେଇଛି ସବୁ ମୋ ପାଇଁ। ଯାହା ବି ଘଟିଛି ସବୁ ମୋ ଇଚ୍ଛାରେ। ବାବୁ ପୂରା ନିର୍ଦୋଷ।

କ'ଣ ନିର୍ଦୋଷ! କ'ଣ କହୁଛୁ ଖୋଲି କହ। ବିମ୍ବା କ'ଣ କହିଥିବ ବୋଲି ତୁ କାହିଁକି ଭାବୁଛୁ? କ'ଣ ପାଇଁ ଏତେ ବ୍ୟତିବ୍ୟସ୍ତ!

ବିମ୍ବା ମତେ ସନ୍ଦେହ କରୁଛି।

ହଁ ସେଇଟା ତୁ ମତେ କହିଥିଲୁ। କାହା ସହ ତତେ ନେଇ ସନ୍ଦେହ କରୁଛି ତା କହିଲୁ ନାହିଁ। ଏବେ କହ। ସେ ଓକିଲ ପରି ପ୍ରଶ୍ନ ପଚାରି ଚାଲିଥାଏ। ଯେମିତି ଗାର୍ଗୀ ହଠାତ୍ ତା ଆଗରେ ଅପରାଧୀଟିଏ ପାଲଟି ଯାଉଛି। କାଠ ଗଡ଼ାରେ ଛିଡ଼ା କରାଇ ପ୍ରଶ୍ନର ବାଣ ମାରି ଚାଲିଛି ଶ୍ରୀମାୟା।

ଆଗକୁ ଆଉ କହି ପାରିଲା ନାହିଁ ଗାର୍ଗୀ। ମୁହଁରେ ହାତ ଦେଇ ଖାଲି କାନ୍ଦିଲା।

ଶ୍ରୀମାୟାର ଏଥର ଆଉ ତିଳେ ମାତ୍ର ବି ସମବେଦନା ତା ପ୍ରତି ଜାଗ୍ରତ ହେଲା ନାହିଁ। ଯେମିତି ଏ ସାମାନ୍ୟ ନାରୀଟି ତା'ର ବହୁ ମୂଲ୍ୟ ଚିଜଟିଏ ଚୋରାଇ ନେଇଛି।

ଶ୍ରୀମାୟା ଚୁପ୍ ବସିଲା। ଗାର୍ଗୀକୁ ଆଉ ବୁଝାଇଲା ନାହିଁ। ତାର ସମସ୍ତ ସହାନୁଭୂତି ହଠାତ୍ ଯେମିତି ଉଭେଇ ଗଲା। ତାର ମନେ ହେଲା ଗାର୍ଗୀ ଯେପରି ସାଧାରଣ ଗରିବ ଝିଅ ନୁହେଁ, ତା ପ୍ରତିଦ୍ୱନ୍ଦି!

ଲେକ୍ ସାଇଡ୍ ମାର୍କେଟ୍‌ରେ ଅଟୋରିକ୍ସା ଅଟକିଗଲା।

ଗାର୍ଗୀ ତୁରନ୍ତ ଅଟୋରୁ ଓହ୍ଲାଇ ଏକ ପ୍ରକାର ଦୌଡ଼ି ଗଲା।

ଶ୍ରୀମାୟା ଛାତିରେ ଅଜଣା ଭୟ, କ୍ଷୋଭ ଓ ଅହେତୁକ ଯନ୍ତ୍ରଣା !

ଜାକେଟ୍‌ର ଦୁଇ ହାତକୁ ବାହୁରେ ଛନ୍ଦି ଦେଇ, ପଛରୁ ସେ ଗାର୍ଗୀକୁ ଚାହିଁଛି। ଆସ୍ତେ ଆସ୍ତେ ତାକୁ ଅନୁସରଣ କାରିବା ଆରମ୍ଭ କଲା।

ସେଠାରେ ପହଞ୍ଚି ଦେଖେ ତ କ୍ଲିନିକ୍ କହିଲେ ଦୁଇଟି ରୁମ୍। ସମ୍ନା ଭାଗ ରୁମ୍‌ରେ ଟେବଲ୍, ଚୌକି,ହାତ ଧୋଇବା ପାଇଁ ୱାସ୍ ବେସିନ୍, ରୋଗୀଙ୍କୁ ଶୁଆଇ ପରୀକ୍ଷା କରିବା ପାଇଁ ଲମ୍ବା ଟେବଲ୍‌ଟିଏ। କିଛି ମେଡ଼ିକାଲ୍ ସାମଗ୍ରୀ ଓ ମେଡ଼ିସିନ୍। ଜଣେ ଷୋହଳ କି ସତର ବର୍ଷର ପିଲାଟିଏ, କାନ୍ଥକୁ ଆଉଜି ଛିଡ଼ା ହେଇଛି। ରୂପରୁ ଲାଗୁଛି ପିଲାଟି ବୋଧହୁଏ ବୋଲହାକ ପାଇଁ ନିୟୋଜିତ। କିନ୍ତୁ ଗାର୍ଗୀ ଯେ ସେଇଠି ବସି ମୁହଁ ତଳକୁ କରି ଧକେଇ ହେଇ କାନ୍ଦୁଛି !

ଶ୍ରୀମାୟାର ହୃଦ୍‌କମ୍ପନ ତୀବ୍ର ବେଗରେ ବଢ଼ି ଚାଲିଛି। ଏବେ ହିଁ ଦେଖିବ କିଏ ସେଇ ଡାକ୍ତର। ସେଦିନ ସିନା ମୁହହଁରେ ରଙ୍ଗ ବୋଳା ହେଇଥିଲା, ଆଜି ନିଶ୍ଚୟ ସେଇ ଚେହେରାଟି ଦେଖିବାରେ ସଫଳ ହେବ। କିନ୍ତୁ କେମିତି ଜାଣିବ ସେଇ ବ୍ୟକ୍ତି ହିଁ ସେ ମହକର ଅଧିକାରୀ। ନା ସେ ନିଶ୍ଚୟ ଜାଣି ପାରିବ ! ଚେହେରା ନହେଲେ ବି ତା ଶରୀର ଗଠନରୁ ଅନୁମାନ ତ କରି ପାରିବ। ଏଇ କେତୋଟି ବର୍ଷ ଭିତରେ ମଣିଷର ଶରୀର କଣ ଚିହ୍ନି ନହେବା ପରି ବଦଳି ପାରେ ! ଏମିତି ବି ନାରୀଟିର ଏତିକି ଶକ୍ତି ଥାଏ ଯେ, ସେ ତା ପ୍ରିୟ ପୁରୁଷକୁ କେବେ ଭୁଲି ପାରେନା। ହଁ ସେ ହିଁ ତା କାୱାର୍ଡ଼ ! ତାର ପ୍ରିୟ କାପୁରୁଷ !

ଅସ୍ଥିର ହୋଇ ପ୍ରଶ୍ନ କଲା ଶ୍ରୀମାୟା। କ'ଣ ହେଲା ? ପାଇଲୁ ? ଭିତରେ ଅଛନ୍ତି କି ? ଆସୁଛନ୍ତି ନା କ'ଣ ?

ଆରେ ଉତ୍ତର ଦେଉନୁ କାହିଁକି ? ତୋ ବାବୁ କୁଆଡ଼େ ଗଲେ ?

ଗାର୍ଗୀ କେବଳ କାନ୍ଦୁଛି।

ଗାର୍ଗୀ ମୋ ପ୍ରଶ୍ନର ଉତ୍ତର ଦେ। ଅଧୈର୍ଯ୍ୟ ହେଇ ପଡୁଛି ଶ୍ରୀମାୟା।

ବାବୁ ଚାଲି ଯାଇଛନ୍ତି ଦିଦି !

ମାନେ ?

ଏ ପିଲାଟି କହୁଛି ବାବୁ ସକାଳୁ ହିଁ ତାଙ୍କର ପୋଷାକ ପତ୍ର ଓ ତାଙ୍କର ଯାହା କିଛି ନିତ୍ୟ ବ୍ୟବହାର ଜିନିଷ ଥିଲା, ବଡ଼ ଗୋଟିଏ ସୁଟ୍‌କେସ୍‌ରେ ପୂରାଇ କୁଆଡ଼େ ବାହାରିଗଲେ। ଗଲାବେଳେ ସବୁ ଚାବିକାଠି ଓ ଯାହା ଜରୁରୀ ସାମଗ୍ରୀ ଏ ପିଲାକୁ ଦେଇ ବୁଝାଇ ଦେଇଛନ୍ତି।

କୁଆଡ଼େ ଗଲେ ? ଛାତି ଧଡ଼ଧଡ଼ ହେଉଛି ଶ୍ରୀମାୟାର।

ଜାଣେନା ଦିଦି, ସେ ପିଲା ବି ଜାଣେନା। ସେ ତ କାହାକୁ କିଛି କୁହନ୍ତି ନାହିଁ।

କ'ଣ ଏମିତି ପାଗଳୀ ପରି ହଉଚୁ,ସେ ପିଲାକୁ ମୁଁ ପଚାରୁଛି ରହ !

କିଛି ଲାଭ ନାହିଁ। ସେ ପିଲା ସତ କହିଛି। ମୁଁ ଜାଣେ ବାବୁ ଆଉ ଫେରିବେ ନାହିଁ। ସେ ସବୁଦିନ ପାଇଁ ଚାଲିଯାଇଛନ୍ତି।

ବେକାର କଥା। ତାଙ୍କର ଏଇଠି ସବୁ କିଛି ଛାଡ଼ି ଦେଇ, କାହାକୁ କିଛି ନଜଣାଇ ସେ କେମିତି ଯାଇ ପାରିବେ? ତୁ ଏତେ ବିଶ୍ୱାସର ସହିତ କେମିତି କହି ପାରୁଛୁ ?

ସବୁକିଛି ତ ତାଙ୍କର ନଥିଲା, ଭଡ଼ା ନେଇ କ୍ଲିନିକ୍ କରିଥିଲେ। ସେ ପିଲାଟିକୁ କହିଛନ୍ତି, ସେ ଆଉ କେବେ ଫେରିବେ ନାହିଁ। କ୍ଲିନିକ୍ ପାଇଁ ନୂଆ ଡାକ୍ତର ନିଯୋଜିତ କରି ସବୁ ବୁଝିବୁ କହି ସେ ବାହାରି ଗଲେ।

ସ୍ତବ୍ଧ। ମାଟି, ପାଣି,ପବନ ସମସ୍ତେ ଯେମିତି ନିରବ, ନିଶ୍ଚଳ।

କାହା ପାଖରେ ଉତ୍ତର ନାହିଁ।

ଗାର୍ଗୀ ମୁହଁରେ ହାତ ଚାପି ବାହାରକୁ ବାହାରି ଗଲା। ସେ ବାୟାଣୀ ପରି ବିଳାପ କରୁଥାଏ। ତାର ପାଦ କେଉଁଠି ବୋଲି କେଉଁଠି ପଡୁ ଥାଏ ତାର ଠିକଣା ନାହିଁ।

ଶ୍ରୀମାୟାକୁ ଭାରି ଅଦ୍ଭୁତ ଲାଗୁଛି। ସବୁ କିଛି ଭ୍ରମ ପରି ମନେହେଉଛି। ଗାର୍ଗୀ ପାଖରୁ ସେ ବାବୁଙ୍କ କଥା କେବଳ ଶୁଣିଛି। ଆଉ କେହି ବି ତାର ସାକ୍ଷୀ ନାହାନ୍ତି। କେବେ ଦେଖି ନାହିଁ ତାଙ୍କୁ। ତେବେ କିଏ ସେ ! କ'ଣ ତାଙ୍କ ପରିଚୟ ?

ତାକୁ ସବୁ ନାଟକ ପରି ମନେ ହେଉଛି। ଭୌତିକ ପରି ମନେ ହେଉଛି। ଏତେ ଚେଷ୍ଟା ପରେ ଯାହାକୁ ସେ ଦେଖି ପାରିଲା ନାହିଁ, ସେ ମଣିଷଟି କଣ ବାସ୍ତବ ନା ଗାର୍ଗୀର ଏକ ପରିକଳ୍ପନା।

ଗାର୍ଗୀର ସିନା କଳ୍ପନା ହେଇପାରେ କିନ୍ତୁ ସେ ତ ସତ୍ୟ। ସବୁ କେମିତି ଭ୍ରମ ହୋଇପାରେ ! ଏ କଥା ସେ କାହାକୁ କିପରି ବୁଝାଇବ ! ତା ଭ୍ରମ ନୁହେଁ, ବାସ୍ତବ ! ସେ ବାସ୍ନାକୁ ସେ କେବେ ଭୁଲିନାହିଁ। ତା ଯେ ଏକ ଉପଲବ୍ଧି,ଏକ ଅନୁଭବ। ଅନୁଭବର କଣ କିଛି ବସ୍ତୁଭିତ୍ତିକ ପ୍ରମାଣ ଥାଏ ଯେ ସେଇ ଆଧାରରେ କହିବ ଇଏ ହେଉଛି ସେଇ ଯୁବକ, ଯେ ତା ଆଦ୍ୟ ଯୌବନର ମଧୁ ପିଇ ଉଡ଼ି ଯାଇଥିଲା !

ବାରମ୍ବାର ତା' ମନ ଆନ୍ଦୋଳିତ ହେଉଛି। ହୁଏତ ସିଏ ଆଉ କିଏ ହୋଇଥିବ ! ଏ ସବୁ ତା'ର ଭ୍ରାନ୍ତ ଧାରଣା ! ଆଶଂକାରେ ବୁଡ଼ି ଯାଉଛି। ଯାହା ହେଲେ ସେ ଜଣେ ଯୁବ ଡାକ୍ତର, ଭାରତୀୟ ଖାଦ୍ୟ ତାଙ୍କୁ ଖୁବ୍ ଭଲ ଭାବରେ ଜଣା। ଗାର୍ଗୀକୁ ଶିଖାଇ ଥିବା କଚୋଡ଼ିର ସ୍ୱାଦ,ସର୍ବୋପରି ହାତରେ ଧରିଥିବା ଜାକେଟ୍‌ର ପରିଚିତ ପରଫ୍ୟୁମ୍ ଏ ସବୁ କଣ କେବଳ ମାତ୍ର ଏକ ସଂଯୋଗ !

ଖୁବ୍ ନିରାଶ ହେଉଛି ଶ୍ରୀମାୟା। ତା ଶେଷ ପ୍ରଚେଷ୍ଟା ବି ବିଫଳ ହେଇଛି। ସେ ଚେହାରାଟିକୁ ସେ ଆଉ କେମିତି ଦେଖିବ !

ନା ଗାର୍ଗୀ ଯାହା କହିଛି ସବୁ ସତ୍ୟ ହେଇନପାରେ ! ହେଇପାରେ ଏକ କାହାଣୀ। ହେଇପାରେ ବି ଏହି ପରି ଏକ ପୁରୁଷର ପାଇଁ ତା ଗହନ ମନରେ ଗଢ଼ି ଉଠିଥିବା କଳ୍ପନା। ଯାହାକୁ ରୂପ ଦେଇ ସେ ଅନୁଭବ କରିଛି ଓ ଭୋଗିଛି। ସେଥିପାଇଁ ଏତେ ଦୃଢ଼ ଭାବରେ ବଖାଣି ପାରିଲା। ନା ମୁଣ୍ଡ କ'ଣ ହେଇ ଯିବ।

ବେଳକୁ ବେଳ ଏକ ଚକ୍ରବ୍ୟୁହ ଭିତରେ ଛନ୍ଦି ହୋଇ ପଡୁଛି ଶ୍ରୀମାୟା। ଜାକେଟରେ ବିଞ୍ଚି ହୋଇ ମହକୁ ଥିବା ପରଫ୍ୟୁମ୍‌କୁ ଛାଡ଼ି ସବୁକିଛି ମିଥ୍ୟା ପରି ମନେ ହେଉଛି। ସବୁ ମିଛ, ମନଗଢ଼ା, ସବୁ ମାୟା। ବାସ୍ତବ ବୋଲି କିଛି ନାହିଁ।

ଶ୍ରୀମାୟା ପାଇଁ ଅନେକ କିଛି ରହସ୍ୟମୟ ହୋଇ ରହିଗଲା। କେବଳ ସେଇ ଜାକେଟ୍‌ରକୁ ଜାବୁଡ଼ି ଧରି ଆସ୍ତେ ଆସ୍ତେ ପାଦ ପକାଇ ସେ ଫେରୁଛି। ବର୍ତ୍ତମାନ ତା ପାଖରେ ସେଇ ମଧୁର ମୁହୂର୍ତ୍ତର ସ୍ମୃତି ଛଡ଼ା ଆଉ କିଛି ନାହିଁ।

କିଛି ତ ନାହିଁ, ଏଇ ମାୟାଟିକୁ ସେ ଯେ ଜାବୁଡ଼ି ଧରିଛି। କାହିଁକି ? ସବୁ

ଯଦି ଭ୍ରମ ଏଇଟିକୁ ସେ ଧରି ରଖିଛି କାହିଁକି ? ଆଉ ଗୋଟିଏ ଭ୍ରମରେ ସାରା ଜୀବନ ବଞ୍ଚିବାକୁ ? ଜାକେଟ୍ ଉପରୁ ହାତକୁ ହାଲୁକା କଲା।

ପରଫ୍ୟୁମ୍, ଯାହାକୁ କେବେ ଧରି ରଖି ହୁଏନା, ବନ୍ଦ ଆଖିରେ କେବଳ ଅନୁଭବ କରିହୁଏ। ଅସ୍ତିତ୍ୱ ବିହୀନ ଏକ ସତ୍ତାକୁ ବୁଝିହୁଏ ନା ବୁଝାଇ ହୁଏ ! ଅବଶ୍ୟ ଯେବେ ଯେବେ ସେ ଅନୁଭବୀର ପରିଧି ଭିତର ଦେଇ ଅତିକ୍ରମ କରେ ଅନେକ ସ୍ମୃତି ଉଜାଗର କରିଯାଏ।

ସେଇ ଯୁବକ ଜଣଙ୍କ ଅନ୍ତରଙ୍ଗ ମୁହୂର୍ତ୍ତରେ ସେହିଦିନ କହିଥିଲା, ବାସ୍ନାଟି ଯଦି ବିଭୋର କରୁଛି ତ, ମଗ୍ନ ହୁଅ, ଉପଭୋଗ କର, ଅନୁଭବ କର ରୂପସୀ ! ଅନ୍ୱେଷଣ ସବୁବେଳେ ଆନନ୍ଦ ଦିଏନା, ଦୁଃଖ ବି ଦେଇପାରେ !

ସତ କଥା ଏମିତି ଏକ ଅଦୃଶ୍ୟ, ଅବାସ୍ତବ ଓ ଅନିଶ୍ଚିତ ପଥର ଅନୁସନ୍ଧାନରେ କ'ଣ ବା ମିଳିବ ! ଶୂନ୍ୟ, ମହାଶୂନ୍ୟ।

ଶ୍ରୀମାୟାର କାଲି ଫ୍ଲାଇଟ୍ ଅଛି, ଆଜି ରାତିରେ ହିଁ ସେ କାଠମାଣ୍ଡୁ ଚାଲିଯିବ। ଏଠି ଆଉ ମୂହୁର୍ତ୍ତଟିଏ କାଟିବା ତା' ପାଇଁ କଷ୍ଟ।

ଗାର୍ଗୀ ପାଇଁ ବହୁତ କଥା ଅବୁଝା ହୋଇ ରହିଗଲା। ବାବୁ ଯେମିତି ଝଡ଼ପରି ଆସିଥିଲେ ସେମିତି ପବନରେ ମିଳାଇ ଗଲେ। ଚାହିଁଲେ ବି ସେ ତାଙ୍କ ଅସ୍ତିତ୍ୱକୁ ପାଖରେ ପାଇବ ନାହିଁ। କେବଳ ଗୋଟିଏ ଅନୁଭବକୁ ନେଇ ବାକି ଜୀବନ କାଟିବାକୁ ପଡ଼ିବ। ତା' ଜୀବନର ଏକ ଦୁର୍ଲ୍ଲଭ ପ୍ରାପ୍ତି ପରି ବାବୁଙ୍କ ସ୍ମୃତିକୁ ଚିରଦିନ ସାଇତି ରଖିବ। ତାହାକୁ ପାଥେୟ କରି ସେ ବଞ୍ଚିବ।

ଦୁହେଁ ରିକ୍ତ ହସ୍ତରେ ଅଟୋରେ ବସି ଫେରୁଛନ୍ତି।

କେହି ଆଉ କାହାକୁ କିଛି ପଚାରୁ ନାହାନ୍ତି। ପଚାରିବାର ଆବଶ୍ୟକତାଟା ହଠାତ୍ ଯେମିତି ଅପସରି ଯାଇଛି। ନିଜ ନିଜ ଭାବନାରେ ବୁଡ଼ି ଯାଇଛନ୍ତି ଦୁହେଁ।

ସନ୍ଧ୍ୟା ଗଡ଼ି ରାତି ହେଲାଣି। ଅନ୍ଧକାର। ଆକାଶରେ ମିଞ୍ଜିମିଞ୍ଜି ହେଇ ଅସଂଖ୍ୟ ତାରା ଫୁଟିଲେଣି। ହେଲେ ବି ଜହ୍ନ ବିନା ସାମାନ୍ୟ ଟିକେ ଅଲୋକ ଦେବା ପାଇଁ ସେମାନେ ଅକ୍ଷମ, ଅସମର୍ଥ।

BLACK EAGLE BOOKS

www.blackeaglebooks.org
info@blackeaglebooks.org

Black Eagle Books, an independent publisher, was founded as
a nonprofit organization in April, 2019. It is our mission to
connect and engage the Indian diaspora and the world at large
with the best of works of world literature published on a
collaborative platform, with special emphasis on
foregrounding Contemporary Classics and New Writing.